시대정신의 배신

시대정신의 배신

지은이 · 이수봉 | **펴낸이** · 오광수 외 1인 | **펴낸곳** · 새론북스
주소 · 서울시 용산구 한강대로 76길 11-12 5층 501호
TEL · (02) 3275-1339 | **FAX** · (02) 3275-1340 | **출판등록** · 제 2016-000037호

jinsungok@empas.com

초판 1쇄 발행일 · 2023년 11월 15일 | **초판 2쇄 발행일** · 2023년 12월 15일

ⓒ 새론북스
ISBN 978-89-93536-69-0 (03810)

전 지구적 자본주의의 무정부상태를 극복할 21C 시대정신
대한민국의 미래를 고민하는 사람들의 필독서!

시대정신의 배신

이수봉 지음

새론북스

2023년 4월의 어느 날 학생운동을 같이 했던 동아리 친구들을 만났다. 1980년대 격동의 시대 거리에서 같이 돌멩이를 던지던 우리였다. 최근 십여 년 동안 간접적으로 소식들은 서로 듣고 있었지만 사는 게 바쁘다는 핑계로 만날 기회는 갖지 못했었다. 흰머리와 목주름이 좀 늘긴 했지만 별로 변한 게 없었다. 그러나 정치적 문제가 화제가 되자 어색한 긴장감이 감돌았다. 조국은 과도한 표적수사의 피해자였고 이재명에 대한 수사는 정치보복일 뿐이었다. 국민 절반이 윤석열을 지지한 것에 대해 개탄을 금치 못했다. 말하자면 스스로 진보라고 생각하는 사람들에게 지금의 상황은 이해할 수도 없고 용납할 수도 없는 사태였다.

정치적 입장이 다르면 같이 밥도 먹기 싫어한다는 게 결코 남의 이야기가 아니라고 했다. 가족끼리도 대화가 어려워졌고 친척들도 가급적 안 만나게 된다고 했다. 이런 상황이 당혹스럽긴 하지만 어떻게 해야 한다는 것도 딱히 없었다. 서로의 감정을 건드리지 않기 위해 조심스러워 했고 겉도는 이야기를 하다가 헤어졌다.

다시 보자는 작별인사를 하고 돌아가는 길은 허전하고 쓸쓸했다.

무엇이 잘못된 것이었을까? 어디서 엇갈린 길을 가게 되었을까? 함께 꾸었던 젊은 날의 그 푸르던 꿈은 어디로 갔을까? 우리가 다시 같은 꿈을 꿀 수 있을까?

나는 고려대 4.15유인물 사건으로 1982년 4월 23일 성북경찰서에서 체포되어 1년 실형을 살았다. 그 후 30여 년을 노동운동을 하며 청춘을 보냈다. 2012년 안철수 바람이 거세게 불 때 민주노총 간부 오천 명과 함께 진심캠프에 합류하면서 제3정치운동을 추진했었다. 진보와 보수 양극단의 정치를 극복하기 위해 삶을 갈아 넣었다. 새로운 정치를 해보겠다고 새정치추진위, 새정치민주연합, 국민의당, 바른미래당의 당직을 거치고 마지막으로 민생당비상대책위원장을 하면서 모든 정치적 사건의 최전선에 서 있었다.

내가 겪은 일들을 통해서 반드시 같이 공유하고 싶은 이야기가 생겼다. 그것은 우리를 꿈꾸게 했던 시대정신에 대한 것이고 시대정신에 의해 배신당한 인간들의 이야기이다. 내 이야기가 아마도 많이 혼란스럽고 또 어떤 사람에게는 분노를 일으킬 것이다.

그러나 반드시 기억해 주기 바란다. 이 글은 누구를 비난하려고 쓴 글이 아니라 나 자신을 향한 비판이다. 또한 이 글은 시대정신이라는 감옥 문을 부수기 위해 오함마를 휘두르는 심정으로 쓴 글이다. 만일 당신이 감옥 문에 바짝 붙어 있다면 조금 떨어져 있으라고 당부한다. 절대로 당신을 다치게 하고 싶은 생각은 없다.

이 글을 서두르게 된 직접적 계기는 민주노총 간첩단 사건이다. 나는 간첩으로 포섭되었다고 발표된 사람들을 잘 안다. 다 내가 있을 때 민주노총에 채용된 사람들이다. 이들은 당시에는 성실하고 헌신적인 활동가들이었다. 어쩌다가 이렇게 되었을까?⋯ 나의 자부심이기도 했던 민주노총은 이제 늙은 어린애가 되어 버렸다. 민주노총만 그리된 것은 아니다. 한국의 좌파 전체가 길을 잘못 들었는지도 모른 채 방황하고 있다.

얼마 전 작고한 김지하가 자꾸만 떠오른다. 김지하의 五賊(오적)은 내 청춘의 삶을 결정지었다. 그리고 그가 '죽음의 굿판을 멈추어라'고 절규했을 때 나는 그가 미웠었다. 아마 김지하는 무척 외로웠을 것이다. 가족조차도 그를 이해하지 못했기 때문이다.

20세기 좌우의 시대정신과 맞서야 했던 노신도 마찬가지였을 것이다.
⋯그러나 지난해 이후 확실히 나는 몹시 사람이 나빠졌소. 그만큼 진보했는지도 모르겠소. 여러 방면으로부터 공격을 받아도 전혀 상처를 입은 느낌이 들지 않으며, 이제 쓰리지도 가렵지도 않은 거요. 이 이상 어떤 죄상을 추가당하더라도 기가 죽은 일은 없을 것이요. 이것은 많은 오래된 또는 새로운 세상물정을 체험함으로써 겨우 획득한 것이오. 이제는 모든 것을 걱정하는 것은 그만두겠소. 退嬰에서 퇴각할 수 없는 지점까지 물러나서 되받아치기로 녀석들에게 부딪치겠소. 녀석들을 업신여기고 녀석들의 업신여김을 업신여겨 줄 뿐이오. 이쯤에서 편지를 마치겠소. 바다 위는 월색이 교교하고 주면은 반짝반짝 은빛 비늘 같은 물결이 출렁이고 그 바깥

쪽은 온통 벽옥의 크고 넓은 바다. 매우 온화한 느낌이오. 이런데
서 사람이 빠져죽는다니 도저히 믿어지지 않소. 아니 걱정마시길.
이것은 농담. 내가 바다에 뛰어든다고는 생각 마시길 바라오. 그런
기분은 결단코 없으니까. -노신문집 中(중)에서

지배적 시대정신과 맞서 싸운다는 것은 정말 힘든 일이다. 그리
고 그 잘못된 시대정신을 대체하는 뭔가를 만들어 내는 것은 더 어
렵다. 물론 내가 감당하기 어려운 과제이고 누군가 대신 해주기를
기대하기도 했다. 그러나 이런 사태에 책임져야 할 지식인들은 송
호근 교수 말대로 대학으로 빨려가서 대학에서 소멸되었다. 민주화
운동세대들의 섣부른 청산주의는 미처 청산되었어야 할 과제들을
더 키워놓았고 이제는 괴물이 되어 버렸다.

Ⅰ부는 노동운동을 지배했던 시대정신에 대한 것이다. 지금의
PC주의(정치적 올바름)의 뿌리는 격동의 80년대 운동권 문화와 밀접
히 연관되어 있다. 그리고 운동권 문화의 많은 부분이 노동운동의
치열한 내부정파투쟁 과정에서 형성되었다. 민주노총이 만들어진
과정에 대한 이해없이 돌팔이 처방전이 난무한 것이 문제를 악화시
켰다. 문제의 뿌리를 좀 더 쉽게 전달하기 위해 실제 겪은 사건들
중심으로 접근하고자 한다.

Ⅱ부는 대한민국의 정치에 대한 것이다. 좌파와 우파의 정치가
어떻게 망가져갔고 그것을 극복하려던 제3의 정치운동 역시 어떻게
무너졌는가에 대한 실패와 좌절의 기록이다. 즉 정치의 실종에 대
한 것이다. 모든 것은 상대적이다. 어느 한쪽만의 책임을 묻는 것

은 공정치 않을 것이다. 시대정신에 의한 거대한 가스라이팅이 있었다. 조직적이고 집요한 선전선동의 결과 좌파는 나르시시스트가 되었고 우파는 얼떨결에 플라잉몽키가 되었다. 물론 그 반대의 경우도 있었다.

심리학에는 스케이프고트(scapegoat) 즉 희생양이란 개념이 있다. 나르시시스트의 감정 쓰레기통 역할을 하는 대상을 의미한다. 대한민국에서 그것이 좌파에게는 재벌이었고 우파에게는 민주노총이었다. 이 희생양들은 진영논리에 의해 항상 재생산된다. 기득권 카르텔이라는 주적 역시 자칫하면 진영논리의 악순환 속에서 정체성 정치에 이용될 위험성이 있다. 따라서 진영논리를 깨는 것은 대한민국의 운명을 좌우할 문제가 되었다.

Ⅲ부는 바로 우리의 대안에 대한 이야기, 즉 새로운 시대정신에 대한 이야기이다. 자본주의는 버전을 달리해서 끊임없이 새로운 체제를 스스로 만들어간다. 지금은 자본주의 4.0 정도의 체제이지만 곧 5.0 체제를 지향하게 될 것이다. 그것이 주보프가 말한 대로 감시자본주의라는 디스토피아를 만들지, 아니면 유토피아를 만들지는 항상 그렇듯이 우리에게 달려 있다. 나는 약간 낙관적으로 바뀐 편이다. 그것은 본문에서 제기하는 4개의 새로운 패러다임이 멀지 않은 시기에 구축될 수 있다는 신념을 전제로 한다. 그 패러다임이란 첫째, 인간과 자연과의 모순을 시대적 과제로 설정, 둘째, 노동가치설을 존재가치설로 전환할 것, 셋째, 경제주체의 공유가치개념 설정, 넷째, 새로운 사회경제적 주체, 즉 본원적 클러스트 구축을 위한 사회적 노력이다.

이 장의 정치적 맥락은 '부정을 통한 정당성 확보' 논리를 끝내자는 것에 있다. 한국 정치는 좌파와 우파 각자 스스로 사상의 감옥에 갇혀 있고 오랜 역사적 과정을 거쳐 구조적 신념으로 굳어져 있다. 그러나 실제 현실에서는 근본적 변화가 일어나고 있는 중이다. 정치권력이 그것을 반영하지 못하고 있을 뿐 아니라 그 변화를 억압하고 있다.

'묵시가 사라지면 사람의 행동이 난잡해진다' ─잠언 29장 18절에 나오는 말이다. 묵시란 요즘말로 어떤 이념이나 비전을 말한다. 심심찮게 일어나는 묻지마 살인 같은 것의 원인이 그런 묵시가 사라진 때문이라는 것은 결코 하나마나한 설교가 아니다.

나는 2007년도에 기본소득론을 발표하면서 노동가치설을 존재가치설로 전환해야 한다는 주장을 했었다. 그 이후 2021년에 제3정치경제론을 펴내면서 기득권담합세력의 존재가 대한민국의 발전을 가로막는 거대한 장애물이라는 것을 제기했었다. 윤석열 대통령의 기득권 카르텔 분쇄론은 단순한 정치적 수사가 아니다. 그것이 대한민국의 근본적 문제 중 하나이기 때문이다. 좌우의 이념대립 구도에서 그런 슬로건은 구호에 그쳤다. 문재인 정권의 적폐청산이라는 구호 역시 좌파권력 강화의 수단으로 이용당했다.

좌파의 위선, 내로남불에 대한 국민적 분노가 윤석열 정권을 탄생시켰다. 윤정부는 호랑이 등에 올라탄 것이다. 그 국민의 기대를 저버릴 때 사정없이 내팽개쳐질 것이다. 다시 말해 기득권 카르텔이라는 악마를 요리할 때 진영논리의 희생양으로 이용하는 유혹에 빠지면 안된다는 것이다. 그러나 윤석열 정부의 정치적 기반을 고려한다면 과연 국민들이 만족할 만큼 해낼 수 있을까? 만일 윤석열 대통령 혼자서 외로운 투쟁을 하고 있고 나머지는 오히려 쭈뼛거리며 양비론의 기회주의에 빠져 있다면 그 투쟁의 끝은 어둡다. 정치는 의도가 아니라 결과가 중요한 것이기 때문이다.

물론 그나마 여기까지 온 것도 기적이라 생각한다. 그러나 바둑에서 묘수 3번이면 진다. 언제까지 기적이나 행운에만 기대할 것인가? 급격히 변화하는 정치경제적 정세에 대한 근본적 분석을 할 능력을 상실한 정치인은 결코 역사 앞에서 책임을 다 할 수 없는 법이다. 국민의 집단지성이 여의도정치보다 뛰어나다는 것을 보여준 것은 다행스러운 일이지만 정치가 국민 뒤를 따라가기만 한다면 존재할 이유가 없다.

좌파든 우파든 한국 정치의 핵심 문제는 인간과 자연과의 모순이 주요 모순으로 부각되고 있다는 시대적 상황을 놓치고 있는 것이다. 말하자면 눈에 보이는 당면 문제에 집중하다 보니 국가단위를 넘어선 지구적 문제와의 연관성을 충분히 고민하지 못했다는 반성이다. 과거 운동권의 민족 모순이냐 계급 모순이냐라는 이론적 쟁점이 사회구성체 논쟁으로 이어졌다. 그러나 이 사회구성체 논쟁은 갑자기 사라져버렸다. 80년대 낭만적 혁명가들은 이제 소시민의 삶으로 분해되었고 이론가들은 대학이라는 안온한 공간으로 정착했다.

나머지 두 축 역시 매우 중요한 개념인데 하나는 공유가치창출이라는 개념이고 또 하나는 본원적 클러스트라는 조동성 교수의 개념이다. 사실 이 부분은 조동성 교수의 자본주의 5.0의 연구에 의존하고 있다. 본원적 클러스트는 거칠게 말하자면 자본주의 소비에트 같은 발상이다.

사회주의 소비에트는 물론 실패했다. 실패의 원인은 일종의 공유지의 비극이다. 그러나 가치창조의 주체가 항상 기업일 수만은 없다는 현실을 계속 무시하기는 어렵다. 게다가 좌파와 우파에 의해 희생양이 되어 버린 재벌과 민주노총은 내부에서 변화의 동력을 발생시키는 힘을 찾기가 어렵다.

사태의 심각성에 비해 너무나 일상적인 평온이 기이하게 느껴진다. 안보 문제를 제외하고서도 우리 경제는 성장동력이 소진되었고 선진국의 반열에서 이탈할 조짐을 보이고 있다. 지방 소멸에 이어 저출산 고령화로 인한 국가 소멸을 걱정해야 할 처지이다. 이미 플랫폼 경제가 세계를 지배하고 대안으로 프로토콜 경제모델까지 모색되는 상황을 주도할 동력이 상실된 것이다. 이제까지 그렇게 해왔듯이 누군가 또 잘해 주기만을 바라는 걸까? 그런 행운이나 기적이 계속되길 바라지만 너무 염치없는 짓이다.

따라서 4개의 새로운 패러다임을 구체화하고 실행하는 일은 시간을 다투는 절박한 과제이다. 이 패러다임이 만드는 체제는 말하자면 자본주의 5.0 시대의 주요 특징을 말하는 것이고, 정치적 용어로 표현하면 '진보적 자유주의' 혹은 '신자유민주주의' 체제라고 할 수 있다.

이 정치시스템은 좌, 우 정치 지형의 중간에 있지 않다. 좌나 우의 어느 한쪽 이념으로 통일하자는 것은 전쟁의 가능성을 높인다.

우리가 진정한 승리를 원한다면 강력한 무력을 갖추는 하드웨어와 좌, 우를 뛰어넘는 시대정신이라는 소프트웨어를 갖추어야 한다. 내가 좌, 우를 뛰어넘자는 것은 탈이념도 아니고 정치적 등가성을 부여하는 것도 아니다. 제3정치가 빠졌던 함정이 바로 그것이었다. 그런 정치적 나이브함이 몰락의 원인이다.

보통의 시민들에게 종북주사파의 위험성을 말하면 대개는 코웃음치며 비웃는다. 개념있는 진보적 시민들에게 종북주사파란 용어는 극우집단이 쓰는 말이며 우익독재를 정당화하기 위한 폭력적 단어로 자동 프레임화되어 있다. 마치 파블로프 실험의 조건반사처럼 오랜 기간 그렇게 생각하도록 세뇌되어 왔다.

그러나 사람들이 악마를 무시하면 악마는 기뻐한다. 바로 그 무시당하는 방심의 공간에서 악마는 가장 자유롭기 때문이다. 사상은 진공상태를 허락하지 않는다. 새로운 시대정신을 전제하지 않는 비판은 실제로는 아무것도 비판한 것이 아니다. 그냥 푸념을 늘어놓은 것에 불과하다. 제3정치의 한계가 그것이었다.

시대정신은 국가의 운명을 좌우할 뿐 아니라 개인의 삶도 좌우한다. 대한민국의 모든 갈등의 원인은 결국 시대정신의 문제였다. 새로운 시대가 요구하는 '시대정신'을 정립해야 한다는 요구는 절박한 반면 그 요구에 답하는 사람들은 너무 없다는 점에서 나의 만용을 너그럽게 이해해 주었으면 한다.

2023년 10월 10일　이수봉

놀라운 글이다. 한국 정치인들 중 이렇게 깊이 있는 통찰력을 보여준 글이 언제 있었나 싶다. 지금 한국 정치가 실종된 원인, 좌우파로 진영논리에 의해 분열을 거듭하고 있는 뿌리를 건드리고 있다. 무엇보다 이 책의 미덕은 머리가 아니라 몸으로 쓰여진 것이라는 점이다. 시대정신이라는 고도의 관념적 개념에 대해 이토록 현실의 사례를 통해 드러낼 수 있는 것은 저자 본인의 삶이 얼마나 치열했던가를 증명한다. 저자가 겪었던 하나하나의 사례들이 한국사회의 가장 첨예한 전선이었다는 것도 놀랍다. 그런 경험들을 토대로 새로운 사회의 비전을 밝히는 대목은 학계에서도 거의 손을 놓고 있는 거대담론이다. 어떻게 이런 거시적 전망이 가능했을까?

더 놀라운 것은 가장 치열하게 진보좌파로서 살아온 사람이 극적인 세계관의 전환을 이루게 된 것이다. 그것은 저자가 시대정신에 누구보다 충실했기 때문이고 또 후기에 밝혔듯 특별한 계기가 있었던 것 같다. 그런 경험은 흔치 않다. 사실 나 역시 4번 구속되고 4번 무죄로 풀려나는 과정에서 겪었던 특별한 각성이 있었다. 그 각성때문에 호남에서 호남정치의 한계를 극복하기 위한 가시밭길을 가게 되었다. 그래서 이 글이 더욱 놀랍고 특별하게 느껴진다. 한마디로 진주 같은 글이다. 정치에 관심있는 사람 뿐 아니라 동시대 사람이라면 반드시 소장하고 일독하길 바란다.

-박주선 前(전) 국회부의장/ 現(현) 석유협회회장

우리 시대는 좌우 이념으로 나뉘어 있다. 국민의 삶을 앞에 두고 진영으로 맞서고 있다. 정치적 유불리에 따라 정책이 마련되고 주장되어 갈등의 연속이다. 그래서인지 우리나라 사람들이 스스로 삶의 전체적 질을 평가해 매긴 행복 점수에서 한국은 경제협력개발기구(OECD) 38개국 중 끝에서 4번째에 해당한다. 정치적 갈등이 국민을 더 피로하게 만들고 있는 것은 아닌지? 의심해 볼 대목이다.

그는 시대정신으로 자본주의 4.0을 넘어 5.0을 이야기하고 있다. 자본주의 4.0은 리먼브러더스 사태 이후 독점 자본주의 문제점을 파악하고, 개선하고자 하는 이해관계자자본주의를 의미한다. 그런데 자본주의 5.0은 4.0을 넘어 인간의 지혜가 인공지능과 결합한 양자컴퓨터에 의해 초지성을 지닌 인류와 이것과 결합한 자본주의, 즉 초지성자본주의 사회를 말한다. 한마디로 합리적 의사결정, 과학적 의사결정 시대로의 진화를 말하고 있다. 정치와 정책 의사결정에 과학적인 방법으로 합리적 의사결정을 이루는 사회, 그런 사회라면 갈등을 넘어 국민이 행복한 사회를 만들 수 있지 않을까? 그런 시대정신이라면 적극 응원해 본다.

– 박철우 한국공학대 (전) 특임부총장

글의 힘은 곧 삶에서 나온다. 그렇기에 저자의 글은 힘이 있다. 노동현장에서, 시민사회에서, 제3정치운동의 한복판에서 치열하게 살아온 저자의 글은 울림이 있다. 기존 시대정신에 의한 거대한 가스라이팅에서 벗어나 새로운 시대정신의 단초를 찾고자 하는 모든 사람들에게 일독을 권한다.

−채명성 변호사

이 책은 한 맑은 영혼의 정치적 고해성사다. 더 나은 세상을 꿈꾸던 젊은이의 실패와 좌절의 기록이기도 하다. 저자는 시대의 아픔과 좌우를 넘어 우리에게 자본주의 5.0 시대를 대비할 4대 패러다임을 제시한다. 나는 플랫폼 경제를 지나 다가오는 프로토콜 경제 시대가 등장할 것을 전망해 왔다. 그러나 그것이 현실화하는 과정에서 어떤 것이 필요한지 종합적으로 살펴보기는 어려웠다. 그런데 이 책에서 큰 그림을 보게 되었다. 말하자면 그림의 퍼즐들이 다 맞아지는 느낌이었다. 이런 글이 한국에서 나올 수 있다는 것은 아직 희망이 있다는 뜻이다.

−김지연 《4차산업혁명 시대에 살아남기》 저자

'시대정신의 배신'은 대한민국이 나아가야 할 진정한 '시대정신'의 방향성을 제시한다. 저자 이수봉은 오랜 시간 노동계와 정당정치의 경험을 통해 현재 대한민국의 왜곡된 시대정신을 면도날같이 파헤치고 비판했다. 특히 저자 이수봉이 제시한 '자본주의 5.0'은 정치가 놓치고 있는 비전을 제시하고 있다는 점에서 여, 야 모두 도움이 될 것이다. 특히 左右理念, 保守와 進步에 대해 저자의 자기성찰을 중심으로 치열하게 투쟁해 온 실천이 뒷받침되어 있어 무척 단단한 근거를 갖고 있다. 대한민국이 '초일류 국가'로 거듭나야 한다고 생각한다면 이 책은 의심할 바 없는 필독서가 될 것이다.

－정우식 경희대학교 테크노경영대학원 중문MBA 겸임교수

한국의 좌파는 왜 종북주사파의 지배를 받는 부패한 기득권 담합 체제로 변질되었고 우파는 왜 우유부단한 금수저 연합체 이미지로 전락하였는가, 탈이념 실용주의에 빠진 제3의 정치는 왜 실패할 수밖에 없는가, 모두가 결국 시대정신의 문제임을 밝히는 저자의 통렬한 경험에서 우러난 통찰력이 큰 울림으로 다가온다.

노동운동과 정치 현장의 생생한 기록과 함께 오늘의 답답한 정치 현실을 극복하고 대한민국의 미래를 열어나갈 새로운 길을 고민하는 모두가 마음을 열고 읽어봐야 할 필독서로 적극 추천한다.

－전승철 동서미래전략연구원원장/ 前 한국은행부총재보

이수봉 대표는 학생운동, 노동운동, 민주노총의 시민운동, 그리고 제3정치운동, 민생당 비상대책위원장, 서울시장 후보 등에 이르기까지 치열한 삶을 관통해 왔다.

　그 궤적에서 체득한 지혜와 성찰을 자양분 삼아 '대한민국의 미래 지향점'을 제시했다.

　특히 주사파에 장악 당하고 강남좌파와 같이 신기득권화 되었으면서 성찰하지 않고 있는 한국 좌파들, 자신들의 정치적 정체성을 발전시키지도 새로운 정치인도 키워내지 못하는 무기력한 한국우파들, 새로운 정치를 소망하지만 현실 정치에 실패한 제3정치세력들 모두에게 결핍되어 있는 것은 바로 '새로운 시대정신'이라는 진단을 내렸다.

　그 해법은 새로운 시대정신에 대한 합의와 그 실천일 것이다. 새로운 시대정신으로, '신자유민주주의 수립', '초지성자본주의(자본주의 5.0)', '종북주사파와 결합한 기득권 카르텔 세력 척결, 지역분열주의 극복'을 제시했다. 우리들에게 엄청난 성찰의 기회를 부여해 주고, 우리의 정치의 미래가 어디로 가야 할지 알려 준 귀중한 로드맵이 될 책이다.

－박정희 호원대학교 초빙교수(사회복지학)

이수봉 대표가 현장에서 기득권 카르텔과 싸우는 과정을 지켜본 사람으로서 그 불가사의한 힘이 어디서 나오는지 궁금했었다. 특히 진보 쪽에서 평생 살아온 사람이 윤석열 대통령을 지지했을 때도 그 결단의 배경이 궁금했다. 이 책을 통해 궁금증이 해소되었다. 그는 진정으로 좌우 진영논리를 넘어서고 싶어 했었다. 단지 좌우의 통합이 아니라 더 윗길을 찾고 있었다. 그가 이야기하는 자본주의 5.0 시대의 새로운 4가지 패러다임은 우리 청년들에게 희망과 영감을 주고 있다. 특히 지금 희망을 찾아야 하는 청년들에게 일독을 권하고 싶다.
-정주영 전 민생당 청년비대위원

서평은 인물평으로부터 시작할 수밖에 없다. 저자와 나는 어느 한 시기에 같은 꿈을 꾸는 동지였다. 나는 내세우지 않는 그의 성정에 끌리면서도 한편 그것이 늘 안타까웠다. 이 책에는 저자의 숨겨진 이야기들이 많다. 그것이 이 책이 반가운 첫 번째 이유다. 그러나 무엇보다 이 책에는 그의 삶과 성찰의 일대기 이상의, 좌와 우를 막론하고 한국 사회의 전진(혹은 진보)를 꿈꾸는 사람들에게 던지는 화두로 가득 차 있다. 한국 사회의 미래를 고민하는 모든 이에게 일독을 권한다. 마지막으로 자신이 마주한 시대정신을 비겁하게 외면하지 않은 그의 용기에 경의를 표한다.
-곽태원 전 사무금융노동조합연맹 위원장

한 시대를 온몸으로 부딪치며 치열하게 살아온 사람이 아니면 쉽게 할 수 없는 이야기가 있다. 이 책의 저자 이수봉은 바로 그렇게 일생을 살아온 사람이다. 지금은 상식이 된 자유와 민주를 쟁취하기 위해 청춘을 바쳤다. 그런 경력을 훈장삼아 개인의 영달을 추구하는 대신 여전히 두 눈을 부릅뜨고 정치권력과 기득권들을 감시하고 있다. 그 과정에서 저자는 다양한 시대정신들의 허실과 그것이 우리 사회에 미치는 영향을 지켜보았고, 자유와 민주에 대한 철학적 이해를 심화하였다. 극단적 양극화와 진영화로 치닫고 있는 현 상황에서 우리 사회를 통합할 수 있는 새로운 시대정신이 절실하다. 정의와 공정에 대해 깃털처럼 가벼운 내로남불식 주장들이 난무하는 지금, 저자가 몸으로 쓴 이 책의 무게를 느껴볼 필요가 있다.

－김영산 한양대 경제금융대학교수

'자유민주주의'를 말하는 그대, 그만큼 강해져야 한다. 이 책은 무시로 민주 · 진보 팔이하고, 자유우파 타령하는 사람들을 통박한다. 선거 결과가 나오면 이민을 운운하거나, 국민을 바꿔야 한다고 자못 진지한 어조로 말하는 사람들의 얼굴을 붉게 달아오르게 한다. 성급한 실망을 접게 하고, 우리 내부의 위선과 내로남불을 돌아보게 한다. 그리고 자유민주 시민으로서 담금질하도록 채찍질한다.

－ 조준상 전 KBS 이사

내가 이수봉 선배를 처음 본 것은 2000년대 중반 무렵이다. 이수봉 선배는 노동운동, 나는 통일운동을 하고 있었다. 때는 2001년 군자산의 약속을 계기로 노동운동과 통일운동에서 주사파가 절정을 구가하고 있을 때였다. 촛불과 문재인 정권 그리고 이재명 민주당 당대표로 상징되는 민주당의 극단주의가 모습을 드러내던 것도 그 무렵이었다. 나는 촛불과 주사파에 의문을 품고 새로운 대안을 찾고 있었고 이수봉 선배도 그랬던 것 같다.

시간이 흘러 흘러 이수봉 선배의 책, 시대정신의 배신을 읽고 있다. 책에는 노동운동과 정치권에서 그가 겪었던 일화들을 자세히 소개하고 있다. 언제나 그렇듯이 과거를 정확히 돌아보는 것이 미래를 설계하는 디딤돌이다. 나는 선배의 담담한 회고와 평가로부터 많은 것을 배웠다. 미래에 대한 대안은 더 많은 토론과 고민이 필요할 듯 하다. 그는 책 부제를 용감하게도 "전 지구적 자본주의의 무정부상태를 극복할 21C 시대정신"이라 담았다. 내년 총선 전략 또한 대담하다. "총선의 기본전략으로 정치교체를 위한 신당창당이 필요"하고 "정치교체는 자유와 민주주의를 지키는 국민 대 기득권 비리세력과 종북주사파 세력과의 전선을 구체적 실체로 만드는 것"이라고 제안한다. 내년은 정치의 계절이 될 듯 하다. 여기서 이수봉 선배의 비전과 전략이 빛을 발하기를 기대한다.

-민경우 前 범민련 남측본부 사무처장/민주화운동동지회 사무총장

그는 한국 정치, 경제의 급소를 찔렀다. 그것도 아주 구체적으로!
-강익근 민생당경남도당위원장

이 책은 강력한 영적 힘으로 쓰여졌다. 그토록 처절한 고난 속에서도 낙관적 전망을 제시하는 그 힘이 놀라울 뿐이다.
-표정수 중소기업가

Ⅰ부_시대정신과 노동운동

II부_정치교체

Ⅲ부_새로운 시대정신

보론_내년 총선의 시대정신

1부 ———————————————————

시대정신과
노동운동

함부로 시대정신을 말하는
정치인을 조심하라
■ ■ ■

　대부분 사람들은 알고 있다. '진리가 우리를 자유롭게 하는 것'이
아니라 '돈'이 자유롭게 한다는 것을. 그래서 깨닫지 못하는 사이에
진리는 곧 돈이요 돈은 곧 진리라고 믿게 되었다. 그러나 매연 가득
한 공기가 폐암을 일으키듯 잘못된 시대정신이 서서히 혹은 폭발적
으로 우리의 삶을 파괴하고 있는 것도 목격해 왔다. 시대정신은 진
리의 총화이다. 결국 인간의 생존에 가장 기본적 문제가 신선한 공
기였듯이 인간사회의 결정적 문제는 시대정신이었다.

　한국 정치는 실종되었다. 정치판에서 일어나는 웃지 못할 막장
드라마를 보기 위해 우리는 수십조의 세금을 처들이고 있다. 저질
국회의원들의 막장 쇼를 보기 위해 그렇게 많은 비용을 지불할 만
큼 우리 형편이 넉넉한가? 물론 정치판 뿐 아니다. 좌우로 나뉜 진
영논리가 대한민국이라는 거대한 공동체를 파괴하고 있는 이유는
바로 각자의 시대정신이 다르기 때문이다. 이제 시시비비를 가리는
일은 나라와 개인의 운명을 좌우하는 문제가 되었다.

　각자 어떤 시대정신의 차이 때문에 그런가를 보려면 먼저 시대정
신이라는 개념 자체에 대해 공동의 인식이 필요하다. 특히 이 점을

강조하는 이유는 지금 한국 정치에서 좌, 우가 쓰는 용어가 다르고 그것이 구조화된 신념체계가 있기 때문이다. 따라서 구조화되기 전 처음으로 돌아가서 이른바 '개념정리'가 되어야 대화가 가능해진다.

'어느 돌멩이의 외침'은 유동우 작가가 쓴 책 제목이다. 많은 사람들이 영향을 받고 노동운동을 하게 만든 책이다. 물론 여기서 돌멩이는 억눌린 노동자를 비유한 것이리라. 그러나 엄격히 말해 '돌멩이'에는 정신이 없다. 풀이나 나무에도 정신은 없다. 심지어 코끼리나 원숭이에도 본능은 있고 어느 정도의 지능은 있지만 '정신'이라 할 만한 것은 없다. 만일 원숭이가 정신이 있었다면 자신의 정사 장면을 허락없이 촬영한 방송사에 대해 상당히 고액의 소송을 제기하거나 생활영역에 대한 점유권 같은 것을 요구하면서 복잡한 정치경제적 문제를 야기했을 것이다.

이 우주 어디를 보아도 무한한 무기체의 공간일 뿐 '정신'은 관찰되지 않는다. 오직 인간만이 정신을 갖고 있다. 그러나 문제는 인간의 유한성이었다. 즉 일반적으로는- 예외도 분명히 있습니다- 대략 100년 이내로 살다가 간다. 인간의 유한한 삶은 무한한 삶을 동경한다. 바로 그 동경심이 시대정신을 만들었다. 시대정신 역시 시대라는 시간적 제약을 넘어서기 위한 상상을 하게 된다. 그 결과 절대정신이라는 개념을 낳았다.

유한한 인간의 정신이 무한을 상상하고 정복하고자 하는 욕망을 가진다는 생각은 인류의 과거와 현재 그리고 미래에 대한 다양한 해석과 전망을 가능하게 하는 열쇠이다.

예를 들어 이집트의 피라미드는 왜 건설되었을까? 과잉노동력의 해소를 위한 것이라는 등의 정치경제적 설명으로는 충분치 않다. 그럴 때 유한과 무한의 대립을 사유하는 인간정신이라는 열쇠를 적용해 볼 수 있다. 예컨대 사막의 한가운데 서있는 인간을 상상해 보라. 인간은 무한한 우주를 보거나 무한한 사막의 지평선을 보면 일종의 숭고한 공포심을 느낀다. 자신의 존재가 무한에 빨려 들어가는 공포심을 해소하기 위해서는 자신이 서있는 공간이 크면 클수록 좋다. 무한해 보이는 사막의 크기에 비례하여 피라미드의 크기도 커진다. 결국 피라미드란 유한한 인간의 무한에 대한 숭배이다.

인간이 처해 있는 시공간의 구체적 조건 속에서 인간 정신은 자신의 구원을 위한 운동을 시작한다. 그런 맥락으로 본다면 시대정신은 '정신적 피라미드' 같은 성격으로 이해할 수 있다.

일반적으로 시대정신(Zeitgeist)은 한 시대에 지배적인 지적 · 정치적 · 사회적 동향을 나타내는 정신적 경향을 뜻한다. 이 용어는 18세기 후반부터 독일을 중심으로 등장하였다. 숨막히는 군주제에서 희망을 발견할 수 없었던 헤겔은 자유의 구현자로서 나폴레옹에 기대를 걸었다. 시대의 희망을 온몸으로 체현해내는 나폴레옹을 우연히 만나는 사건을 통해 헤겔은 시대정신이라는 개념을 구체화시킨다.

그러나 이 시대정신이라는 개념이 단순하지 않은 이유는 절대정신과 연관되어 이해해야 하기 때문이다. 헤겔은 절대영혼, 절대정신이라는 개념을 사용했다. 절대정신(absoluter Geist)은 개인의 이성이 아니라 모든 이성의 집합보다 더 큰 총체적 개념의 이성이다.

무슨 말인지 어렵다면 그냥 쉽게 '신' 혹은 '하나님'을 상상해 보라. 하나님은 무오류의 절대자이다. '뜻이 하늘에서 이루어진 것 같이 땅에서도 이루어지이다'라는 기도문은, 즉 절대자 하나님의 뜻이 인간세상에서 이루어지도록 해주시라는 뜻이다. 참고로 헤겔은 신학을 공부한 사람이고 목사가 되려고 했던 사람이다. 신앙을 통해 얻은 영감을 철학으로 풀어낸 것으로 이해하면 크게 틀린 답은 아닐 것이다.

헤겔은 세계정신(世界情神, Weltgeist)이라는 개념도 고안했다. 이는 세계사 속에서 움직이고 있는 초월적인 정신을 가리킨다. 이 세계 정신의 각각의 발전 단계를 나타낸 것이 세계사적 민족이다. 이것은 민족정신이라는 개념으로 이어진다. 일제 침략기에 우리의 민족정신은 '해방'이었다. 독일에서는 히틀러가 공산주의에 대한 공포와 유대인에 대한 편견을 토대로 '아리안 민족 최고'라는 민족정신을 제시했고 그것이 어떤 결과를 초래했는가를 우리는 잘 알고 있다.

어떤 절대정신이 있고 그 절대정신이 시대에 따라 구체적 소명을 띠고 나타나는 시대정신은 동시대인이라면 마땅히 따라야 할 가치를 강제했다. 이런 관점은 공산주의, 독일 나치즘, 이탈리아 파시즘, 일본 제국주의에도 영향을 미친다. 천황을 위해 목숨을 초개같이 던지는 가미카제 정신은 절대정신의 도구로서 인간이 존재한다고 생각했기 때문에 가능했다. 이 가미카제 정신에 대한 공포가 원자폭탄을 만들게 된 것이기도 하다. 일본 본토 점령을 시도할 때 예상되는 군인들의 죽음에 대해 부모들을 설득하는 어려움을 감당할 정치인은 없었던 것이다.

이렇게 시대정신은 필연적으로 거대담론에 따른 개인의 희생을 수반했다. 개념은 관념을 낳고 관념은 양날의 칼이 되어 인간에게 다가간다. 말하자면 전체주의적 경향을 띠게 된다. 여기에 대한 반발로 키에르케고르와 같은 실존주의가 탄생하게 된다. 키에르케고르는 죄를 짓고 살아가는 인간은 개별적이고 단독적인 존재라는 점을 전혀 고려하지 않았다고 비판한다. 즉 헤겔은 추상적인 관념에 집착했을 뿐 구체적인 인간을 철학에서 제외시켰다는 것이다. 1, 2차 세계대전을 겪고 난 후 서구를 중심으로 근대적 담론에 대한 근본적 회의가 강하게 생겨났다. 그러나 극복 방향은 혼돈에 빠졌고 다양한 철학적 탐색이 진행되었다. 한국은 비교적 뒤늦게 이 흐름을 따라잡기에 급급했다.

나는 1997년 서강대 경제대학원에 석사과정에 등록했다. 자본주의 작동원리를 알아야 노동운동의 이론을 발전시킬 수 있다는 생각에서 들어간 것이다. 사실 매우 충격적이었다. 마르크스나 마오쩌둥 등 오직 좌파문건만 보던 나에게 프리드먼이나 하이에크의 자유시장경제주의적 시각은 완전히 다른 시각으로 세상을 볼 수도 있다는 것을 알게 해주었다. 그들의 말에는 묘한 설득력이 있었다. 하지만 내가 직면한 현실에서는 그들의 논리는 다분히 이상주의적이었다. 시장은 공정한 게임의 룰이 있어야 정상적으로 작동하지만 현실은 철저히 힘과 약육강식의 법칙이 지배하고 있다고 느꼈기 때문이다.

천민자본주의에서 현대적 자본주의 체제로 그리고 신자유주의 체제로 현기증나게 바뀌는 환경을 노동운동은 미처 따라잡지 못하고 있었다. 서구유럽이라면 200여 년에 걸쳐 일어났던 변화들이 한국에서는 거의 동시적, 복합적으로 진행되어 정신을 차릴 수 없는 지경이었다. 이론이 현실의 변화를 따라가지 못하고 있었다.

그런 와중에 '수유너머'라는 공간에서 철학을 공부하게 되었다. 당시 유행하던 푸코, 데리다, 들뢰즈 등과 하이데거, 그리고 동양철학, 그리고 그람시 네그리 등의 혁명이론에 대해 집중적 공부를 하게 되었다. 나는 운동의 이론과 현실의 괴리에 대해 회의하고 있었고 이런 공부를 통해 뭔가 발견할 수 있으리라 생각했다. 유럽 철학자들의 난해하고 현란한 수사들을 따라가다 보면 극히 정교한 인식론에 감탄하다가도 그 결론이 왠지 공허하게 느껴지는 과정이 반복되었다.

어느 정도 시간이 흘러서야 이들이 왜 그렇게 어려운 말을 쓰게 되었는지 알게 되었다. 마르크스주의는 결국 공산전체주의를 낳았다. 공산주의가 전체주의와 결합하는 것은 필연이다. 인간을 구원하고 불평등에서 약자를 해방시키려 했던 청년마르크스의 꿈은 인간에 의한 인간에 대한 폭력이 지배하는 세상을 낳게 되었다. 서구 지식인들을 강력히 사로잡았던 공산주의가 필연적으로 전체주의화하면서 나치즘이나 파시즘 같은 변종을 낳았을 때 얼마나 당혹했겠는가?

비록 정치적으로는 서로 적대적이었지만 이들 체제를 관통하는 전체주의의 기원을 찾기 위해서는 이념에 대한 현미경적 접근이 불가피했다. 당시 일반적 용어로는 자기들이 발견한 진실을 표현하기 어려웠을 것이다. 그래서 데리다는 개념 자체를 새롭게 구성했고, 들뢰즈는 존재의 복합성을 혼란스럽게 제기함으로써 그 목적을 달성했다. 푸코는 지배와 피지배구조의 복잡성을 제기하면서 세상을 보다 정밀하게 볼 수 있게 하였다. 읽기 힘든 비비꼬인 암호 같은 문장들은 전체주의의 폭력성에 대한 반발이자 알리바이이기도 했다.

의미는 있었다. 이들 포스트구조주의는 좌파들의 단순함에 대한 근본적 성찰을 제기한다는 점에서 충분히 의미있는 작업이었다. 그리고 현실의 작동원리에 대한 깊고 심오한 이해를 돕는 역할도 인정할 수 있었다. 그러나 so what? 삶의 다양한 역동성을 인정해라. 소외된 자의 가치를 결코 잊어서는 안된다… 그런데 그래서 어떻게 하자구요? 하는 질문에 답을 얻기는 어려웠다. 이들은 시대정신을 해체하는 것에 관심이 있었지 새로운 시대정신을 제시하는 것에는 본능적 거부감이 있었던 것이다. 왜 안 그렇겠는가? 진리의 이름으로 인간에 의한 학살이 정당화되는 지옥을 경험한 마당에.

그러나 이런 학문적 경향은 거대담론에서 진리를 확정하는 것을 포기하고 좀 더 작고 실용적인 혹은 생활적인 부분에서 시작하려는 노력들로 이어진다. 페미니즘, 성소수자운동, 환경운동, 주주자본주의운동, 시민참여운동 등 다양한 방면으로 좌파의 관심이 확장되면서 동시에 본질주의, 근본주의는 점차 꼰대가 되었다. 민주노총은 공식적으로는 아니지만 술자리에서는 시대에 뒤떨어진 경직된 운동권 집단이었다. 상대적으로 참여연대는 이들과 다른 좀 더 세련된 형태의 사회적 운동으로 비쳐지고 있었다.

당시 신자유주의의 위세는 세계를 뒤엎었고 역사의 종말을 선언하던 시기였다. 마르크스주의라는 거대담론이 실패하는 것을 본 지식인들은 거대담론 자체를 해체하는 것에 몰두했는데 사회참여 운동세력들은 그 노력들을 부분적 담론으로 변화시켜 좌파의 문제의식을 이어가려고 했던 것이다.

나는 민주노총이 이런 흐름을 타면서 내부 문화나 가치를 혁신해야 한다고 생각했다. 말하자면 구좌파가 아니라 신좌파운동이 필요하다고 생각했다. 낡은 이념과 관성적인 집회문화가 지배하는 민주노총을 바꾸고 싶었다. 참여연대의 개량주의 기회주의적 노선이 아니라— 실제 그렇다는 것이 아니라 당시 노동운동진영의 일반적 평가였다— 대중적이면서도 근본적 대안을 제시하면서 민주노총을 새로운 참신한 집단으로 개혁하자는 생각이었다.

네그리의 그림자노동이나 푸코, 들뢰즈의 비주류의 가치에 대한 연구는 충분히 도움이 되었다. 나중에 기본소득론을 만들 때 철학적 재료로 재사용되었기 때문이다. 구조적 실업과 노동의 양극화에 대한 연구 속에서 발견한 대안은 '기본소득'이었다. 분명히 말해둘 것이 있다. 이재명의 기본소득은 짝퉁이다. 내가 이야기한 기본소득은 복지정책이 아니고 철학적 방향이다. 노동가치론을 존재가치론으로 전환하자는 것이 핵심이다. 그러나 2007년 기본소득론을 발표한 이후 한국에서 기본소득네크워크 운동이 진행되고 이것이 정치권과 결합하면서 일종의 선거전술로 활용되기 시작했다. 결과적으로 취지가 왜곡되어 버렸다. 굴이 강을 건너자 못 먹는 탱자가 되어 버린 것이다.

담론의 분화 및 다양화는 노동운동 뿐 아니라 정치에도 영향을 미쳤다. 누구는 '공정과 상식'을 말한다. 김호기 교수는 시대정신은 뉴노멀, 불안, 글로벌 위험에 맞선 '새로운 회복'에 있다고 주장한 바 있다. 심상정 의원은 '주4일제'가 시대정신이라고 주장하고 있다. 안철수 의원은 7대 시대정신을 이야기하기도 했다. 시대적 과제라면 몰라도 시대정신이란 말을 그런 식으로 사용하는 것은 맥락상 오남용이다.

비유하자면 암으로 온몸이 아픈 환자에게 위장약, 멀미약, 혈압약, 안티프라민, 지사제 등 현상에 대한 모든 처방을 하는 느낌이다. 그러다가 암덩어리를 제거하지 못하면 죽게 되는 절박한 상황이라면 어떻게 될 것인가?

시대정신을 말하려면 절대정신이 뭔지 말해야 한다. 절대정신 없는 시대정신은 불완전한 개념이다. 심지어 7대 시대정신 운운은 스테이크를 시켰는데 메인 디시인 고기는 없고 양파만 잔뜩 구워 나온 접시와 같다. 양파의 본질이 뭐냐는 질문 앞에 계속 양파 껍질을 까주는 셈이다. 안타깝게도 대부분의 정치인들은 시대정신을 단지 좀 개념 있어 보이는 정치인으로 포장하는 용도로 사용하는 듯하다. 그러나 그런 것이 정치를 실종시킨다.

이념이나 시대정신에 바친 인류의 희생에는 다 그럴 만한 이유가 있었다고 믿는다. 어쩌면 우리는 헤겔을 버리는 게 아니라 헤겔이 잘못 들어선 그 지점에서 다시 출발하는 것이 지혜로운 태도일지 모른다. 막대한 희생을 치른 인간 역사에 대한 예의라는 점에서도 그렇다.

절대정신과 자유

■ ■ ■

사람들은 '자유'의 절실함이나 가치에 대해 잊고 사는 경우가 많다. 공짜로 주어지는 공기처럼 '자유'는 공유지의 비극에 처해 있다. 그래서 윤석열 대통령이 취임사에서 '자유'를 35번이나 언급한 것이 화제가 되었다. 문재인 정권하에서 추진했던 개헌안 초안에서는 '자유민주적 기본질서'의 '자유'가 빠졌었다. 심지어 교육부는 중고교 역사교과서 집필 기준에서 우리의 국체(國體)를 자유민주주의가 아닌 민주주의로 기술하도록 확정한 바 있었다. 일반 국민들은 별로 의식하지 못했겠지만 지난 20대 대선은 '자유'의 가치를 둘러싼 전쟁이었다.

당장 민주노총은 2023년 7월 총파업투쟁을 선언하면서 윤석열 정부의 '자유'란 '국민에 대한 선전포고'라는 주장을 하고 있다. 민주노총 기자회견문의 해당 부분은 이렇게 되어 있다. '윤석열 대통령은 취임사에서 '자유민주주의와 시장경제 체제를 기반으로 하는 나라 재건'이 소명이라고 선언했다. 민주주의 실현을 지상목표로 삼아야 할 대통령이 힘 있는 자와 가진 자들이 더 자유롭게 살 수 있는 나라를 만들겠다는 반민주 선언을 한 것이다. 이는 수십 년 동안 민주주의 발전을 위해 노력하고 투쟁해 온 노동자와 국민에게 선전포고를 한 것이나 다름 없다. 검찰을 중심으로 한 특권세력이 국가권력을 틀어쥐고 위기에 처한 재벌과 기득권의 이익을 수호하고 이에 저항하는 노동자, 민중세력을 무력화하는 것이 윤석열 정권의 목표다.'

어떻게 이렇게 세상을 거꾸로 보는 것이 가능할까? 첫째 드는 의문은 자유민주주의와 시장경제를 강화하자는 것이 어떻게 노동자와 국민에게 선전포고를 한 것으로 될까? 굳이 이해하자면 자유민주주의라는 구호는, 즉 반공을 의미하고 반공은 노동자를 탄압해 왔다는 역사인식에서 나오는 자동반사적 표현일 것이다. 우리 사회에 이런 인식이 나름 퍼져 있는 것도 사실이지만 실제 역사의 진실은 전혀 다르다. 소련공산주의를 한반도에 이식시켜려는 김일성공산당에 대항하기 위해 자유민주세력이 맞서 싸운 것이 단지 우파만의 역사관일까?

6.25전쟁에서 몇백만 명의 국민들과 유엔군이 흘린 피는 오직 하나 자유민주주의를 지키기 위한 것이었다. 민주주의는 자유를 지키기 위한 제도적 장치이며 제도적 목표이다. 그것은 자유를 목표로 할 때 그 가치가 발휘되는 것이다. 나 역시 80년대의 투쟁은 자유민주를 위한 것이었지 공산주의를 위해 싸운 것이 아니었다. 그런데 어느 순간 자유민주주의가 노동자와 국민에게 선전포고하는 것으로 바뀌었는가? 이것은 좌파의 역사관도 아니다. 그냥 북한의 입장에서만 가능한 역사관이다. 대한민국의 뿌리 자체를 부정하는 논리에 기반한 성명서를 민주노총은 아무렇지도 않게 당연한 듯이 발표하면서 심지어 그것을 총파업의 명분으로 삼고 있는 셈이다.

둘째 윤정권은 검찰특권세력이 장악하고 있으며 재벌과 기득권의 이익을 수호하려는 정권이라는 주장을 하고 있다. 과연 이것은 진실된 주장인가? 사실은 그 정반대이다. 윤석열은 검찰총장 시절 누구보다 재벌과 권력의 기득권층을 많이 구속시킨 검사 출신이다. 신년 기자회견에서는 '기득권 카르텔과 지대추구 세력이 존재하는 한 한국의 미래는 없다'라고 적었다.

　수능에서의 킬러문항을 교육마피아로 규탄했고 실제 조사에 들어갔다. 검찰독재라고 하지만 자신의 장모조차 구속되는 것을 막지 못했다. 반면에 민주노총은 지금 자신은 기득권 카르텔이 아니라고 착각하고 있지만 실제는 어마어마한 기득권 세력이 되어 있다. 대한민국 근로자 최상위층이 거의 민주노총 소속이다. KBS의 보직도 없이 불분명한 일을 하는 직원들 연봉이 1억이 넘는다. 신의 직장 공기업과 공무원노조들도 마찬가지이다. 이들이 스스로 '노동자 코스프레'를 하면서 고임금을 받아가는 동안 실업자, 자영업자, 비정규직 저임금 근로자의 처지는 점점 더 희망을 잃어가고 있다. 이런 노동시장의 왜곡 문제에 대해 현실적인 대안을 제시하기는커녕 한미군사훈련 철폐 등을 외치는 것이 지금 민주노총이 하고 있는 일이다.

　더 심각한 것은 왜 '자유민주주의'에서 자유라는 단어를 삭제하고 싶어 할까? 왜 시장경제 체제를 그토록 미워할까? 그것은 자유민주주의와 시장경제가 강화되면 기득권 카르텔 체제가 무너지고 그 체제에 기생하고 있는 지대추구 세력들, 말하자면 하는 일 없이 억대 연봉을 받아가는 좋은 시절이 끝장나기 때문이다. 축구 할 때 흔히 하는 말이지만 '최선의 방어는 공격'이라는 격언이 있다. 민주노총은 항상 그런 식으로 해왔다. 그러나 그 공격의 목표가 어떻게 '자유'인가? 우리는 그 자유를 위해 생명을 바쳐왔는데 말이다.

　헤겔에게 절대정신은 '자유'였다. 역사란 자유를 점차 실현해가는 과정이다라는 것이 헤겔의 주장이다. 그렇게 중요한 것이 '자유'인

데 도대체 우리는 이 자유에 대해 얼마나 알고 있는가? 개인의 자유
는 국가의 규범 안에서 얼마나 보장되어야 하는가라는 간단한 질문
에도 우리는 대답하기 매우 어렵다. 자유를 지키기 위해 우리는 목
숨을 걸고 싸워왔지만 막상 그 '자유'가 무엇인지 제대로 아는 게 없
다는 것 자체를 모른다.

　나는 사회과학 책에서 답을 찾기가 어려워지면 성경을 가끔 찾아
본다. 성경은 생각보다 어마어마한 창조적 지식의 보고이다. "너희
가 내 말 안에 머무르면 참으로 나의 제자가 된다. 그러면 너희가
진리를 깨닫게 될 것이다. 그리고 진리가 너희를 자유롭게 할 것이
다."(요한복음 8장 31절-한국천주교주교회의 새번역 성경)

　결국 인간이 자유를 누리는 전제조건에는 진리를 이해하는 것,
그리고 진리를 실천하는 것 안에서 자유를 만끽하게 된다는 해석이
가능하다. 그렇다면 다시 질문해 보자. 도대체 그놈의 '진리'는 또
뭐냐? 무엇을 진리라고 하는가? 선과 악을 가르는 기준이 진리다
같은 진부한 이야기를 하려는 것이 아니다.

　우리는 '자유'를 지나치게 쉽게 생각한다. 그러나 이 '자유'를 위해
인류는 에덴동산을 포기한 바 있다. 무슨 말인가 하면 아담과 이브
는 선악과를 먹었다. 절대 먹지 말라고 한 이유는 선악과를 먹으면
선과 악을 구별하는 지혜를 갖게 되기 때문에 먹지 말라고 한 것이
다. 그런데 이게 말이 되는가? 인간이 선과 악을 구별하는 게 좋은
일이지 그게 그토록 저주받을 일인가?

　여기에 깊고 심오한 '자유'의 원리가 숨어 있다. 말하자면 선과 악
을 구별한다는 것이 그만큼 어려운 일이고 이것은 '인간의 능력을
벗어나는 것'이라는 섭리가 담겨 있는 것이다. 이것은 생각해 보면
무시무시한 말이다. 공산주의는 이 경고를 무시했기 때문에 공산전

체주의로 변질되었다. 진리를 너무 쉽게 본 것이다.

　지금 한국의 정치판이 어지러운 것은 바로 진리가 선과 악을 나누는 기준이라고 믿기 때문이다. 그런 생각은 필연적으로 사회를 전체주의화한다. 인간은 선과 악을 구별할 능력이 매우 취약한 불완전한 존재이다. 통상 상식대로 살자고 이야기하는데 그 상식은 누가 결정하는가? 인간의 보편적 이성이란 것이 또 얼마나 허망한가? 지금 지동설의 입장에서 천동설을 보면 얼마나 황당한가? 그러나 그 지동설 때문에 화형을 당하기도 한 것이 인간 역사이다. 인간이 우주를 파악하는 능력은 0.000001%도 되지 않는다. 말하자면 블랙홀 안에 어떤 우주가 있는지 인간은 모른다.

　철학에서 진리란 선과 악을 구분하는 기준이 아니다. 인식하는 주체와 대상이 일치하는 순간이 진리의 순간이다. 노자에 따르면 그것은 찰나의 순간이다. 道를 道라 하는 순간 道가 아닌 것이다. '자유'를 추구하는 것은 '진리'를 추구하는 것이다. 그 속에서 인간은 자유로워진다.

　선과 악을 구분하는 것은 인간에게는 위험한 칼을 쥐어주는 것이다. 마르크스나 마오쩌둥이나 김일성은 이 칼을 함부로 사용했다. 한국의 좌파들 역시 이 칼을 독점했다고 착각하고 있다. 우파들은 이 칼을 사용하는 법을 잃어버렸다. 아니 자기들이 갖고 있는 줄조차 모르고 있다.

　'자유'란 '진리'를 추구하는 것이고 진리를 추구한다는 것은 선악을 판단하는 것이 아니라 현상에서 본질로 나아가는 것이며 그 과정에서 자유롭게 된다는 것이다. 성급하게 이념의 종말을 외치면서 '돈'이 이념을 대체하였다. '부자되세요'라는 주문을 거는 사회가 되면서 한국은 쪽박을 차는 길을 걷게 된 셈이었다. 묵시가 사라진 사회가 치러야 할 대가는 컸다.

사상의 감옥에 갇혀버린 좌파

■ ■ ■

    정치의 영역에서 좌파의 결정적 패착은 인간의 이성을 너무 믿었던 것이다. 근본적으로 인간은 선과 악을 구분할 절대 존재가 될 수 없다. 겸손한 태도로 자신이 깨달은 진리에 대한 한계를 인정하는 속에서 주장하는 것이어야 했다. 그러나 마르크스주의자들은 불완전한 진리를 완전한 진리인 것으로 절대화해 버렸고 그 길에서 벗어난 다른 인간들을 단죄했다.

    이런 행태는 지금 대한민국 정치인들, 특히 좌파진영 정치인들에게서 쉽게 찾아볼 수 있다. 그들은 자신들이 장악한 선과 악에 대한 절대적 기준을 가지고 사람들을 설득하고 타이른다. 어조와 표정에서 자신들이 믿는 진리에 대한 자부심과 신념이 느껴진다. 그러나 안타깝게도 그것은 잘못된 시대정신에 의해 세뇌된 결과 정치적 나르시시스트로 변한 소름끼치는 형상일 뿐이다.

    아! 물론 우파의 잘못에 대해서도 반드시 언급하지 않으면 안된다. 1980년대 전두환식 군사독재의 폭력은 일반 국민들에게는 자유와 민주주의를 위한 위협으로 느껴졌다. 여기에 마르크스 레닌주의의 공산주의와 주체사상의 세례가 성령처럼 퍼부어진 환경이 조성되었다. 일상에서 겪게 되는 전투경찰의 폭력성, 투옥과 고문,

각종 권위주의적 억압적 독재의 분위기는 좌파의 불타는 신념에 확고한 기름이 되었다. 그래서 좌파들이 가졌던 그 순수했던 초심을 비난하고 싶은 생각은 결단코 없다. 아니 분명히 민주화를 위한 우리의 투쟁은 정당했다고 생각한다. 나는 단지 어느 순간 그것이 왜곡되기 시작했고 우리가 의지했던 시대정신이 우리를 배신했다는 것을 말해 주고 싶은 것이다.

좌파정치가 잘 모르고 있는 것이 있다. 그들이 경멸하는 우파정치가 좌파정치보다 더 큰 영향력을 갖고 있는 이유는 역설적으로 우파는 못났다는 것을 스스로 인정하기 때문이다. 인간은 신이 될 수 없다는 것을 인정하는 것이 우파의 본질적 속성이다. 그래서 우파들이 외치는 자유는 민주주의와 결합될 수밖에 없다. 인간의 개인적 한계를 집단적 지혜로 보완하자는 것이다. 그것은 말하자면 신이 준 선물이다. 신은 인간을 에덴동산에서 추방시키는 대신 '자유'를 준 것이다. 깨지고 엎어질 '자유'를 통해서 다시 에덴동산에 들어갈 수 있는 밧줄을 던져 준 것이다. 그 밧줄을 잡고 버둥거리는 사람들이 우파가 되었다.

좌파들은 현실에서 에덴동산을 건설할 자유를 얻었다고 생각했던 것이다. 하얀 쌀밥과 고기국을 맘껏 먹는 지상낙원을 건설하고자 한 북한 체제는 그 목표를 이루기 위해서는 수령이 신의 자리를 차지할 수밖에 없게 되었다. 시장경제 체제를 선택하지 않는 이상 달리 도리가 없기 때문이다. 당이 모든 것을 배급하고 조율해 주어야 하는데 그것을 감당할 인간의 역량은 아직 만들어지지 않았다. 주체사상은 거꾸로 선 신학이 되어 버렸다.

사회과학에서는 분석하는 주체의 관점이 대단히 중요하다. 분석하는 행위 자체가 분석의 대상에 영향을 미친다. 양자물리학이 발견한 것을 말하는 것이다. 강조하지만 진리는 선과 악에 대한 판단 기준이 아니다. 진리란 인식하는 주체와 인식되어지는 대상 간의 일치 상태이다. 따라서 당연히 진리는 항상 새로운 버전으로 등장한다. 사적 유물론자들은 물질의 이해 방식에 대한 연구를 소홀히 했다. 뉴턴의 시공간에서 아인슈타인의 시공간으로 패러다임이 바뀌었고, 물질의 기본단위인 원자에 대한 연구에서 양자물리학으로 발전했다. 그러나 이런 물질세계에 대한 인식의 발전이 한국의 사회과학 이론에는 반영되고 있지 않다. 여전히 뉴턴 물리학의 패러다임 안에서 서구이론을 따라잡기에 허덕인다. 지금 한국경제의 질적 성장의 한계도 이것과 연관되어 있다.

얼마 전 송호근 교수가 21세기 한국지성은 몰락했다고 주장하는 책을 낸 적이 있다. 말하자면 반일전선이라는 역사적 대층선과 북한과의 대치를 중심으로 하는 군사적 단층선에 갇혀서 지적 성장이 왜곡되어 있다는 주장이다. 나는 여기에 동의하면서 덧붙이고 싶은 말이 있다.

첫째는 인식론과 존재론이 약했던 동양적 사고와 연관이 있다. 한국은 서구의 근현대사상의 발전을 따라잡기에도 버거웠다. 아무래도 지적 사대주의가 생길 수밖에 없었고 마르크스주의 역시 그런 맥락에서 지배적 사상조류가 되었다. 물론 이에 반대하는 시장자유주의 사상 역시 우파에게는 경전이 되었다. 즉 한국의 지성은 좌나우 모두 지적 사대주의에 빠져 있었던 셈이다.

둘째는 대학의 몰락이다. 지금 대학은 전문가 양성소, 지적기능공 양성소로 전락해 버렸다. 중국의 문화대혁명과 같은 좌경화의 오류가 한국 대학가에 퍼졌고 그 후과로 다시 기능적 분화, 전문가주의로 빠진 것이다. 여기서 뭔가 창조적 성과물이 나오기가 어려운 학문적 환경이 되어 버렸다.

셋째는 세계 유래가 없는 급속한 경제성장은 양적 성장과 질적 성장의 모순을 극대화시켰다. 단 두 세대 만에 세계 최하위 빈국에서 세계 10등 경제대국으로 올라서는 고속성장 과정에서 그 성장 주체에게 물질적 성장을 따라잡을 시간도 교육여건도 주어지지 않았다. 지금 60대들은 20대들의 음악에 대해 단순한 소음 이상으로 느껴지지 않을 정도로 격차가 벌어져버렸다. 한국 K문화도 벌써 그 한계를 드러내고 있다. 그 이유는 문화권력이 좌파적 세계관의 한계에 갇혀 있고, 우파는 새로운 콘텐츠가 빈약하기 때문이다.

넷째 정치의 영역에서는 훨씬 더 심각하다. 비유하자면 한국의 진영론자들은 여전히 지구를 중심으로 태양이 도는 세계관 속에 갇혀 있다. 한국의 좌파 지식인들은 우파정치에 대해서는 많은 연구를 하고 비판적 이론을 많이 정립했다. 이를테면 김동춘 교수는 반공 자유주의 같은 개념으로 한국 우파를 규정한다. 그러나 그 연구는 총체성을 결여한 외눈박이 분석에 그치고 만다. 막상 좌파 스스로에 대한 연구는 없다. 북한 공산주의는 말하자면 전체주의적 세습체제라고 규정할 수 있지만, 좌파 연구자들에게 이런 자기 성찰적 분석은 불가능하다. 도대체 한국 좌파들은 북한 주민의 인권에 대해 왜 입을 꾹 닫고 있는가? 자기들의 기득권을 조금이라도 건드리면 총파업을 선언하는 좌파들이 북한 주민의 참혹한 처지에는 어떤 관심도 보이지 않는 것은 사실상 좌파의 역할을 포기한 것이다.

우파로 전향하라는 소리가 아니다. 좌파가 봉착한 딜레마를 제대로 직시하고 그 돌파구를 찾아내는 지적 노력도 없었고 실천적 노력도 거의 없었다는 것을 말하는 것이다. 왜냐하면 북한체제 자체가 좌파가 만들어 낸 유토피아의 실체를 극적으로 폭로한 가장 확고한 증거이기 때문이다. 천동설과 지동설 사이에 타협은 불가능하다. 우리는 언제나 하나를 선택해야만 했었다.

지금도 마찬가지라는 현실을 잊고 있는 좌파들의 무책임한 게으름에 대해 언제나 반성하는 모습을 볼 수 있을지 모르겠다. 우리가 우물쭈물하고 판단을 유보하는 사이 역사의 수레바퀴는 무자비하게 좌파들이 사랑한다는 '민중'을 깔고 지나가는 중이다. 이것은 좌파의 지성이 진리 앞에 지극히 게을렀기 때문이고 교조적인 세계관의 감옥에 갇혀 있었기 때문이다. 사실 감옥이 지나치게 안락해서 탈출할 생각도 하지 않는 상태이기도 하다.

1806년 독일 예나에서
나폴레옹을 만난 헤겔.
잡지 하퍼 삽화(1895).

노동자를 배신한 시대정신

■ ■ ■

    내가 1980년대 서울 종로의 쁘렝땅 백화점 건설현장에서 일용잡부로 일할 때다. 삽으로 고철 쓰레기들을 열심히 치우고 있는데 옆에 있던 고참이 한마디 툭 던졌다. "너무 열심히 하지 마. 노가다땀 흘리면 3대가 빌어먹어." 이런 신박한(?) 말은 절대 잊기 어렵다. 왜 이런 말을 했겠는가? 열심히 일해도 정당한 보상을 기대하기 어려운 시대 상황 때문일 것이다. 더하여 군사독재정권의 강력한 노동배제 정책은 노동운동을 전투적이게 만든 원인이 되었다. 한국노총의 타협적 운동에 반대하여 민주노총이 건설된 이유이다.

    그런데 민주노총을 건설하는데 동력이 되었던 이념은 하나가 아니었다. 몇 개로 나뉘어 서로 싸우다가 한쪽 정파가 주도권을 쥐게 되었는데 그게 소위 NL(민족해방) 사상이다. 물론 이것을 한 번도 공식화해서 발표한 적은 없다. 국가보안법이 엄연히 있는데 어떤 미친 사람이 우리의 시대정신은 주체사상이라고 하겠는가? 그리고 민주노총 조합원들은 주체사상에 대해 알까? 아마 99% 민주노총 조합원들은 주체사상에 대해 모르거나 별 관심도 없을 것이다. 오히려 민주노총이 주사파에 의해 움직이고 있다는 말에 눈을 동그랗게 뜨면서 웬 주사파? 그게 언제 적 이야긴데 그게 지금 통하나? 하는

48

표정으로 바라볼 것이다. 그리고 이런 주장을 하는 당신을 한심한 보수 극우파로 간주할 것이다. 그러나 사람들이 그런 태도로 주사파를 무시할수록 그들은 회심의 미소를 짓고 있다. 주사파는 바로 그런 방심의 공간이 필요하기 때문이다. 북한의 지침을 따라 '퇴진이 추모다'를 외치고 있는 현실을 분명히 보면서도 단순한 '우연의 일치' 이상으로 생각하지 않는 지금의 사회적 분위기는 사실 정상이 아니다.

물론 처음부터 이렇지는 않았다. 1987년 7, 8, 9월 노동자 대투쟁의 성과로 만들어진 민주노총은 창립 당시에는 이념적 정체성이 분명하지 않았고 노골적인 종북적 경향을 드러내지는 않았다. 당시 노동운동 정파들은 대개 PD(계급해방)과 NL(민족해방) 그리고 민주화 운동의 일환으로 노조운동을 하게 된 대중지도자들이 중심적 지도 그룹이 되어 있었다.

이 세 경향의 그룹들은 크게 보면 현장파, 중앙파, 국민파로 불리우게 된다. 현장파는 주로 PD(계급해방) 노선의 사회주의 계급투쟁을 주장하는 그룹이고 대표적 인물은 현대자동차 이갑용 위원장이 알려져 있다. 중앙파는 단병호, 문성현, 심상정 등이 알려져 있고 주로 현장파와 연대협력을 많이 하는 편이었다. 국민파는 이수호, 강승규 위원장이 주로 알려져 있고 이 국민파의 우산 속에 전국회의라는 NL(민족해방) 조직들이 결합하고 있는 상황이었다.

PD 성향의 현장파와 중앙파는 사회주의를 지향한다는 점에서 비슷했지만, 현장파는 좀 더 레닌 흉내를 많이 내면서 '비타협적인 계급투쟁'을 외치는 경향이 있었고 그래서 '관념적 교조주의'로 욕먹는 경우가 많았다. 물론 이들의 말과 행동이 항상 일치했던 것은 아니다. 중앙파는 정치적인 경향이 있었고 그래서 '권력 추구형 기회주의'라고 비난받는 경우가 많았다.

실용적 조합주의가 강한 국민파는 '국민과 함께하는 노동운동'이라는 슬로건으로 주로 사회개혁적 노동운동을 표방했다. 초기에는 산별노조들이 주로 여기에 속해 있었기 때문에 대중적 힘이 있었다. NL 성향의 전국회의는 인천연합, 경기동부연합, 부산·울산·경남연합, 광주·전남연합이라는 4개의 연대조직이었고 초기에는 주체사상을 받아들이는 정파와 非(비)주사 NL 정파들이 혼재해 있었는데 서서히 주체사상을 지도이념으로 하는 조직으로 통일되어 간다.

국민파는 정파 조직이라기보다는 산별연맹위원장들의 써클 같은 조직이었고 따라서 규율도 느슨했고 훈련된 활동가가 부족했다. 전국회의는 정파적 훈련 속에 단련된 활동가들이 많았고 이들이 산별연맹의 상근간부로 많이 들어오면서 점점 산별조직들을 장악해 들어갔다. 결국 국민파는 전국회의에 서서히 조직적 주도권을 빼앗기게 된다. NL 계열의 전국회의가 먼저 국민파에 접근한 것은 PD계와는 노선 차이가 분명했기 때문에 아예 접근하기가 어려웠지만 국민파는 그런 이념적 장벽이 느슨했기 때문에 접근하기가 용이했던 것이 작용한다.

그러나 이 정파적 갈등은 민주노총 건설 과정에서는 협력했지만 이후 투쟁계획을 세울 때 사사건건 부딪치게 된다. PD는 항상 총자본에 대한 총노동 전선을 외치고 노동이 주인되는 세상을 건설하자고 노래를 부른다. 1980년대는 폭력이 난무하고 식칼 테러가 일어나고 의문사 당하는 노동자, 분신자살 등 노사갈등이 극에 달하던 시기였다. 사장에 대한 계급적 적개심을 가져야 노동운동을 제대로 하는 것이라는 분위기가 강한 편이었다.

문제는 이런 문제를 어떻게 접근하고 풀어갈 것인가에 대한 방식의 차이가 있었다. 서로가 생각하는 노선, 철학, 시대정신이 다르다 보니 항상 갈등이 생겼다. 그래서 3기 지도부(단병호)가 들어서면서 노동운동발전전략위원회를 구성하고 이념적 정체성의 혼란을 극복하기 위한 논의를 시작했다. 노동운동 이념의 초안은 주로 조합주의적 입장을 가진 정책실에서 주관해서 작성했는데 이 초안은 적당히 나와 있는 이념들을 조합해서 만든 것으로 말하자면 '참여형 조합주의'를 표방했다.

전략위원회가 만들어 낸 초안의 핵심을 요약하면 다음과 같다. '민주노총이 지향해야 하는 대안사회는 사회주의의 평등이념과 자본주의의 경제적 효율성이 결합된 사회이며, 이를 위해서는 사회화 정책이라는 제도개혁노선을 중심에 틀어쥐고 점진적, 평화적으로 대안사회로 이행하는 전략 기조를 수립해야 한다는 것이다. 그리고 이러한 전략 기조를 실현하기 위한 정책 기조로서 정책참여, 경영참여가 필요하며, 이러한 참여를 통하여 거시적 경기변동 및 재정·금융정책, 노동정책 등에 개혁정책을 제시하고 사회적 합의를 이룩해야 한다는 것이다. 또한 현 시기는 87년 기업별 노동체제가 와해되고 새로운 노동체제의 재편기에 있으므로 민주노총은 급진적 모델과 사회적 조합주의를 결합하는 역동적 노동조합주의를 채택해야 하며, 이를 위한 조직적 담보가 산별노조라는 것이다.'

보시다시피 글의 내용은 여러 관점이 섞인 짬뽕이 될 수밖에 없었고 이는 어느 정파도 만족시키지 못하는 결과가 되었다. PD 정파들은 '사회적 조합주의'라는 말이 들어가는 순간 경기를 일으키고 극렬한 거부감을 드러내었다. NL은 한술 더 뜬 비판을 내놓았다. NL 정파들이 익명으로 제기한 비판의 한 부분을 인용해 보겠다.

이 글은 북한이 어떻게 대한민국의 노동운동에 영향을 미치고 있는가를 잘 알 수 있는 글이기에 한 번 전문을 보는 게 좋겠다.

'어떻게 이런 글이 민주노총 전략위의 이름으로 공공연하게 발표될 수 있단 말인가? 이 글을 들고 현장 동료들에게 이게 민주노총이 제시한 우리 노동운동의 발전전략이라고 말한다면 그들이 과연 뭐라고 하겠는가? 민주노총을 지금껏 오직 한마음으로 견결히 지지해 왔으며 민주노총을 우리나라 노동계급의 단결의 구심으로 삼아왔던 60만 조합원, 나아가 이 땅의 천만 노동계급과 한국의 민주노총에 뜨거운 격려와 성원을 아끼지 않았던 국제노동 계급에게 말할 수 없는 부끄러움을 느꼈다. 이게 단지 필자 한 사람만의 생각일까? 결론부터 분명히 하면, 민주노총 발전전략위원회의 초초안은 그동안 분산적으로 제기되고 여러 가지 소문만 무성하였던 개량주의적 논의와 실험의 결정판이라는 것이 나의 소견이다. 심하게 표현하자면, 이 땅의 천만 노동계급 앞에 감히 내놓은 민주노총의 전략발전 초초안이라는 것은 민주노총의 전략발전안이 아니라 제국주의자들이 전세계적 반노동 계급전략을 한반도에서 실현하기 위한 집행문서에 불과한 것이다.'

어떤가? 마치 북한의 조선노동당 고참간부가 민주노총 간부회의에 나타나 준엄하게 꾸짖는 모습이 연상되지 않는가? '제국주의자', '전세계적 반노동 계급전략' 등의 무시무시한 딱지를 붙이고 '견결히', '뜨거운 격려와 성원' 등의 관용적 표현들을 사용해서 자신들의 주장에 일정한 권위를 부여하고 있다. 조금만 잘못 대꾸하면 바로 아오지탄광으로 끌려갈 것 같은 공포가 엄습하지 않는가? 그러나 실제로는 이런 글을 쓰는 사람은 고참혁명가가 아니라 학생운동하다가 잠깐 노조 간부로 들어온 그런 친구들이다. 주체사상에 대한 책 몇 번 읽고 정파 내에서 조직 생활을 좀 하고 약간의 현장 경험을 하면 이런 글은 어렵지 않게 쓰게 된다. 그러나 문제는 이런 정도의 내부 비판에도 견디어 내지 못하는 민주노총 중앙이었다. 결국 이 전략노선은 토론에 붙이지도 못하고 폐기되는 운명을 맞게 된다.

PD 정파들의 시대정신은 '계급해방'이었고, NL 진영의 시대정신은 '미제식민지의 해방'이었다. 민주노총 내부에 깊숙이 들어와 상근간부나 지도부 자리를 차지하고 이런 이념으로 자기 정파들을 확대하는 과정에서 '국민과 함께 하는 노동운동'은 서서히 찌그러지기 시작했다.

이 모든 과정은 운동의 당사자들도 의식하지 못한 채 서서히 진행되었다. 좀 단순화해서 이야기하자면 상식적이고 대중적인 노동운동. 즉 노동자들의 직장 내 권익을 보호하고 강화한다는 소박한(?) 조합주의적 운동은 여러 명의 일진들에게 구타당하는 왕따 신세였다.

지금 생각해 보면 민주노총이 처해졌던 객관적 조건에 대한 파악이 부족했다. 무엇과 타협하고 무엇과 싸워야 하는 것인지 원칙도 없었고 전망도 없었다. 정권과 싸우고 내부에서 좌충우돌하면서 서서히 무너져 간 것이다. 좀 더 구체적으로 말하자면 국민파의 역량으로는 주사파 정파들의 집요함을 당할 수 없었다.

그런데 이 지점에서 자꾸만 최근 민주당의 정청래 의원이 한 말이 생각난다. 그는 이재명 체포동의안이 가결되자 민주당최고위에서 '윤석열 검찰독재정권의 정적 제거, 야당 탄압의 공작에 놀아난 것은 용납할 수 없는 해당행위로 상응하는 조치를 취하겠다'고 발언했다.

30여 년 전 민주노총이 정파조직에 의해 장악 당해가던 과정과

거의 비슷한 양상이다. 거의 똑같은 사고방식과 행동패턴이 민주당에서 되풀이되고 있다. 이 말은 정청래 의원이 주사파라고 하는 게 아니다. 민주노총의 당시 논쟁에서도 주사파 편을 들어 자신의 위원장자리를 지키려던 사람들이 있었다. 그들은 주사파보다 더 강경하게 상대 진영을 헐뜯고 압박했다. 국민파의 분열은 그런 사람들에 의해 더 심화되었다. 정말 민주당의 거듭남을 바라는 사람이 있다면 민주노총의 경험을 꼭 참고하는 게 좋을 것이다.

어쨌든 민주노총의 활동가들은 다음과 같은 객관적 조건을 반드시 깊이 알고 있어야 했었다.

첫째는 강력한 진영논리를 넘어설 이념정립에 대한 요구였다. 그러나 강력한 이념적 압박에도 불구하고 막상 정면승부를 할 수 없는 분위기였다는 것을 말하지 않을 수 없다. 이것은 정치이념 논쟁을 터부시해 온 한국사회의 트라우마와 연관되어 있다. 알다시피 대한민국은 좌우 이념대립으로 6.25라는 내전을 치른 나라이다. 그 과정에서 반공을 국시로 하는 나라가 되었다. 아예 이념 자체에 대해 논의하는 것 자체를 봉쇄해 온 나라이다. 말 많으면 빨갱이가 되는 문화에서 무슨 주체사상이나 공산주의 사상에 대해 토론을 할 수 있겠는가? 그리고 이미 자유시장경제 체제는 세계적 규모에서 승리했고 한국은 그 대표적 상징 국가가 되었다. 한국의 우파들은 승리의 자만심에 취해 그 과실을 따먹기에만 신경이 팔려 있었다.

이것은 결과적으로 우파적 입장에서 노동운동이나 사회운동을 어떻게 발전시킬 것인가에 대한 논의를 공허하게 만들었다. 좌파적 노동운동에 대항하여 당당하게 이념적 방향을 제시할 수 있는 우파 노동운동은 성장이 멈추어 버렸다. 한국노총이 그러한 역할을 했어야 하나 소극적이었고 민주노총은 아예 첫 출발점 자체가 달랐다. 그 배후에는 강력한 혁명적 노동운동이념에 의해 움직이는 전투적 조직들이 있었고 그 뒤에는 물론 북한의 조선노동당 대남공작부가 있었다.

　조합주의적 노동운동 논리로 보면 한국노총과 민주노총의 국민파가 합치는 것이 맞았을 것이다. 그러나 한국노동운동의 역사로 보면 엄연히 뿌리가 전혀 달랐다. 즉 민주노총의 뿌리는 강력한 반제국주의. 반자본주의 운동에 닿아 있었고 그 반대편에 한국노총이 있었다. 역사적 뿌리의 차이 때문에 이 두 조직이 합치는 것은 불가능했다. 그렇다면 결국 민주노총 내 국민파의 진로가 문제였는데 막상 국민파는 자신의 역사적 사회적 위치와 과제를 객관화하지도 못했다. 말하자면 태생적으로 양대 거대한 시대정신과 정면승부를 해야만 하는 처지에 있었던 것을 모르고 있었다. 그러나 알았다고 하더라도 그 과제는 너무나 벅찬 것이었다. 이념적 측면에서만 말하자면 마르크스와 싸우고 주체사상과 싸우고 들뢰즈와 푸코를 넘어서면서 동시에 하이에크를 상대해야 하는 과제였던 것이다.

　둘째, 북한은 체제유지를 위해서라도 대한민국을 접수하는 것이 사활적 과제가 되고 있었다. 좌파들 사이에서 주도권을 쥔 주사파들은 대한민국의 성장과정에서 배제된 취약한 계층들에 대해 꾸준한 가스라이팅을 해왔다. 식민지반봉건사회론에 기반한 재벌해체론, 반미·반일전선론에 입각한 진지전을 꾸준히 해왔다. 북한의 정세관, 철학, 역사관은 오랜 세월을 거치면서 남한의 좌파세력들에게 수학공식처럼 보편적 진리, 패러다임으로 이식되었다. 이런 거짓담론들을 극복하고자 하는 뉴라이트 운동 등이 있었으나 역부족이었다. 남한의 우파정권이나 기업들은 이승만의 시대적 고민을 같은 수준에서 공유하지 못했고 시대정신이나 실현전략에 대한 관심도 없었다. 오히려 좌파들의 가스라이팅에 세뇌되어 일종의 플라잉몽키 우파가 되었다.

플라잉몽키란 오즈의 마법사에 나오는 원숭이로 초록 마녀를 위해 희생자들을 정탐하고 괴롭히는 존재를 말한다. 심리학적 용어로 쓰이기도 하는데 쉽게 말해 '때리는 시어미보다 말리는 시누이가 더 밉다'의 시누이 역할을 말한다. 좌파언론들은 그런 플라잉몽키들을 개념정치인, 혹은 개념연예인으로 키웠고, 그런 환경에서 자신을 대단한 우파 정치인으로 착각하는 사례마저 생겨났다. 이를테면 이준석 같은 정치인이 그렇게 이용되고 소모되어졌다. 북한은 좌파를 나르시시스트로 만들었고 일부 우파는 플라잉몽키가 되었다. 그에 저항하는 세력은 극우꼴통보수라는 낙인이 찍혔다. 이런 북한의 집요하고 주도면밀한 대남공작에 민주노총의 경계심은 놀랄 정도로 무뎌져 있었다. 어찌 민주노총 뿐이겠는가? 사실 우리 사회 자체가 전반적으로 그러했다.

셋째, 우파는 사상논쟁을 쓰레기통에 던져놓고 뚜껑을 덮어버렸다. 북한과 종북 세력들이 붙여준 '보수'라는 브랜드를 별 문제의식 없이 스스로 받아들이고 그것에 맞추어 정책을 생산하는 안이한 관료들이 정부를 장악했다. 이것 역시 나중에 자세히 설명하겠지만 대한민국의 원조 우파인 이승만은 보수가 아니었다. 오히려 가장 급진적인 진보혁명가였다. 왕정을 타도하고 공화정을 세우려다 무기수가 된 이승만을 어떻게 보수라고 할 수 있겠는가?

어쨌든 80년대 중반 이후 밀려든 신자유주의는 우파들 뿐 아니라 좌파 −구기득권과 대립하는 386세대들이 대표적이다− 에게도 신기득권층으로 올라설 수 있는 기회를 제공하고 있었다.

이런 환경은 우파들이 굳이 종북주사파들의 어설픈 논리구조를 해체할 절박성을 완화시켰다.

즉 운동권들은 표면상 강력한 종북주의적 경향을 강화시켜갔지만 그 밑바닥에는 한국자본주의의 성장에 따른 열매를 독차지할 수 있는 새로운 기회가 보였기 때문에 말과 삶의 행태는 분리되어가고 있었던 시기이다. 이른바 강남좌파의 탄생이다.

이것은 우파들에게 굳이 이념전쟁을 해야 할 동기를 약화시켰다. 즉 좌파들은 말만 하지 행동은 자본주의적이기 때문에 '겁낼 것 없다'라는 인식을 주었다. 쉽게 말해 민주노총의 총파업은 참가율 5% 미만이며 항상 뻥파업에 그쳤다는 경험적 인식을 하게 되면서 굳이 심각한 적으로 상정하지 않았다는 이야기다. 우파뿐 아니라 좌파기득권 세력 역시 민주노총 내 대기업 및 공기업과 적당히 타협함으로써 기득권을 유지하는 것에 익숙해져갔다.

우파기득권과 좌파기득권의 적대적 공존상태 이것이 한국의 양당체제를 존속가능하게 만드는 구조적 동력이었던 셈이다. 이런 구조에서는 당연히 노사관계의 새로운 개혁에 대한 동력이 생겨날 수 없다. 오히려 이런 구조에 기생하는 지대추구적 노동집단만 늘어났다. 결국 비정상적 노사관계가 계속 연장되면서 민주노총 내 국민파의 입지는 점점 위축되었고 운동체로서 설 땅을 잃어갔다. 결국 탈출구는 외부의 정치세력과 손잡고 내부 동력을 다시 조직하는 것인데 손잡을 외부 정치세력은 없었다. 우파와 손잡을 수도 없고 가짜 좌파와 손잡을 수도 없고 그렇다고 종북주사파 정당과도 연합할 수 없었다.

이것이 민주노총 초창기 상황이었고 믿었던 시대정신에 의해 배신당하는 일련의 과정이자 조건들이었다. 어쩌면 2012년 민주노총 국민파가 안철수와 연합한 것은 주사파에 대한 저항의 몸부림이기도 했다.

NL과 PD 그리고 조합주의의 연합은
어떤 결과를 낳았나?

■ ■ ■

사람들은 설마 할 것이다. 어떻게 100만이 넘는 민주노총이라는 대중조직이 종북주사파라는 특정 정파조직에 장악되어갔는가? 사실 민주노총 조합원 70%가 연봉 7천만 원 이상의 정규직들이며 공무원노조, 교사, 사무직, 증권, 공기업, 대학 등 우리 사회의 중추적 직군에 종사한다. 이들이 북한의 3대 세습체제를 추종할리는 없다. 당연히 대다수 민노총 조합원들은 자신이 속해 있는 조직이 종북주의의 덫에 빠져 있다는 것에 대해 부정할 뿐 아니라 비웃기까지 할 것이다.

자! 그렇다면 질문을 다시 해보자. 어째서 조합원들의 정서와는 전혀 다른 지도부가 공존하는 것이 가능한가? 그것도 조합원직선제에 의해 선출된 형식적으로 민주적 절차를 거쳐 만들어진 지도부 아닌가? 그리고 실제 민주노총 100만 조합원 중에 주사파의 정체성을 확고히 갖고 있는 세력은 1%도 채 되지 않을 것이다. 어떻게 1%가 99%의 의사결정을 좌우할 수 있을까?

아마도 일반 국민들이 도저히 이해하기 힘든 민주노총의 지금 모습은 3단계를 거쳐 만들어졌다. 첫째, PD와 NL과 조합주의의 동거 단계, 둘째, PD의 전위조직노선이 정치세력화로 이전하고 NL이 상대적으로 대중노선을 강화하는 단계, 셋째, 주사파가 산별노조를 장악하는 단계로 진행된다.

민주노총은 그냥 자연발생적으로 형성된 대중조직이 아니다. 처음부터 혁명적 활동가들의 목적의식적인 노동현장의 개입으로 만들어진 조직이다. 전두환 정권 당시 수많은 활동가들이 노동현장에 투신했고 내가 있던 인천 송림동에는 수천 명의 활동가들이 소위 위장취업자로서 써클들을 조직하고 있었다. 우리는 조직라인을 따라 몇날 몇시에 송림동 로터리 집결이라는 지침이 떨어지면 군사조직처럼 모였다. 당일 행동대원의 호루라기 소리에 따라 불시에 도로를 점거하고 달리다가 파출소가 보이면 화염병으로 불태우기도 했다. 80년대의 이런 활동가들의 목적의식적인 활동은 두 가지 경향이 있었다. 하나는 PD의 레닌의 전위조직 노선이고 또 하나는 NL의 대중노선이다. 이 양대 정파의 경쟁은 어떤 의미에서 가장 강력한 운동 동력이었다. 이들의 조직화와 의식화가 80년대 노동현장에서 대규모로 진행되었고 그 결과 87년 노동자 대투쟁으로 불타올랐다. 민주노총의 건설은 바로 처음부터 이들 정파 조직의 목적의식적 활동의 결과물이었다. 그 활동조직들이 합의한 기본 노선이 바로 두 가지 전략, 즉 산별노조건설과 정치세력화였다. 이 두 가지 전략이 모두 현실에서 자연스럽게 형성되었다기보다는 서구의 조직모델과 정치이념을 따라하는 수준이었다. 조합원들과 지도부의 분리는 애초부터 심하게 벌어진 상태에서 출발한 것이다. 우선 초기에는 엄중한 탄압에 의한 지도부의 자기희생이 있었다. 일반 조합원들은 노조위원장은 권력을 누리는 자가 아니라 자기를 희생해서 조합원들의 이익을 대변하는 고마운 사람이었다. 이런 신뢰 받는 위원장들이 모여서 산별을 만들고 그 산별이 중앙을 만들었기 때문에 중앙의 논의구조에 대해서는 막연한 신뢰감 같은 것이 존재했다. 적어도 초기에는! 중앙은 그런 신뢰감을 활용해서 정파적 이익을 관철할 수 있는 의사결정구조를 만들어갔고 대중들은 별 의심 없이 위임했다. 우리를 위해 저렇게 고생하는 위원장님들이 알아서 하시겠지! 그런 정서였다.

문제는 산별노조라는 형식 속에 관철된 지배적 사상이었다. 세계적으로 전투적 조합주의로 유명한 민주노총이었지만 기업별 노조로 조직되어 있는 한 정치투쟁은 법적으로도 구조적으로도 불가능했다. 물론 더 본질적인 문제는 노동운동의 이념이 현실과 맞지 않는다는 것이었다.

그러나 정파조직들은 이미 자신들의 이념노선을 관철해야 하는 사명을 갖고 있기 때문에 현실을 이상에 맞추어 재편하기로 결심한다. 그것이 한국 산별노조의 비민주성, 취약한 대중적 토대, 형식과 내용의 불일치 등을 초래하는 원인이다. 즉 서구의 산별노조건설과 다른 한국의 특징은 산업변화의 성장에 따른 자연스런 조직발전이라기보다 이념을 추구하는 정파적 이해관계를 보다 쉽게 관철하기 위한 요구에 따른 것이었다는 점이다. 그것은 필연적으로 산별노조라는 그릇 속에 종북주의 이념이 스며들어 오더라도 대중적 견제가 원초적으로 어렵게 만드는 요인이었던 셈이다.

두 번째 단계는 PD는 전위조직노선이 일반적이었고 당시 소련의 붕괴로 인한 이념적 혼란이 심했다. 이들은 현장으로의 투신이라는 대중노선이 상대적으로 약화되었다. NL은 애초부터 대중노선이 강한 편이었다. 현장으로 들어간 활동가들의 숫자가 PD 계열 활동가보다 훨씬 많았다.

민주노총 건설 당시 대산별론, 소산별론, 업종노조론, 지역일반노조론, 변혁적 산별노조론, 재벌그룹 노조운동론 등 각 정파적 이해관계에 따라 다양한 조직노선이 제출되었고 그 결과 다양한 조직분쟁들이 발생했다. 그러나 그런 조직분쟁들을 통일시킬 지도이념은 여전히 혼란스러웠다. 예컨대 서울대병원노조는 당연히 보건의료노조라는 산별연맹에 가입하는 게 당연해 보이지만 정파적 입장이 다른 관계로 공공연맹에 가입했다. 이런 혼란의 발생원인은 간단하다. 각 정파들이 장악한 단위노조들을 놓치기 싫었던 것이다.

정파간의 대립도 문제였지만 정파들과 대중조직간의 대립도 심각했다. 산별공식단위의 방향성과 현장 정파조직의 방향성은 서로가 달랐고 서로가 이용의 대상이었다. 정파조직의 활동가들은 이중 멤버십을 갖고 있었다. 공식적으로는 산별연맹위원장을 존중하고 깍듯이 예우를 했지만 정파로 돌아가면 '흠결이 많은 위원장'으로 취급하는 경우가 대부분이었다. 위원장들은 이들 정파 활동가들의 눈치를 보게 되었고 이들의 힘이 없으면 위원장으로 재선은 불가능해지는 상황이 만들어지고 있었다. 어떤 연맹 위원장은 다시 재선되기 위해 자기 연맹에 가장 힘이 있는 정파조직에 가입하는 일도 생겼다. 조직에 충성을 맹세한 산별연맹위원장은 결국 그 정파의 지도방침에 철저히 따르게 된다.

이것은 프로와 아마추어의 싸움이었다. 대중조직이 아무리 숫자가 많아도 잘 조직된 10여 명의 정파조직을 당해낼 수 없다. 지금 한국의 정치판도 이와 똑같다. 소수라도 강력한 시대정신을 가진 정예요원들이 있다면 예컨대 민주당에 있는 '개혁의 딸' 같은 조직이 당 전체를 좌지우지할 수 있다. 이들이 계속 강력하게 목소리를 내면 대중들은 그들의 목소리에 귀찮아서라도 동의하게 되고 나중에는 조직 전체를 소수의 목소리가 점령하게 만들 수 있다.

　NL 정파인 전국회의는 초기에는 계급투쟁보다는 대중노선을, 정치투쟁보다는 통일투쟁에 전념하는 경향이 강했다. 노동자 통일운동이 그들의 최대 사업이었다. 북한에 대한 태도는 맹목적 신앙 같은 행태를 보였다. 그러나 이것이 위험하다고 생각하는 사람은 별로 없었다. 왜냐하면 별로 그것이 대한민국의 주류가 될 가능성도 없고 그래 봐야 시간이 지나면 제풀에 무너질 수밖에 없을 것이라고 봤기 때문이다. 그러나 그것은 민주노총 조합주의자들의 안이한 오판이었다. 그것이 어떤 이념이든 간에 개별화된 존재보다는 이념 조직이 더 강하며 항상 이기게 되어 있다.

　세 번째 단계는 민주노총을 이끌던 두 정파들 간의 경쟁에서 NL 세력들이 서서히 주도하게 되는 것과 국민파 세력이 약화되는 것과 동시에 일어난다. 이들 정파조직들은 자신들의 정치적 입장에 따른 정세관과 투쟁방침을 조합원들에게 가스라이팅했다. 말하자면 '한미FTA는 한국을 미국의 식민지로 만드는 결과를 초래'한다. '미국 소고기를 먹으면 뇌에 구멍'이 뚫린다. '원전은 한국을 거대한 재앙으로 몰아넣을 것'이다. 등등… 지금으로 치면 가짜뉴스에 해당하는데 당시에는 일반 노동자들에게 먹히는 선동이었다. 그리고 이런 선동의 진원지는 민주노총 조합원 내부에서 생산되는 것이 아니라 주사파를 비롯한 정파조직에서 나오는 것이었다.

　조직의 헤게모니를 장악한 정파세력들은 자신들의 선동이 틀렸다는 것을 인정하지 않는다. 자신들은 실수할 권리가 있으며 그 실수조차 이념을 위해서 전술적으로 합리화할 수 있다고 생각한다. 이미 자신들이 장악한 대중조직들은 정파조직들의 생존권과도 연관되어 있다. 따라서 이들은 자신들의 잘못된 세계관과 투쟁노선에 대한 근본적 오류를 인정할 수 없는 조건에 있다. 문제는 상부권력을 가진 정파들의 이런 논리에 기업별 차원의 단위노조위원장은 저항할 힘이 없다는 것이다. 어차피 단위노조위원장 임기는 2년 정도이다. 잠깐 하다가 그만두는 사람이 정년퇴직 때까지 상근간부로 일하는 정파활동가와 싸울 의지를 갖기는 어렵다. 속으로 아니라고 생각하더라도 드러내놓기는 부담스러운 것이다.

이런 상태에서 초창기 민주노총의 건강한 풍토는 사라지고 IMF를 거치면서 일단 내 밥그릇이라도 확고히 지키자는 조합이기주의가 만연했다. 그런 입장에서 오히려 민주노총 중앙의 막가파식 총파업 투쟁은 단위기업노조 입장에서는 사용자를 압박하는 전술적 무기로 이용되었다.

정부와 자본은 민주노총의 총파업이라는 무기를 적당히 달래면서 무마시키기 바빴고 단위노조는 중앙의 뻥파업을 이용해 단위노조의 기득권 강화에 적절히 활용하기 시작했다. 중앙은 중앙대로 총파업을 정부를 협박해 뭔가를 얻어내는 무기로 적절히 활용하는 경험을 축적해 나갔다. 정치권에서는 민주노총의 총파업은 잘 활용하면 자신의 선거에 이용할 수 있는 기회로 활용할 수도 있었다. 적당히 줄 것을 주고 뒤로는 선거조직으로 이용할 수 있었다.

이 과정은 한국 민주주의가 위기에 빠지는 직접적 원인이 되기도 한다. 정당은 표를 얻기 위해서라면 영혼이라도 팔 기세이다. 민주주의란 다수파가 이기는 제도이다. 노동조합이 가지고 있는 표는 정당으로서 절대 무시할 수 없는 현금이다. 따라서 정당은 노동자의 표를 가져오기 위해 그들과 연대한다. 노동자 정치세력화라는 대의명분 이면에는 노동자 이기주의와 정치의 야합이라는 부정적 속성도 존재한다. 노동자들의 실질적 권익을 옹호하기 위한 정치권과의 협조관계가 나쁜 것이 아니다. 문제는 민주노총이 전체 노동자들의 이해관계를 대변하는 것이 아니라 정치적으로는 종북노선, 경제적으로는 기득권화 되어가는 상황에서의 정치권과의 야합이다.

이것은 정당이 집권했을 때 빛이 되었다. 특히 민주당과 노동계는 적어도 민주화투쟁을 같이한 동지적 유대감이 있었기 때문에 공개적으로는 험한 말을 주고 받지만 밤에는 서로 충분히 서로의 고단한 처지를 위로해 줄 수 있는 인간적 유대관계가 있었다. 김대중 노무현 정부에서 전략적 실수를 한 것이라면 노동시장의 개혁에 대한 청사진 없이 무원칙적인 타협적 노사관계의 함정이 빠진 것이다. 이명박, 박근혜 시절에는 아예 노동정책 자체가 실종되어 버렸다. 이런 과정에서 공기업은 더 부패해지고 정규직과 비정규직의 격차는 점점 더 커지게 된다. 이런 악순환이 반복되면서 한국의 노사관계는 더 이상 방치할 수 없는 세계 최악의 수준으로 떨어지게 되었다.

노동운동의 시대정신! 노동자가 주인되는 세상은 지금의 시대에 맞지 않는 너무 낡아버린 시대정신이었다는 것을 지적하는 것으로 충분치 않다. 진짜 문제는 그런 포장지 속에 북한의 주체사상을 담고 있다는 사실을 외면하고 있는 현실이다. 한국사회는 아직 이 문제와 정면으로 부딪치고 싶어하지 않는다. 이것은 물론 한국현대사의 비극인 6.25전쟁의 후과이기도 하다. 북한은 공산주의 주체사상이라는 시대정신으로 싸웠고 남한은 자유민주주의라는 시대정신으로 충돌했다. 말 그대로 300만 명이 죽은 참극이었다. 그 여진이 없을 수 없다. 아니 아직 형태를 바꾸어 진행되고 있는 중이지만 일종의 트라우마 때문에 직시하는 것을 두려워한다. 상처가 너무 컸고 오래된 숙제들이 켜켜이 쌓여 있다.

이제 좌파나 우파진영이 믿고 있는 신념들은 다시 분해해서 재구성하기가 너무 어렵게 되어 버렸고 진영논리 자체를 극복하는 것 자체가 한 개인으로서는 불가능하게 되어 버렸다. 그리고 그런 상태가 한국을 망하는 길로 이끌고 있다는 것도 분명해졌다. 이대로 간다면 정말 심각한 재앙이 우리 대한민국을 삼킬 것이다.

내가 2023년 4월 조선일보 인터뷰에 응한 이유는 딱 하나이다. 더 이상 침묵은 비겁하다고 생각해서이다. 누군가는 이야기해야 한다. 노동운동은 방향을 잃었고 동지는 사라졌다. 민주노총에는 가스라이팅을 위한 공허한 구호만 넘쳐났고 주사파들이 입점했다. 영업1부로. 북한은 윤석열 정부를 타격하고 미군기지 시설 등 정보를 가져가는 도구로 민주노총을 활용했다. 이것은 간단히 넘어갈 문제가 결코 아니다.

자! 지금까지 산만하게 이야기한 것의 처음으로 돌아가서 질문을 다시 상기해 보자. 어떻게 민주노총의 1% 밖에 안되는 주사파가 있다고 해서 민주노총 전체를 종북주의 주사파 조직으로 재단할 수 있는가? 라는 질문을 한 셈이다.

나는 그것을 민주노총의 이념노선과 조직노선이 서로 맞물린 것이라고 말하는 것이다. 그리고 1%와 99%의 이질적 결합이 가능한 것은 그 조직 자체가 비정상 상태에 놓여 있다는 것의 반증이기도 하다는 것을 설명했다. 인체로 비유하자면 암의 발생과정에 대해 말한 셈이다. 암세포가 일정한 종양을 만들고 그 크기가 1%도 안되는 자그만 것이라 하더라도 암환자는 암환자이다.

나는 사실 우파들이 민주노총을 그냥 주사파의 돌격대로 간주하는 것이 적절치 않다고 생각한다. 그들을 그렇게 만든 것은 매우 복잡한 사회정치적 관계 속에서 만들어진 것이기 때문이다. 여기에 우파들의 책임도 일정 부분 존재하기 때문에 더욱 그렇다. 항암치료를 하고 암세포를 떼어내는 수술은 매우 고난도 작업이다. 소 잡는 칼로 수술을 하겠다고 덤비면 결국 사람을 죽게 만든다. 민주노총은 한국사회의 암이 아니라 한국사회의 한 축이다. 단지 지금 깊은 병에 걸려 있는 것이다. 만일 당신들이 수술하겠다고 식칼 들고 설치면 그것은 병을 고치는 것이 아니라 한국사회 전체를 병들게 만들 것이다.

나는 공포마케팅을 할 생각이 전혀 없다. 현실이 그렇게 돌아갈 수도 있다는 것을 30년 넘게 노동현장에 있었던 사람으로서 말하는 것이다. 지금 생각해 보면 내가 기본소득론을 제기하게 된 것은 그런 조짐을 막아내기 위한 몸부림이기도 했다.

이재명의 기본소득론은 짝퉁이다

■ ■ ■

2001년 새해 들어서 낌새가 이상했다. NL 정파의 활동가들이 끼리끼리 모여 변화된 정세에 대응하는 새로운 노선을 논의하고 있었다. 이들은 상당한 조직적 준비를 거쳐 2001년 9월 충북 괴산군 보람원수련원에서 NL(주사파)의 전선체인 전국연합 활동가 대회를 진행했다.

이 행사에서 일명 '군자산의 약속'이라고 불리는 결의문을 채택한다. 이른바 "3년의 계획, 10년의 전망"이었다. 결의된 핵심사항은 신설 정당인 민노당에 참여하여 3년 안에 당권을 장악하고, 10년 안에 정권을 잡는다는 것이다. 즉 2012년 대선에서 정권을 잡아 북한과 연방제 통일을 하겠다는 것이었다.

이것을 실현하기 위해 민주노총 같은 대중조직들을 장악하는 사업들을 전개하게 된다. 이런 방침의 변화는 김대중 정부가 들어선 이후 굳이 지하에서 활동할 이유가 없어졌기 때문이었다. 공공연하게 북한체제의 논리를 퍼뜨리고 활동해도 가능한 사회정치적 분위기가 조성되었기 때문이다.

더 큰 문제는 남한의 NL 정파조직들의 종북주의적 태도였다. 주사파는 노동운동의 과학적 발전에 대해 별로 관심이 없었다. 조직

문화 자체가 '단순무식'한 태도를 찬양했고 조장했다. 개인의 활동가로서의 품성이 강조되었는데 결국 그 품성론이란 활동가의 비주체화를 초래하는 것이었다. 이런 조직풍토가 만들어지는 근본이유는 결국 북한 조선노동당의 한계이자 주체사상 그 자체의 한계에서 나오는 것이었다. 그러나 남한의 자생적 혁명가들은 그런 북한 주체사상의 한계를 통찰할 만한 경험이나 식견이 없었다.

물론 김영환 같은 예외도 있었다. 그는 실제 북한을 가보고 크게 실망한 나머지 북한 인권운동으로 전환했다. 그러나 그와 같이 운동했던 민혁당 당원들 많은 부분이 그를 따르지 않고 북한 노동당에 대한 충성을 거두지 않았다. 김영환은 진실을 확인하고 운동적 양심에 따랐다. 그러나 주체사상에 빠진 이들은 김영환을 배신자로 간주했고 자신들이야말로 혁명의 신심을 끝까지 지킬 것을 결의했다. 주사파들은 실제 대중투쟁을 하면서 희생을 했고 옳든 그르든 자신의 신념에 충실한 혁명가 집단이었다. 조국 같은 이들은 민주화투쟁에서 피를 흘린 사람에 비하면 무임승차자에 가깝다. 말과 행동이 다른 강남좌파들이 민주화운동의 유산을 과점하고 있는 것은 또 다른 의미에서 정당치 못하다. 자기 자식을 온갖 편법을 동원해 좋은 대학에 입학시키는 행위는 좌파를 욕먹게 하는 행위일 뿐 아니라 민주화투쟁으로 희생한 사람들의 명예에 먹칠을 하는 것이다. 주사파들이 민주화운동을 말아먹은 것과 마찬가지로 조국 같은 사람들이 민주화운동의 대표자처럼 행세하는 것이 정말 안타깝다.

그런데 이미 그전부터 그런 조짐들은 있었다. 내가 만났던 소위 '혁명가' 행세를 하는 사람들은 남한 내 노동운동세력에 대해 혁명의 전위세력으로 인정하고 있지 않았다. 아직 철저한 준비가 안되어 있다고 본 듯하다. 아니 어떻게 이들을 조직화해야 하는지에 대한 방침 자체가 정립되어 있지 않았다. 다만 자신들을 포함한 전위세력이 결정적 시기에 해방전쟁을 벌일 때 동원 가능한 조직준비를 하고 있는 정도로 생각하고 있었다.

나는 이들의 이런 사업태도의 철학적 근원이 궁금했다. 왜냐하면 이런 식으로 지도하면 혁명은 불가능하다고 느꼈기 때문이다. 당시 한민전의 대남 투쟁지침이나 남한 내부의 간첩활동의 상황들을 보면 본격적인 좌파정당 건설과 함께 야당에 대한 비판적 지지의 입장에서 대중투쟁 지침을 내리고 있었다. 북한은 자신들의 정세관에 기초해 남한의 좌파 진보세력 특히 노동운동 세력에 대해 제한적 역할론에 머물러 있었다. 그들은 간첩이나 그 이상의 지도선을 내려보낸다고 하더라도 남한의 자본주의 발전에 따르는 노동조합운동의 전망이 어떻게 되어야 하는가에 대해 과학적 지도방침을 가질 수 없었다.

NL 정파조직들은 대한민국의 변화에 대해 무지했을 뿐 아니라 알려고도 하지 않았다. 미국의 식민지 땅에서 자본가들의 노예로 사는 노동자들이 자본가들과 협력해서 뭔가 생산적 결과를 만든다는 것이 가당키나 한 일인가? 그런 것들은 다 노사협조주의에 물든 기회주의자들을 양산할 뿐이었다.

당장 그들은 민노당을 장악하기 위한 물적 토대이자 지지부대로서 노동조합을 관리하는 것이 더 중요했다. 민노당을 장악해야 하는 이유는 대중정당을 통해 북한과의 연대를 실현해야 하기 때문이었다. 나중에 민노당에서 비례대표를 선출하는 과정에서도 민주노총의 대중운동지도자를 세우기보다는 노골적으로 자체 정파조직의 활동가를 공천했다.

예를 들어 보건의료노조의 나순자 위원장이 민노당 비례대표선거에 나갔는데 보건의료노조의 정파조직을 동원해 이석기를 1번으로 밀어 올리는 일이 벌어졌다. 그 전에는 그나마 대중운동지도자들을 존중하는 척이라도 했는데 막상 이해관계가 걸리자 노골적인 정파의 이익을 앞세워 본색을 드러내는 것이었다. 이제 대중조직으로서의 산별연맹들은 점점 껍데기가 되어가고 실제 활동내용은 정파조직들이 주도해가기 시작했다.

나는 이런 상황에 위기의식을 느끼고 있었다. 마침 노무현 대통령 당선을 계기로 약간의 펀드를 조성해 윤진호 교수와 함께 노동정책 전문가들로 구성된 경사노회(경제사회노동연구회)를 조직했다. 한 달에 한 번씩 두 편의 노동정책을 발제하면서 강도 높은 노동정책연구를 진행했다. 안타깝게도 윤진호, 김기원 교수는 일찍 지병으로 세상을 떠났다. 노동운동의 문제점에 대한 날카로운 지적이 가능한 독보적 존재였는데 왜 그리 빨리 가셨는지… 살아 생전 고맙다는 말도 제대로 못한 것이 후회된다. 두 분이 돌아가신 후 급속히 동력이 떨어졌다.

대단히 뛰어난 학자들이 모여 노동정책을 연구했지만 현실의 노동운동이 처한 딜레마에 대해서는 대안이 나오지 않았다. 노동시장의 양극화가 점점 심해지고 있고 노동운동의 관료화와 관념적 과격성 혹은 지나친 종북주의적 경향이 점점 암덩어리처럼 커지고 있는데 우리의 노동이론은 그 주변적 부분만 건드리고 있었고 담론적 힘을 발휘하고 못하고 있었다.

2007년 여름 경희대에서 노동 관련 학술대회가 있었다. 내가 노동문제에 대한 강연을 하고 무대에서 내려오는데 방청석에 강남훈 교수가 앉아 있었다. 같이 이야기를 나누다가 이대로는 안된다, 지금 경제도 위기이고 노동도 갈 길을 못찾고 있다, 일반적인 담론으로는 도저히 이런 분위기를 바꿀 수 없다, 뭔가 근본적 패러다임의 변화를 추동할 수 있는 담론이 필요하다고 의기투합을 하게 되었다. 강남훈 교수는 곽노완 교수를 소개해 주었다. 브라질의 기본소득에 관한 전문가인데 한번 의견을 나누어보면 어떻겠는가라고 했다. 며칠 뒤 나와 강남훈, 곽노완 교수 셋이 모여 기본소득에 대한 담론을 만들기로 의견을 모았다.

내가 총론을 쓰고 그것의 경제모델을 강남훈 교수가 만들고 곽노완 교수는 사회정치적 의미를 정리하기로 했다. 의기투합한 지 3개월 만에 나온 책이 바로 '즉각적이고 무조건적인 기본소득을 실시하라'라는 기본소득개설서이다. 이어서 연구자들을 더 모아서 만들어 낸 책이 '일등만 기억하는 더러운 세상을 뒤집어라'라는 책이다. 이 책은 좀 더 본격적인 기본소득 이론을 담았다.

내가 정리했던 기본소득은 자본주의 경제발전 과정에서 불가피하게 제기되는 요구였다. 디지털 산업을 필두로 한 4차산업의 발전으로 두 가지 효과가 발생한다. 하나는 급격한 노동시장변화로 인한 실업자가 양산된다는 것이고 둘째는 이 실업자는 영구히 잉여노동자로 전락하게 된다는 것이다. 이것은 곧 노동시장의 양극화를 초래할 뿐 아니라 심각한 사회불안요인이 될 것이다. 4차산업을 자본의 논리에 맡겨둔다면 쇼사나 주보프(Shoshana Zuboff)가 말한대로 감시자본주의가 될 것이다.

감시자본주의란 간단히 말해 인간의 경험을 무료로 추출하여 상업적 행위의 원재료로 이용하려는 새로운 경제질서를 의미한다. 어떻게 할 것인가? 그 답은 잉여노동 자체에 새로운 성격을 부여하고 존재의 의미를 부각시켜낼 수밖에 없지 않겠는가? 쉽게 말해서 실업자들도 컴퓨터에 접속하는 순간 데이터를 제공하게 되니 일종의 노동을 하는 셈이고 이것에 대한 사회적 대가가 주어져야 한다는 발상이다. 물론 사적 기업이 줄리는 없으니 사회, 즉 정부가 책임져야 한다는 생각이었다.

그런데 이런 생각을 하게 된 또 다른 이유는 노동운동이 처해 있는 딜레마에서 나온 것이었다. 나는 민주노총이 점점 관료화되어가고 기득권 집단이 되어가는 것은 노동운동 이론이 총체성을 갖지 못하기 때문이고 생각했다.

그 이유는 첫째, 마르크스의 노동가치설에 근거해 노동이 가치를 창출한다는 전제하에 운동을 전개하기 때문이다. 마르크스의 노동가치설은 공장에서 일하는 노동자들에게는 강력한 무기가 되어 주었지만 실업자들에게는 해당되지 않았다. 실업자나 잉여노동은 노동운동의 주체가 되기 어렵고 노동운동은 그들을 배제하게 된다. 결국 민주노총은 직장에서 노동시간이 측정되는 노동자들만 대변하게 되고 그것이 비노동자들을 소외시키는 결과를 초래한다는 생각을 했던 것이다.

둘째는 노동운동을 장악한 주체사상의 한계에서 나온다. 주체사상은 북한사회의 실정을 반영하고 있다. 북한의 입장에서는 한국의 경제적 변화 발전에 대해 이해하기 어렵다. 그런 사회에서 만든 주체사상이 한국의 노동운동에 대해 구체적 지침을 줄 수가 없다. 즉 마르크스주의와 주체사상, 다른 표현으로 NL과 PD라는 양대 정파의 사상체계로는 발전된 4차산업을 발전시키는 노동운동의 철학을 정립하기는 한계가 있다고 생각했다.

당시 네그리 등의 유럽 좌파들은 그림자노동, 비물질노동 등의 개념을 확장하고 있었다. 그러나 나는 인간과 자연과의 관계에서 그 이상이 필요하다고 생각했다. 나는 유럽의 혁명가들이 만든 이론보다 좀 더 근본적으로 밀고가고 싶었다. 그러자면 단순히 경제적 측면만이 아니라 물질세계에 대한 인식변화 역시 노동이론에 반영되어야 했다. 말하자면 뉴턴의 시공간 개념이 아인슈타인의 시공간 개념으로 바뀌고 이에 따라 인식론과 존재론을 재구성해야 했다. 이런 모든 새로운 철학적 요소들을 반영해 기본소득 이론을 정립한 것이 '일등만 기억하는 더러운 세상을 뒤집어라'였다.

강남훈 교수는 경제학자로서 이런 기본소득론을 현실정책으로 전환시켜 놓았다. 문제는 재원이었지만 불로소득이나 지대에서 확보하면 된다고 생각했다. 그러나 기본소득론의 맹점은 한국의 사회정치적 구조 자체의 비틀림에 있었다. 처음 만들 당시에는 기본소득론은 일종의 철학적 패러다임이었다. 이것을 현실정책으로 만들어 내는 것은 위험한 것이었지만 일단 실험적 모델을 만들어보기로 했다.

책을 내고 나서 한국에도 기본소득운동 네크워크가 만들어지고 논의가 활발해지기 시작했다.

한번은 EU의 노동분과에서 한국의 기본소득론을 발표해 달라고 해서 브뤼셀로 가서 대표로 발표한 적이 있었다. 나는 기본소득의 철학적 의미에 대해 주로 설명했지만 참석자들은 주로 구체적 실행방안에 관심이 많았다. 나는 이 문제가 매우 심각하다고 느꼈다. 철학적 패러다임에 대한 논의는 되지 않았고 단지 경제적 측면의 관심이 중심이었다. 이 차이는 한국의 기본소득운동에도 마찬가지로 반영되었다.

나는 점점 기본소득론을 현실 정책으로 만드는 과정에서 부작용이 심해질 위험성을 느꼈다. 물론 기본소득담론이 정치권에도 화두가 되게 만든 것은 이재명이 치고 나간 덕분이다. 이런 분위기를 반영하여 김종인 비대위원장이 국민의힘 당헌에도 기본소득을 집어넣게 했다. 담론을 제기하고 10년 만에 이룬 성과이다. 하지만 어떤 철학적 담론을 구체적인 복지정책으로 제시할 때는 더 신중하게 설계해야 한다. 그리고 막상 민주노총을 포함한 노동운동에는 사실상 어떤 영향도 미치지 못하고 있었다. 내가 기본소득론을 제시하게 된 이유는 바로 노동가치설에 기반한 노동운동을 존재가치설에 기반한 노동운동, 즉 4차산업에 적합한 노동운동론으로 바꾸기 위한 것이었는데 말이다.

사실 지금도 기본소득론과 현실 사이 간극은 여전히 매우 크다. 기득권 카르텔 구조가 민주노총 상층을 포함하여 두텁게 형성된 상황에서 보편적 지급이라는 원칙은 도덕적 해이를 초래할 가능성이 매우 높다. 더구나 재원의 재생산구조는 더더욱 요원했다.

이것을 무시하고 이재명은 기본소득론을 자신의 정치적 브랜드로 만들어 그 효과를 최대한 보려고 했다. 그러나 기본소득론을 그렇게 사용하면 국가부채만 늘리고 실제 중요한 문제제기를 오히려 놓치게 된다. 마지막 장에서 설명하겠지만 기본소득론은 자본주의 5.0 패러다임의 한 축을 형성하면서 다시 설계되어야 한다.

노사정위원회를 둘러싼 투쟁이 낳은 것은

■ ■ ■

 내가 노동운동의 패러다임을 전환해야 한다고 생각하고 기본소득
론을 내놓게 된 또 하나의 결정적 계기가 있다. 그것은 민주노총의
노사정위원회 참여가 좌절된 것이었다.

 국제통화기금(IMF) 위기 때인 1998년 민주노총은 노사정위원회
합의에 참여했다가 내부 반발로 지도부가 사퇴하는 등 내홍을 겪은
바가 있다. 쟁점은 정리해고 유연화에 관한 합의 때문이었다. 이
합의는 당시 현대자동차 투쟁에도 직접적 영향을 미쳤다. 노동계로
서는 뼈아픈 일이지만 전체 국민경제의 차원에서 볼 때 타협은 불
가피했다. 오히려 노사정위원회를 잘 활용해서 정리해고조항의 타
협을 명분으로 노동자들에 대한 사회안정망을 강화하는 방향으로
갔어야 했다. 결과적으로 교조주의적 반대만 하다가 게도 구럭도
다 놓쳤다.

 2005년 우리는 다시 노사정위원회 참여를 대의원대회에 상정하
기로 했다. 정파들이 장악한 중앙 집행위원회에서는 통과시키기가
어렵기도 하거니와 하더라도 대중적 구속력을 갖기 어렵다는 정무
적 판단을 했다. 숫자가 훨씬 많은 대의원들은 그래도 보다 상식적
인 판단을 할 수 있으리라 생각했던 것이다. 그러나 당시 중앙파(단

병호, 문성현, 심상정 등)와 현장파(이갑용 등)는 반대하면서 대의원대회를 폭력으로 무산시켰다. 대의원대회에 난입한 정파활동가들은 소화기와 시너를 뿌리고 나를 뒤에서 끌어안아 움직이지도 못하게 했다. 나는 당시 대변인으로 사회를 맡고 있었다. 물리적 충돌이 벌어지면서 투표를 진행할 수 없는 상황이 되었다.

정파조직들이 노사정위원회를 거부하는 이유는 자본가들에게 이용당할 뿐이라는 것이었다. 그러나 사실은 현실을 직시하고 책임진다는 것이 두려운 것이었다. 참여해서 발전적 노사관계를 만드는 것은 책임도 함께 진다는 것을 의미한다. 때로는 기득권을 양보할 수도 있어야 한다. 그러나 그들은 그런 부담을 지고 싶지 않았다. 당장 정규직과 비정규직의 차이는 어떻게 해결할 것인가? 그리고 실업자 문제와 자영업자의 문제는? 그리고 지속가능한 수익창출구조는 어떻게 가능한가? 이런 문제들은 구호로 해결할 수 없다. 노사정이 머리를 맞대고 함께 살 길을 찾아내는 수밖에 없다. 나는 우리 노동자도 양보하지만 그것을 대가도 자본가에게도 양보를 요구할 수 있다. 서로 양보해서 비정규직이나 실업자들을 위한 사회부조제도를 만들 수도 있다고 설득했지만 반대론자들의 태도는 완강했다. 처음부터 자본가와의 협조는 노사협조주의로 결국 계급노선의 일탈을 의미한다는 것이었다. 이런 관념적 교조주의가 통하게 된 이면에는 공기업 정규직들의 이해관계와 일치하는 것이 있었다. 이미 공기업 정규직들은 지대이익을 충분히 누리고 있는 상황이었다. 말하자면 상대적으로 높은 임금을 받고 있는 입장에서 노사정에 참여해서 기득권을 양보해야 하는 난처한 상황을 굳이 자초할 이유가 없는 것이다.

결국 계급해방투쟁의 좌편향 노선과 정규직 이기주의의 결합으로 노사정위원회의 참여는 무산된다. 당시 민주노총을 장악했던 국민파는 세 번이나 대의원대회에 상정했지만 그때마다 물리적 방해공작에 의해 타격을 입고 좌절했다. 나는 이것이 민주노총이 민주화의 주력군의 위치에서 멀어지고 오히려 민주화의 저항하는 기득권 세력으로 전락하는 결정적 계기 중 하나였다고 생각한다.

한참 지난 이후의 일이긴 하지만 문재인 정권하에서 문성현 위원장이 경사노위 위원장으로 임명되었다. 나는 개인적으로는 문성현 위원장에 대해 유감이 없다. 하지만 노사정위원회 구성의 지난한 과정을 볼 때 이것은 불합리하다. 노사정위원회 구성을 위해 우리는 3번이나 대의원대회를 했고 물리적으로 저지당했으며 정치적으로 내부에서 심한 공격을 받았다. 그 선두에 중앙파였던 문성현 위원장이 있었다. 국민파의 노사정 참여노선에 물리적 폭력을 사용해서 저지한 가장 핵심이 중앙파와 현장파 연합이었고 심상정, 문성현 위원장은 그 중심이었다. 그런 사람이 문재인 선거를 도운 성과로 노사정위원장 자리를 임명받는다는 것은 사리에 어긋난다. 다시 말해 진정으로 노사관계를 변화시키려는 것이 아니라 흉내만 내는 것에 불과하다. 민주당과 문성현 위원장의 결합은 그래서 야합에 지나지 않는 것이 되었다. 어떻게 선명성을 강조하면서 세 번씩이나 노사정위원회 참여를 무산시켜놓고 막상 노사정위원장 자리에 슬쩍 올라탈 수 있는가? 어쩌면 이것은 민주당의 문제이기도 하다. 민주당은 진정한 노동개혁에는 관심이 없었다. 오직 표만 보였던 것이다.

또 다른 중요한 문제가 있다. PD 노선의 현장파와 중앙파가 반대하는 것은 그렇다고 치고 전국회의 계열의 주사파 활동가들의 태도는 묘했다. 당시에는 국민파와 연합하고 있었기 때문에 노사정 참여를 찬성하는 듯 했지만 실제로는 적극적이지 않았다. 노사정 참여 문제에 대해 북한이 명시적 지침을 내린 것은 확인하지 못했다. 그러나 민주노총이 사회적 대화에 참여해 노사정 간 건설적 합의가 되고 경제발전에 힘을 합친다면 그것은 북한의 입장에서 반가운 일은 아닐 것이다. 남한의 경제적 성공은 북한의 체제 위협이기 때문이다. 내가 이런 생각을 하게 된 것은 단순한 상상이 아니다. 실제 대의원대회 3차례를 진행하면서 좀 더 강력한 물리력을 동원했다면 통과시킬 수 있었다. 그러나 이상하게도 지방의 NL 계열 노조원들의 태도는 미지근했다. 결국 그 미지근한 태도에서 전열이 흐트러졌다. 폭력적 회의 방해 행위에도 단호하게 대처할 수 없었다.

앞에서 NL 계열의 활동가가 가진 논리를 다시 상기해 보자. '결론부터 분명히 하면, 민주노총 발전전략위원회의 초초안은 그동안 분산적으로 제기되고 여러 가지 소문만 무성하였던 개량주의적 논의와 실험의 결정판이라는 것이 나의 소견이다. 심하게 표현하자면, 이 땅의 천만 노동계급 앞에 감히 내놓은 민주노총의 전략발전 초초안이라는 것은 민주노총의 전략발전안이 아니라 제국주의자들이 전세계적 반노동 계급 전략을 한반도에서 실현하기 위한 집행문서에 불과한 것이다.'

자! 이런 생각을 갖고 있다면 당연히 노사정위원회 참가는 제국주의자들의 반노동계급 전략에 복무하는 개량주의에 불과한 것이다. 겉으로는 국민파에 협조하는 척하면서 내부적으로는 적극적이지 않았던 것이다.

나는 이런 모든 상황을 겪으면서 결국 노사정위원회 참여는 노동운동의 이론이 근본적으로 변화하지 않으면 불가능하다고 판단했다. 단순히 실리나 떡밥 정도 던지는 것으로는 안되는 것이다. 그런 문제의식이 기본소득론이라는 담론으로 이어진 것이다. 이재명의 기본소득론과는 그 출발점의 기원이 다르다. 존재에 대한 가치를 부여하라는 철학적 메시지가 이재명에게 흘러가서 포퓰리즘적 매표정책이 되어 버린 것이다.

폭력에 대한 저항으로서의 노동운동

■ ■ ■

 나는 점점 민주노총의 운동 방식에 근본적 문제의식을 가지게 되었다. 관성화되어가는 투쟁, 형식화된 총파업은 습관처럼 반복되었다. 물론 현장의 요구는 항상 있었고 정당했지만 그것을 달성하는 수단이 꼭 총파업이어야 할 필요는 없었다. 그러나 노사정위원회 같은 주어진 밥상은 걷어찬 상황이었다. 노동운동이 사회발전에 기여해야 한다는 문제의식은 개량주의 기회주의로 매도되는 분위기가 팽배했다. 자본에 대한 총노동전선을 구축하고 노동자 해방세상을 만드는 것, 그리고 북한과의 통일을 추진하는 것은 건드릴 수 없는 하나의 교리가 되어갔다. 점점 단위 현장이나 산별의 고민들은 중앙에서 수렴되지 못하고 파편화되어갔다.

 현장은 기업이기주의가 강화되어갔고 중앙은 종북주의 경향이 강화되어갔다. 이것은 노동운동의 타락이었다. 민주노총 초기의 건강함은 사라져갔고 점점 새로운 기득권층으로 변질되어갔다. 공무원, 전교조, 공기업, 언론 등 우리나라 최상위 직장의 노조들은 이익집단화되고 있었다. 그러나 여전히 자신들은 피해자였고 그래서 자신들의 주장과 행동은 항상 정당한 것이었다.

 이명박 박근혜 정부를 거치면서 좌파들은 자신들의 진지를 구축하기 시작했다. 자신들의 모든 행위는 도덕적인 것이었고 그것이 사실상 법적으로나 상식적으로 부조리한 것일지라도 시대정신에 의해 합리화되었다. 방송 장악과 공기업 등 각 이권기관들을 차지하기 위한 노력은 고상한 명분으로 포장되었지만 본질적으로 '문화대혁명'식 좌편향에 가까웠다. 이 과정에서 이권의 냄새를 맡은 인적 네트워크는 운동권을 넘어 사돈에 팔촌까지 확장되었고 어중간한 중간 부류들의 어중이떠중이들은 자신들의 스팩을 이용해 가세했다.

뒤늦게 민주화운동 세력에 줄을 잡은 사람들은 학생운동을 하지 않고 전문직에 취업했던 사람들이 특히 많았다. 판검사나 변호사 등 법조계, 교수, 금융권 등 감옥에 가거나 현장에 가지 않았던 늦깍이 민주화 세대들은 자신들의 부채감으로 더 강한 좌편향을 보이기 일쑤였다. 이들에게는 꿩 먹고 알 먹는 일이었다. 민주화운동을 하는 것이 목숨을 거는 일이었던 시대가 지났고 이제는 돈도 되고 출세도 되는 일이 되었기 때문이다.

나는 어리둥절했다. 막상 현장에서 부딪치면서 겪어온 과정에서 본 문제점들을 뒤늦게 민주화에 가담한 사람들은 거의 모르거나 간과하고 있었다. 과거 우리가 뿌려놓았던 '전환시대의 논리'라는 사상의 감옥에 갇혀 있었고 밑바닥 현실에서는 어떤 일들이 일어나고 있는지 보지 못했다.

내가 생각했던 노동운동은 이런 것이 아니었다. 내가 유달리 민주노총 내부에서 이런 문제들을 예민하게 느낀 이유가 있다. 내가 노동운동을 하게 된 계기는 '폭력'에 대한 저항으로 '노동자의 삶'을 선택한 것이었다. 부산에서 고등학교를 졸업하고 1981년 고려대학교에 진학한 나는 막연하지만 소설가나 교수의 삶을 살게 될 거라고 생각하고 있었다. 자연스럽게 교내 문학연구회라는 써클활동을 하게 되었다. 써클활동 과정에서 알게 된 1980년 광주학살에 대한 비디오는 그야말로 충격 그 자체였다.

국가의 물리적 폭력 앞에 쓰러져 간 젊은이들의 죽음을 보고 나는 국가에 대한 신뢰가 완전히 무너지는 정신적 충격을 겪게 된다. 당시에 학원에 들어와 있던 전투경찰들과의 싸움은 일상이었다. 나는 자연스럽게 당시 써클활동을 하던 동기들과 의기투합하여 전두환 독재타도를 외치는 유인물을 만들어 교내에 뿌렸다. 나중에 고려대 학생운동사에서 '4.15고대 유인물사건'이라고 명명된다. 내가 친척집에 있던 등사기를 가져와서 종암동에 있던 호텔방에 모였다. 등사기를 밀어 자체 제작했다. 1982년 봄의 이야기이다. 거사를 벌이기 전 학교 내 운동권 선배 한 명에게 말해 주었다. 최소한 무슨 일이 있을 것을 대비해 선배 중 한 명은 알고 있어야 한다고 생각했던 것이다. 그러나 공교롭게도 이 선배가 경찰에 잡혀서 고문을 받다가 내 이름을 불게 되었다.

당시 고려대는 성북경찰서가 담당하고 있었고 특히 고문으로 유명했었다. 우리는 거사를 계획하면서 만일 경찰에 잡히게 되면 고문으로 고생하지 말고 다 털어놓자고 서로 약속했다. 어차피 햇병아리들이 엄청난 조직이 있는 것도 아니어서 감출 것도 없었다. 1982년 4월 15일 고대 교내에 '전두환군사독재를 타도하자!'라는 유인물을 뿌린 후 우리는 한 달에 한 번씩 이런 유인물 살포를 계획하고 있었다. 장차 이 유인물 살포 조직망을 늘려나가기로 했다. 이른바 우리는 매우 실행력이 강한 팀이었던 것이다. 그런데 며칠 후 저녁, 내가 지내고 있던 미아리 외사촌 누나 집에 들어가려는 순간 형사들이 나를 에워쌌고 수갑에 채워져 성북경찰서로 연행되었다.

경찰서에 연행되고 나서 겪었던 일은 지금도 떠올리기 고통스럽다. 캄캄한 경찰서 사무실에서… 일부러 불을 다 끄고 십여 명이 나를 둘러싸고 린치를 가했다. 나보다 키가 작아 보이는 형사 하나가 멱살을 붙잡고 비죽거리며 '10년 후에 죽도록 해주겠다'고 말했다. 나는 맞으면서 계산해 보았다. 10년 후면… 약 31세 정도? 그런 건 곤란한데 하는 생각이 들었다. 피투성이가 된 나를 작은 사무실로 끌고 가서는 두 팔과 두 발을 묶고 난 후 굵은 장대를 가로질러 통닭구이처럼 만들었다. 몽둥이질이 시작되었다. 자기들도 때리다 지치면 물고문으로 전환했다. 얼굴에 젖은 수건을 덮고 주전자의 물을 입에 부었다. 물로 숨구멍을 막으면 몇 초 사이로 생사가 갈린다. 그래서 전문가가 아니면 안되는데 어설픈 형사들이 하는 것이라 더 믿음(?)이 안갔다.

나중에 김근태 의장이 당한 고문이야기를 들어보니 내가 당한 것은 고문도 아니라는 생각이 들었다. 그러나 고문은 고통 그 자체보다 공포심을 극대화하는 기술이다. 그런 점에서 단순 매질보다 물고문이 죽음의 공포를 느끼게 하는데 훨씬 더 효과적이었다. 이런 공포를 자아내는 고문기술은 인간의 몸 뿐 아니라 정신적인 측면에 깊은 흔적을 남긴다. 더구나 나는 순진한 대학교 2학년이었다.

내가 깜짝 놀란 일이 있었다. 언젠가 가족들이랑 해외여행을 갔던 적이 있다. 나는 수영을 잘하는 편이다. 바다에서 스킨스쿠버를 하게 되었다. 산소통을 메고 가이드가 내 위에서 나를 잡고 물 속으로 들어갔는데 한 3~4미터 들어가는 순간 갑자기 몸이 뻣뻣해짐을 느끼면서 움직여지지 않았다. 숨이 막혀서 숨쉬기가 힘들었다. 일종의 순간적 공황장애였다. 눈이 공포에 질려 크게 떠지는 것을 스스로 느낄 수 있었다. 수영에 자신있는 내가 스스로도 이해가 안되는 상황이었다. 간신히 물 밖으로 나왔을 때 나는 탈진되었다.

　도대체 왜 그런 상황이 되었는지 이해가 되지 않았다. 그러다가 오랜 시일이 지나서야 그 까닭을 알게 되었다. 물고문에 숨막혔던 그 공포의 기억이 내 잠재의식 속에 깊이 들어가 있었던 것이다. 물 속에서 내 몸을 잡고 있던 가이드가 내 몸이 기억하고 있던 트라우마를 끌어낸 것이었다.

　이런 개인적 경험을 이야기하는 이유가 있다. 지금 한국의 정치세력들이 보여주는 모습에는 단순히 이성적 논리만 작동하고 있는 것이 아니라는 것을 말하기 위한 것이다. 이것은 좌파든 우파든 마찬가지이다. 역사가 이성적으로만 흘러가는 것이 아니라는 점을 아는 것은 대단히 중요하다. 보수도 싫고 진보도 싫다. 그래서 중도정치를 하면 잘될 수 있다는 이성적(?) 접근으로는 한국적 트라우마의 충돌 속에서 설 자리가 없다. 지금의 진영논리는 이성적으로 만들어진 것이 아니다. 좌우의 학살전쟁 속에서 형성된 집단기억이 트라우마화되어 서로가 가해자이자 피해자로서 존재한다. 서로에 대한 공포는 이성적 판단을 어렵게 만든다.

　아무리 이성적으로 설득해도 호남은 여전히 민주당을 찍고 영남은 국민의힘을 찍는다. 내가 10년 이상을 제3지대 정치세력화를 위해 선거도 출마해 보고 당대표도 해봤지만 현실적인 장벽은 아직 무너질 기미가 안 보인다. 그 이유는 대한민국의 경제적 하부구조가 아직 양당체제를 허물만한 근본적 위기가 아니기 때문이다.

　예컨대 독일의 히틀러가 주도하던 나치는 제3당이었지만 당시 독일은 초하이퍼 인플레이션으로 서민 생활이 완전히 붕괴되어 지배적 양당에 대한 불만이 극에 달하던 시기였다. 이런 파국적 위기 속에서 제3정치세력이 등장 가능했다.

2023년 대한민국은 아직 이런 파국적 경제 상황으로 보기에는 어렵다. 물론 주관적 요소로서 정치인들의 출마 문제가 걸려 있기 때문에 공천이 불확실한 정치인들의 주관적 동력은 있으나 국민적 동력이 형성되는 운동은 아직 미약하다. 이것은 그동안 제3정치세력화에 대한 누적된 실패에서 비롯된 피로감도 있지만 양 진영의 '살인의 추억' 속에 형성된 집단 트라우마가 있다는 것을 먼저 이해하는 것이 필요하다.

이야기가 약간 샛길로 샜지만 내가 겪은 국가에 의한 폭력은 나를 완전히 다른 사람으로 만들었다. 서대문형무소와 부산교도소에서 보낸 1여 년의 세월은 나에겐 영겁의 세월이었다. 하루가 1년 같은 시간들이었고 감옥 벽을 부수고 나가고 싶은 충동과 싸우는 기간이었다. 나의 사랑하는 사람들의 얼굴이 떠올랐다. 미칠 것같이 보고 싶었다. 밥을 먹을 수 없었다. 이들을 두고 세상을 떠날 수도 있다는 것이 믿어지지 않았다. 사람에 대한 미련이 너무 컸던 것일까?

민주화라는 가치가 생명과 바꿀 정도인가에 대한 확신이 들지 않았다. 나는 내 평생의 화두를 얻게 되었다. 자신의 목숨과 바꿔도 되는 가치가 무엇인가? 라는 화두였다. 어떤 책을 읽어도 어떤 이야기를 들어도 완벽한 답을 얻지 못했다. 나는 웃음을 잃었고 삶의 방향도 잃었다. 한 발자욱도 의미가 없다면 옮기기 어렵다고 생각했다.

1년 후 부산교도소에서 출소했을 때 내 써클 친구들이 찾아왔다. 그 얼굴들이 생소하게 느껴졌다. 나는 완전히 다른 사람이 되어 있었던 것이다. 사람들과 어울리긴 했지만 나는 텅 빈 껍질만 남은 존재처럼 느껴졌다. 이때의 경험은 지금도 설명하기 무척 힘들다. 한

번 극단적 경험을 하고 난 이후의 삶은 그 이전으로 돌아가기 어렵다. 나는 내 텅 빈 영혼에 무엇을 채워야 할지 몰랐다.

지금도 너무나 선명하게 생각난다. 내가 서대문감옥에 있을 때였다. 따뜻한 봄날 나는 감옥의 마루바닥에 누워있었다. 창문가에 올려둔 작은 화분의 풀잎 하나가 바람에 흔들렸다. 그 작은 흔들림이 내 몸에 느껴졌다. 나는 순간 깜짝 놀랐다. 작은 풀잎의 움직임이 그대로 느껴지면서 풀잎과 나는 한 몸이라는 강한 느낌이 왔다. 나는 이 우주와 한 몸이라는 환상에 빠졌다. 이것이 환각인지 아니면 어떤 깨달음인지 잘 모르겠다. 분명한 것은 세상과 내가 연결되어 있다는 확신이 올라왔다는 점이다.

내가 당한 폭력은 이 우주도 같이 당한 폭력이다. 폭력은 아무리 작은 것이라도 우주를 파괴한다. 내가 당한 고통을 알기에 나는 적어도 그 어떤 폭력도 거부할 수밖에 없는 상태에 있게 되었다. 비트켄슈타인은 '사과'라는 단어도 폭력이라 주장했다. 불그레한 사과, 파르스름한 사과, 주근깨 사과 모두 다 다른 특징이 있는데 '사과'라고 퉁치는 것은 그런 다양성에 대한 폭력이라는 것이다.

폭력을 구조적으로 파악하면 어떤가? 전두환 정권하에 자본의 폭력성은 노동배제적 성격으로 특히 강했다. 나는 이런 구조적 폭력에서 어떻게 살아가야 하는가? 내가 당한 끔찍한 폭력의 기억 앞에서 내가 선택할 유일한 길은 가해자가 아니라 피해자의 삶에 서는 것뿐이었다.

그것이 내가 노동자로서의 삶을 선택한 이유였다. 혁명도 좋고 사회주의적 이상도 좋지만 그런 이념을 뛰어넘은 유일한 가치는 나에겐 '폭력에 대한 거부'로서 노동자로 살아가는 것이었다.

물론 이 폭력은 아주 다양한 형태로 존재한다. 사회적 폭력, 경제구조적 폭력, 문화적 폭력, 성적 역할에 따른 폭력, 권력에 의한 폭력, 큰 폭력과 작은 폭력… 결국 어떤 경우에는 큰 폭력과 싸우기 위한 작은 폭력도 필요하다는 것도 느끼게 되었다.

나는 졸업도 하기 전 1984년 인천의 한 용접공으로 취업을 했다. 폭력의 가해자로서 삶을 살아갈 수는 없었다. 그래서 노동자로서 살아가는 것이 내가 택할 수 있는 유일한 선택이었다. 나에게 노동운동이란 '모든 폭력에 대한 저항'이었다. 이것이 내 모든 행동의 동기였다.

주체사상에서 맡은 '폭력'의 냄새

■ ■ ■ ■

　공장을 전전하면서 육체노동자로서 보낸 6여 년의 시간은 힘들고 외로웠지만 마음은 편했다. 적어도 어디로 가고 있는지 알고 있다고 생각했던 시간이었다. 나는 용접공, 프레스공, 취부, 유리섬유공장, 인천제철 하청노동자, 경서동 주물공으로 일을 했다. 당시 위장취업자에 대한 심사가 엄격했기 때문에 대공장에는 들어갈 수가 없었다. 가장 열악한 환경의 중소기업이나 하청에서 일할 수밖에 없었다. 공장단위 노조를 만들기 어려웠기 때문에 결국 지역노조를 구상하면서 사람들을 만나기 시작했다. 당시 인천에는 수많은 활동가들이 전두환정권에 반대하는 수단으로 노동운동을 하러 들어왔다. 나는 이 활동가들을 조직해서 몇 개 그룹으로 나누어 조직하기 시작했다.

　그런데 나에게 같이 일하자고 찾아온 인물이 있었다. 자신을 반제동맹이라고 소개했고 나이는 나와 비슷했다. 일주일에 한 번 정도 만나서 정세와 활동 방향을 토론하는 시간을 가졌다. 그런데 주로 가져오는 자료들이 당시 한민전이 만든 구국의 소리방송에 나오는 자료들이었다.

　몇 번을 만났지만 그 만남은 나에게 무척 실망을 주는 것이었다.

그는 현장활동을 하는 활동가들의 기본 임무는 '결정적 시기를 대비하여 조직을 준비하는 역할'에 한정하고 있었다. 그 결정적 시기란 북한 조선노동당이 주도하는 민족해방전쟁을 의미했다. 그리고 조직을 준비하는 것이란 '끈기 있는 대기활동'을 의미했다. 한민전이 운영한다는 구국의 소리방송에 나오는 투쟁전술이나 방침들을 학습하는 것 외에 아무것도 없었다. 이것은 즉 현장의 다양한 요구를 어떻게 활성화시켜나가서 조직을 발전시키는가에 대한 계획이 없다는 뜻이다. 문제는 '없다는 것' 자체에 대한 문제의식이 없었다. 이것은 매우 중요한데 원래 혁명이란 대중의 에너지를 창조적으로 조직하는 활동이다. 그런데 그 창조적 활동이란 대중의 요구를 현실에 맞게 실현시키는 과정에서 드러난다. 그것이 빠져 있었다는 것은 죽은 지침이며 생명력이 없는 관료주의에 불과하다. 이것은 곧 혁명지도부에 무언가 심각한 결함이 있다는 것을 의미한다.

당시 대한민국의 노동현장은 비록 폭압적이긴 했지만 고속성장의 과정에 있었고 점점 권리의식이 높아져 가는 상황이었다. 불을 붙이면 바로 폭약처럼 터질 화약고 같은 상황이었다. 북한의 전략전술은 북한의 이해관계가 중심이었고 대한민국 노동자들의 삶의 문제는 부차적인 것이었다. 당시 이들이 지도부로 떠받들던 한민전은 사실상 북한 조선노동당의 지침을 받는 선전기구에 불과했다. 그러나 우리는 하루하루 전망을 세우고 의미있는 하루를 치러 내야 하는 에너지 그 자체였다.

몇 번 만나는 과정에서 이러한 문제들이 드러나기 시작했고 만남의 의미는 점점 없어졌다. 그런 와중에 산개전이라는 문건이 나왔다. 내가 이해한 산개전의 핵심은 지금 활동가들이 대중들을 지도할 역량이 안되는데 억지로 조직을 유지하고 있으면 오히려 대중운동의 질곡이 될 수 있다는 비판이었다. 이 문제의식은 당시 나도 똑같이 공유하던 문제의식이었다. 학생운동 출신의 관념적 접근과 일반 노동자들의 삶과는 서로 어긋나는 것이 많았다.

구체적으로 말하면 북한식 역사관, 세계관과 성장하는 남한 노동자의 생활적 요구와의 불일치는 접점을 찾기가 불가능한 것이었다. 지금 와서 생각해 보면 북한의 주체사상에 기반한 대남전략과 우리의 운동방식이 충돌하고 있는 것이었다.

이 점은 그 당시에도 어렴풋이 느꼈던 것 같다. 그래서 내가 조직했던 활동가조직들에 대해 다들 산개해서 대중들과 함께 성장하라는 지침을 내리고 해산했다. 나 자신도 철저히 스스로 조직관계를 차단시켰다. 그러나 일부 사람들은 따로 정파조직을 형성하기 시작했다. 대표적인 것이 인천의 강희철이 주도한 인천연합, 이석기가 주도한 경기동부연합 같은 것이었다. 비슷한 시기에 광주전남, 부산울산에도 그런 정파조직들이 탄생했다.

초기에는 민주화운동과 주체사상운동이 구별되지 않았다. 군부독재에 반대하는 민주화라는 시대적 가치에 대해 누가 거부할 수 있을까? 많은 국민들이 드러내놓고 저항은 하지 않았지만 '민주'에 대한 열망을 가슴에 품고 있던 시절이었다. 그러나 이 민주화운동은 서서히 이념적으로 분화되어갔다. 하나는 김대중, 김영삼 계열의 리버럴 진보로, 또 하나는 좀 더 강하다고 느껴지는 사회주의로 갈려진다.

그러나 반공이 국시인 나라에서 사회주의적 운동을 한다는 것 자체가 바위에 씨앗 뿌리는 격이었다. 그런데다 사회주의 사상의 본질적 문제들이 드러나기 시작했다. 자본주의는 내부 모순으로 필연적으로 멸망한다는 교리와 노동자가 역사의 주체가 된다는 교리는 현실에서 맞지 않았다. 결국 사회주의의 모델국가였던 소련이 망하자 대한민국 내 PD(계급혁명)조직들은 혼란에 빠져 다양하게 분화되어 갔다.

그러나 또 다른 한편에서는 주체사상에 입각한 정파조직들이 점점 그 세를 강화시켜갔다. 소련은 망했지만 북한은 적어도 국가를 유지하고 있었다. 대한민국 내의 민주화운동세력들은 불철저한 민주당에 불만이었고 따라서 좀 더 체계적이고 강력한 혁명조직을 갈구하고 있었다. 학생운동에 투신한 순수한 학생들은 북한의 사회주의 혁명 전통에 대해 비판할 경륜이 없었다. 남한의 학생운동가들에게 북한의 김일성은 전설적인 혁명선배 그 이상이었다. 이들은 북한이 주장하는 대부분의 담론을 절대적 진리로 받아들이고 있었다. '남한은 미국의 식민지'. '이승만은 단독정권을 세워 권력을 잡기 위해 친일파를 등용한 독재자이다'라는 북한의 역사관은 그대로 남한 운동권의 역사관이 되었다. 이런 담론들이 무비판적으로 받아들여질 수 있었던 이유는 바로 전두환 군사정권 때문이었다. 더구나 전두환 정권과 당시 거대기업들의 권위적 노사관은 노동 현장의 불만을 광범위하게 확산시키는 기제였다. 북한 입장에서 이런 남한의 권력구조는 마르지 않는 샘물처럼 좋은 선전선동의 소재였다.

전태일 열사의 분신 이후에도 노동현장에서는 수많은 노동탄압이 별다른 법적 제약없이 저질러졌다. 80년대 용접사로 일한다는 것이 어떤 것인지 안 해본 사람들은 모를 것이다. 나는 6년을 그런 생활을 했다. 제일 힘든 것은 겨울 아침 6시에 출근해서 작업복을 갈아입는 것이다. 탈의실에 난방은 당연히 안된다. 작업복은 쇳가루가 박혀서 맨살에 닿으면 차갑고 따끔거렸다. 작업 현장에 곳곳에 널려 있는 철판들은 바로 흉기가 되어 살을 벤다.

단 하루도 피를 보지 않는 날이 없었다. 세워놓은 쇠기둥이 넘어져 발을 덮치는 바람에 엄지발톱이 뭉텅 빠지는 일도 있었다. 인천의 한 병원에 갔는데 의사가 마취도 없이 벤치 같은 것으로 발톱을 쑥 뽑았다. 나는 그 젊은 의사를 패고 싶었다. 지금도 생각하면 몸이 굳어진다. 인천제철의 배관시설 점검을 하기 위해 갔을 때는 비가 오는 날이었다. 바닥이 축축히 젖은 상태에서 전기용접을 하게 되면 온몸이 찌릿찌릿하다. 높은 곳에서 용접하는 도중에 발판이 무너져 대롱대롱 매달리기도 했다. 하루종일 일하고 저녁먹고 다시 밤 9시까지 야근을 하는 날에는 공장의 불빛은 창백했다. 다음날 일어날 수 있을까? 끝없이 이어지는 이런 삶에서 어떤 희망을 가질 수 있을까?

나는 그 당시 인천의 남동구 만수동에서 철거민 집단주거지를 만들고 있었다. 내가 살던 주안공단지역이 철거되면서 세입자들의 생존권이 문제가 되었고 어쩌다 보니 1년의 투쟁 끝에 인천만수동 중국인 묘지터에 집단이주를 하게 되었다. 나는 건축추진위원회의 총무를 맡아 38세대 공동주택을 만들게 되었다. 한우리마을이라는 주민공동체를 만들었지만, 공동체를 운영하고 또 지역 정파를 관리하는 일들은 서로 충돌되는 점이 많았다.

노동운동과 지역공동체 활동과 정파 조직사업들을 서로 양립하는 것은 어려웠다. 물리적 어려움보다 더 힘든 것은 전망이 보이지 않는 것이었다.

수많은 노동열사들이 생겨났고 억울하게 해고당한 사람들의 원한이 차곡차곡 쌓여가던 시기이다. 이런 상황에서 현장과 결합한 정파 조직들의 선동선전은 아주 쉽게 설득력을 가지게 되었다. 지옥 같은 현장의 고통을 이해해 주는 사람이라면 그 사람이 빨갱이건 주사파이건 중요치 않게 된다. 세상이 뒤집어지면 좋겠다는 생각을 하게 된다. 그러나 대한민국의 정부 역시 바보가 아니다. 이미 여러 차례 민중궐기로 위기를 경험한 정권은 신속하게 수동혁명을 진행하면서 노동자들의 김을 뺐다. 노태우나 김영삼 정권에 이어 김대중 정부에서는 노동권에 일정한 참여를 보장했다. 말하자면 정세가 변했고 경제적 토대가 변하고 있었다. 노동운동은 그러나 그러한 변화된 정세에 대응하지 못했다. 여전히 관성화되고 화석화한 시대정신의 끝자락에서 공허한 팔뚝질만 하고 있었다. 그리고 이것은 북한의 주체사상이 그렇게 만들었다. 정파 활동가들을 좀비로 만든 것이다. 남한의 생활공간에서 일어나는 다양한 일들에 의미를 부여하고 대안을 찾아가는 활동들을 주체사상은 무겁게 짓눌렀다. 그것은 주체사상의 '폭력'이었다. 북한의 주체사상은 사실상 남한의 혁명가들을 도구화하는 것이었다. 김일성에 대한 충성맹세가 마지막 '인싸'로 받아들이는 기준이었다. 충성맹세 없이 조직의 핵심으로 클 수는 없었다. 그것을 거부하는 사람은 결국 조용히 사라질 운명이었다.

결국 나는 지역 정파조직을 해소하고 스스로 하방을 결심했다. 내가 조직했던 인천지역 활동가 써클들을 반제동맹이라는 주체사상의 한 분파로 만들 수는 없었다. 이것은 당시 운동권에 널리 퍼져 있었던 낭만적 공동체주의 역시 내려놓아야 함을 의미했다. 내가 독자적인 노선을 가지고 계속 이들을 이끌기도 역부족이었다. 당시 내가 조직하고 가르쳤던 많은 사람들이 주체사상의 늪에서 빠져나오지 못하고 있다. 그때 같이 했던 동지들은 다 어디서 무엇을 하는지 모른다. 당시 내 고민들을 다 털어놓고 조직전환을 하지 못한 것이 못내 걸린다. 주체사상에서 나는 사상적 '폭력'의 냄새를 맡았다. 그러나 당시에는 그것을 명확히 설명해낼 무언가가 없었다. 천사의 얼굴을 한 악마는 아직 그 정체를 완전히 드러내지 않았던 것이다.

스케이프고트(희생양)가 된 재벌과 민주노총

∎ ∎ ∎

　북한 조선노동당은 남한의 좌파들을 나르시시스트로 만들었다. 나르시시스트란 자신의 외모, 능력과 같은 어떠한 이유를 들어 지나치게 자기 자신이 뛰어나다고 믿거나 아니면 사랑하는 자기 중심성 성격 또는 잘난 체하는 사람을 말한다. 나르시시스트에게는 반드시 스케이프고트 즉 희생양이 필요하다. 자신의 우월함을 증명할 수 있는 어떤 제물이 필요한 것이다. 고대 유대인들은 모든 죄를 한 마리 양에게 지우고 광야로 쫓아내는 의식을 치르면서 자신들은 죄가 없어졌다고 믿었다. 그것이 희생양의 역할이다.

　남한의 좌파들에게 희생양은 재벌이었다. 물론 재벌의 성장과정에는 분명히 정권의 특혜가 있었고 노동자의 피땀이 있었다. 이들이 기득권 카르텔을 형성한 것도 사실이다. 그러나 그것은 역사의 특정한 시점에서 진실일 수는 있지만 통시적 관점에서는 다른 평가가 가능하다. 예컨대 삼성은 강력한 기득권 카르텔이었지만 그 힘을 이용해서 한국 경제의 견인차로서 역할을 한 것도 사실이다. 그래서 집회에서는 재벌타도를 외치는 사람이 자기 자식이 삼성에 취업하는 것을 로또 탄 것처럼 기뻐하는 모순이 별로 이상해 보이지 않는다.

정반대의 시각에서 민주노총도 마찬가지이다. 우파들 역시 스스로 나르시시스트가 되었고 그의 희생양은 민주노총이었다. 모든 경제위기의 어려움을 민주노총에 전가하는 것으로 자신들의 무능력과 무책임을 감추려 했다. 희생양들끼리 서로 싸우면 어떻게 될까? 그것이 1998년 현대자동차 파업사태였다.

IMF외환위기 당시 이미 신자유주의적 경제정책이 부작용이 나타나기 시작했지만 김대중 정부는 신자유주의정책을 받아들여 강력한 구조조정이 진행되었다. 이 과정에서 정리해고에 관한 법률을 둘러싼 노정 간의 전쟁이 벌어지게 되는데 그 최전선에 현대자동차가 있었다.

1998년 김대중 정부는 현대자동차의 파업을 정리하기 위해 엄청난 경찰병력을 울산에 집결시켰다. 당시 나는 금속연맹 사무차장으로 노정 간의 대화를 주선하기 위해 울산으로 내려갔다. 울산의 현대자동차 현장은 말 그대로 전쟁터였다. 김광식 노조위원장은 노조 사무실 옥상에 관을 하나 올려놓고 그 옆에 텐트를 치고 있었다. 당시 민주노총은 현대차노조 파업 지원사격을 위해 총파업을 벌였다. 그러나 현대차 노조는 내부적으로 흔들리고 있었다. 민주노총의 총파업이 얼마나 자신들을 엄호해 줄 것인가에 대해 회의적이었다. 결국 자기들만 나중에 독박쓰게 되지 않을지 걱정하고 있었다. 그리고 정부 차원의 총공격에 왜 자신들만 총알받이가 되어야 하는가에 대한 불만도 있었다.

이런 복잡한 내부 상황 속에 모든 협상권한을 위임받은 김광식 위원장은 자신이 속해 있던 민투위라는 정파조직을 탈퇴했다. "공인으로서 더욱더 조합원의 생존권 사수와 고용안정 쟁취를 위해 최선을 더하기 위해 조직을 탈퇴하여, 공정하고 객관적인 자세로 삼만이천 조합원을 책임지려" 한다는 것이 당시 민투위 의장에게 제출한 탈퇴서의 내용이었다.

정파조직을 탈퇴한다는 것은 매우 의미심장한 것이었다. 즉 당시 현대차 정파조직들의 상태가 매우 이념 지향적이었기 때문에 대중의 상식적 판단보다는 정파의 정치적 입장이 우선될 위험이 있었고 나중에 어떤 결정을 내릴 때 정파조직에게도 대중조직에게도 안 좋은 영향을 미칠 수 있다는 우려가 작용했다.

나는 김광식 위원장의 텐트에서 같이 숙식을 하면서 대응전략을 짜기 시작했다. 정리해고제를 반드시 관철시켜야 한다는 김대중 정부의 입장은 확고했다. 정권 차원의 강력한 본보기가 필요했다. 그리고 이것을 막아내는 역할은 현대자동차 노조라는 기업단위노조가 다 감당해야 하는 상황이었다. 애초부터 다윗과 골리앗의 싸움이었다. 민주노총과 금속노조는 달리 지원할 방안이 없었다. 간부들 중심으로 지지 방문 정도 외에 총파업을 이끌 역량 준비도 되지 않았다.

말하자면 총자본 대 총노동전선은 애초 불가능했고 현대자동차 노조와 현대 사측이 대표로 총대를 멘 형국이었다. 98년 8월의 뜨거운 여름날. 노조사무실에 현장조직대표 십여 명이 모였다. 공권력이 폭력적으로 진압하면 어떻게 대응할 것인가? 하는 것이 주제였다. 두 가지 전술로 나뉘었다. 하나는 전부 흩어져서 울산시내 가투로 전환하자. 지금 공권력과 맞서서 전면전을 벌이면 사상자가 발생한다는 주장이고 또 하나는 옥쇄투쟁론이었다. 조합원들과 가족들을 전부 모아 도금공장으로 들어가자는 것이었다. 도금공장에는 신나 등 폭발물이 있기 때문에 경찰진입 시 너무 위험해서 진압하기 어렵다는 주장이었다. 잘못하면 사상자가 발생한다.

나는 김광식 위원장과 대화를 나누었다. 무엇보다 사람의 생명이 중요하다. 이 투쟁은 어차피 단위 노조에서 감당할 수 있는 게 아니다. 민주노총이 총파업을 철회했다. 우리만 총알받이가 될 수는 없다. 조직을 보전해서 훗날을 도모해야 한다. 김광식 위원장은 깊은 고민에 빠졌다. 모든 책임을 자기가 감당해야 하는데 오죽하겠는가?

8월 14일 대검찰청의 공권력 투입 발표가 있었다. 사태는 점점 심각해졌다. 15일 범민족대회 때문에 빠져나갔던 병력이 돌아오면서 100여 개 중대 1만 2천여 명의 경찰 병력이 현대자동차 주변에 배치되었다. 16일 안영수 노동부 차관이, 17일 이기호 노동부 장관이 내려와 중재를 시도했으나 성과 없이 끝났다. 17일 자본은 관리자와 하청업체 직원들 1만여 명을 동원하여 정상 조업 촉구 결의대회를 가지면서 파업대열을 교란시켰다. 노동조합은 전 공장에 흩어져 있던 농성 천막들을 승용1공장 중심으로 재배치하고 곳곳에 바리케이트를 쌓아 공권력 투입에 대비하기 시작했다.

18일 새벽, 진압 병력이 정문 앞에 집결하자 순식간에 승용1공장 조합원을 중심으로 1천여 명이 쇠파이프로 무장하고 구호를 외치며 즉각 대치에 들어갔다. 이 날 밤 노무현 부총재를 중심으로 한 국민회의 중재단이 급파되었다.

헬리콥터가 선무방송을 하고 전국의 경찰력이 집결하여 진압작전을 앞둔 팽팽한 대치 속에 마지막 협상이 진행되었다. 노무현 부총재, 조성준 의원, 권재철 특보가 대형 인명사고를 막기 위해 막후 중재 노력을 하고 있었다.

8월 23일 오후 2시 태화강 둔치에서 민주노총 주최로 '정리해고 저지와 민주노조 사수 전국 노동자대회'가 열렸고 집회 참가자 3,000여 명은 현대자동차까지 거리 행진을 벌였다. 이 날 권영길 민주노총 전위원장은 "현대자동차 협상이 만약 불만족스러운 내용으로 타결되더라도 인정해 주자"고 얘기하면서 분위기 전환을 시도했다. 집회 참가한 조합원들은 뭔가 눈치를 채기 시작했다. 아마도 공권력과의 충돌을 피하기 위해 양보교섭을 진행한 것이라고 추측했다. 어쩌면 권영길 위원장으로서도 무척 하기 힘든 말이었을 것이다. 집회에서 마이크 잡았을 때 '투쟁하자'는 주장은 하기 쉽지만 '이제 물러서야 할 때'라는 말은 무척 어렵다.

이틀째 지도부의 타협적 움직임에 불만을 품은 문선대가 문화선동활동을 거부한 가운데 열린 이 날 저녁 집회에서 김광식 위원장은 "언론에 현혹되지 말라. 조합원이 수용할 수 있는 안이 나오면 도장을 찍기 전에 조합원들에게 먼저 의견을 묻겠다."라고 조합원들을 달랬다. 그러나 최종적인 파국은 어차피 다가오고 있었다.

나는 8월 23일 밤 현대자동차 본사에서 막후 협상을 점검하고 있었다. 나로서는 최대한 노조의 피해를 줄여야 했다. 잠깐 조는 사이 갑자기 본사 2층에 정몽구 회장과 이기호 장관이 나타났다. 이어서 현장 정파대표들도 보였다. 나는 지금도 그날 상황이 잘 이해되지 않는다. 지금은 작고한 조성준 의원의 한숨섞인 푸념만 기억난다. 아무래도 '의원보다는 장관 힘이 더 강하다…' 조성준 의원은 매우 신중한 사람이었다. 노조 입장에 대해서도 잘 이해하는 편이었다. 결국 정부의 입장을 더 대변하는 방향으로 협상안을 정리할 수밖에 없었다는 뜻이다. 말하자면 나를 포함한 노조 옹호파를 제끼고 직접 노조지도부와 담판을 지었다는 의미로 읽혀졌다.

8월 24일 새벽 2시 30분 노사합의 소식이 TV 자막을 통해 발표되었다. 오전 6시 잠정합의 기자회견문을 노사가 발표했다. '277명 정리해고, 나머지 1,261여 명 1년 6개월 무급휴직, 정상조업을 위한 노력이 있을 때 재산가압류와 고소고발 등에 대한 부분 철회, 노사화합 및 무분규 선언' 등이 주요 합의 내용이었다.

아침 뉴스를 통해 협상 타결 소식이 전해지자 조합원들은 망연자실하였다. 대부분의 조합원들이 농성장을 빠져나갔고 몇몇 분노한 조합원들은 노동조합 앞으로 몰려가 노동조합 유리창과 집기들을 부수고 사수대 옷을 벗어 불태우고 관도 끌어내려 불태웠다. 오후 들어 농성 조합원들 거의 모두가 빠져나갔고 바리케이트가 철거되었다.

나는 김광식 위원장과 함께 돌멩이를 맞을 각오로 노조사무실에 있었다. 분노한 조합원들이 사무실로 들어와 컴퓨터와 집기를 밖으로 던졌다. 김광식 위원장은 그래도 의연히 감당했다.

현대자동차 공장은 불타는 타이어와 유인물들이 뿜어내는 검은 연기와 불길로 대낮인데도 밤처럼 어두컴컴했다. 패배감에 처진 어깨로 뒤돌아서는 조합원의 등에 대고 한 활동가가 소리쳤다. "우리는 그래도 물러서면 안된다, 끝까지 싸워나가자."

나도 모르게 눈물이 났다. 무력감이 밀려왔다. 슬픔과 분노는 누구를 향한 것인지 잘 모르지만 이런 상황 자체가 안타깝고 비감했다. 비록 잠정적 타협으로 공권력 투입 사태는 막았지만 조합원투표에서 부결되었다. 그 이후로도 여러 가지 남은 문제들로 현장의 투쟁은 산발적으로 계속되지만 서서히 마무리되어갔다.

이 투쟁은 한국 노동운동에 그리고 진보좌파진영에 어떤 상처를 남겼을까? 만일 당시 상황으로 돌아가 다시 협상을 한다면 어떤 것이 최선이었을까?

현장 조직들의 평가를 보면 매우 중요한 시사점을 보게 된다. 우선 현대자동차 노조집행부의 평가는 '공권력투입으로 사상자를 막기 위해 최소한의 정리해고는 불가피했다. 막대한 고소고발 등 조합원들의 생계파탄을 막기 위한 고육지책이었다'는 것이 골자이다.

이런 노조집행부의 공식입장과 다른 현장 제 정파들의 평가는 어떨까? 대표적인 정파조직인 실노회(실천하는 노동자회)는 비주사파이긴 하지만 NL 계열로 분류된다. 이 조직은 한국사회를 미국의 신식민지로 보는 경향이 강하다. 이들의 평가는 –'정리해고'와 '대량실업'을 강요한 가장 큰 장본인은 바로 '한국 집어삼키기'를 목적으로 한 IMF…외세의 '노조 말살 음모'다. 민주노총, 금속연맹 지도부를 비롯한 현자 집행부는 당시 정세를 재벌의 문제로 협소하게 봄으로써, 우리가 싸워야 할 대상을 정확히 설정 못하였고 정작 싸워야 할 대상에게는 힘을 집중하지 못하여 제 때에 투쟁을 확전(전민중적인 투쟁전선으로)시키지 못했다.–라는 것이다.

그렇다면 PD진영(계급투쟁노선)의 평가는 어떤가? 이들은 –이번 투쟁은 정리해고 분쇄와 생존권 사수라는 조합원들의 분노를 전혀 조직하지 못하는, 무기력한 집행부가 보여준 최악의 상황이었다. 또한 이러한 무능력하고 기만적인 김광식 위원장을 현장으로부터 제대로 견제하지 못한 현장활동가들의 한계가 적나라하게 드러난 투쟁이었다… 상층부 운동가들의 기회주의적인 모습으로 인해 투쟁이 전국적으로 확산되지 못하면서 내용적으로 전국성을 띤 현자의 정리해고 분쇄투쟁이 단위사업장의 투쟁으로 매몰되고 말았다. –하수봉, 「누가 밀실협상, 직권조인을 아름다운 투쟁이라 하는가?」, 1998.12– 는 식으로 평가하고 있다.

간단히 설명하면 NL 정파들은 외세, 즉 미국을 주적으로 보고 있고, PD 정파들은 총자본을 주적으로 보는 시각을 견지하면서 평가 역시 그런 논리를 강화하는 방향으로 하고 있음을 알 수 있다.

그런데 약간 결이 다른 평가도 있다. 최근 울산 교육감에 당선된 천창수는 다음과 같이 평가한다. –우리는 정리해고 철회에만 매달려

왔다. 어쩌면 발목이 잡혔는지도 모른다. 그래서 정리해고가 필요한지 회사의 경영상태를 노사 공동으로 분석해 보자는 주장도 할 수 없었다. 더구나 정리해고 대상자의 선정 기준에 대해 논의조차 할 수 없었다. 그 결과 사측이 정한 인사고과(근태, 징계 등)가 적용돼 다수의 활동가들이 포함되고 잘려나가는 최악의 결과가 빚어졌다. 물론 정리해고 철회가 최선이다. 그러나 그것이 불가능한 현실이라면 집행부, 대의원, 소위원, 활동가, 열성조합원들이 힘을 모아 차선을 위한 논의를 하고 준비를 했더라면 8.24 잠정합의안보다 훨씬 내용 있고 명확한 안을 쟁취할 수 있었고 그것을 바탕으로 사측의 일방적인 합의 파기와 정리해고자 선정이나 배치전환을 막아낼 수 있었을 것이다.

천창수, 「현대자동차 정리해고 반대투쟁이 남긴 과제」, 1998.9

자! 어떤 것이 객관적인가를 평가하기 전에 각각 왜 이런 평가를 하게 되었는가를 먼저 이해하는 것이 필요하다. 먼저 NL 정파들의 시대정신은 바로 민족해방이다. 반면 PD 정파는 계급해방 혹은 노동해방이다. 천창수의 주장은 비교적 현실론에 가깝다. 실노회는 NL적 입장에 따라 투쟁을 통해 미국의 음모를 드러내고 그 과정에서 노동자들에게 미 제국주의에 대한 분노를 심어줄 수만 있다면 투쟁의 목적은 달성할 수 있다고 생각하는 경향이 있었다. 결국 결과가 중요한 것이 아니고 투쟁의 결과 반미의식의 성장을 기준으로 평가한다. 그래서 공권력과 정면승부하기보다는 울산시내로 흩어져 산개전을 펼치는 게릴라 전술을 더 선호했다.

PD진영은 집행부의 기회주의를 비난하면서 도금공장 옥쇄전을 주장한 것으로 알려져 있다. 타협은 기회주의라고 맹비난하는 것이다. 그러나 막상 이들이 집행권을 쥐었을 때 말과 행동이 꼭 일치하는 것은 아니었다. 그럴 수밖에 없는 것이 계급투쟁 노선은 전형적인 레닌주의 노선인데 레닌이야말로 비타협적 투쟁의 화신이지만 세가 불리할 때 타협을 서슴치 않았다. 사실 레닌은 싸울 때와 물러설 때를 누구보다 잘 알았다.

천창수의 평가는 비교적 합리적으로 보이지만 정파조직들은 그것을 기회주의로 간주했다. 당시 집행부가 처한 상황은 그런 합리적 협상을 할 내부 조건이 안되었다. 그런 식으로 진행하면 아마 현장 제 조직들의 등쌀에 얼마 못 버티고 불신임 당했을 것이다. 현장 제 조직의 뒤에는 누가 있는가? 권력을 잡기 위해 집행부의 허점만을 노리고 있는 정파들이 있었다. 이른바 노동정치가 여의도 정치 빰을 치고 있었다. 지금 와서 보면 천창수의 판단이 합리적이었지만 노조 내 정치적 역관계는 그런 선택을 불가능하게 만들고 있었다.

어쨌든 김대중 정부는 정리해고가 가능하다는 메시지를 세계에 알리는 것이 중요했다. 전투적 노조의 기를 꺾어야 이후 노동시장의 유연화가 가능하다는 점에서 정부와 현대자동차 사측의 이해관계는 일치했다. 노동시장의 유연화라는 목표와 생존권사수라는 목표는 타협 불가능한 것이 아니었다. 이 둘을 타협할 수 없게 만든 방해한 것은 바로 각 주체들의 이념이었다. 노동해방을 외치는 정파, 식민지해방을 외치는 정파, 그리고 시장경제만능론이 서로 대리전을 벌이고 있는 상황에서 타협은 어려웠고 현장의 피해는 컸다.

현재 주사파에 의해 장악당한 민주노총을 비난하기 앞서 우리는 김영삼 정부 말기의 96~97년 노동법 개악 저지 총파업 상황을 이해할 필요가 있다. 96월 12월 24일 새벽 6시, 노동법 개악안이 통과되었음을 알리며 '탕 탕 탕' 울려 퍼진 의사봉 소리와 함께 노동자들의 전국적 투쟁이 아침에 모여 거리를 점거했다. 최루탄의 매캐

한 냄새를 맡으며, 그 최루탄 파편을 맞으며, 수십 일을 그렇게 거리에서 보냈다. 거리투쟁을 할 때 항상 비난하던 시민들이 그때는 박수를 치고 격려를 해주는 상황이었다. 그 연장선에 현대자동차 98년 정리해고 반대 투쟁이 있었다. 사실 이 투쟁은 노동자들이 김대중 정부에 거는 기대가 반영된 덕분에 그 정도로 끝난 것이다. 그러나 그렇게 정부의 헤게모니하에 마무리된 현대차 98년 정리해고조차 일부 보수언론들은 일방적 양보라고 비난했다.

정리해고가 곧 실직이고 실직이 곧 죽음이 될 수밖에 없는 한국의 사회구조에서 이렇게 벼랑으로 밀어붙이는 동력은 바로 신자유주의라는 시대정신 때문이었다. 그 반대편에 노동해방과 민족해방이라는 시대정신을 가진 민주노총이 있었다. 이런 두 시대정신의 충돌이 98년 현대자동차의 투쟁이었다. 희생양들끼리의 투쟁에서 누가 이겼을까? 민주노총은 대안 없는 무책임한 투쟁 끝에 패배했지만 주사파의 입장에서는 전략적 승리를 거둔 셈이다. 나쁜 정권과 자본가라는 또 다른 선전의 소재를 확보한 것이다. 사측과 정부는 일단 승리했지만 최소한의 사회안전망도 없이 실업자들을 거리로 내몰았다는 나쁜 평판을 얻었다. 좌파 나르시시스트와 우파 나르시시스트는 여전히 자신들의 주장이 옳았다는 확신을 거둘 이유가 없었다. 결국 피해를 본 것은 현장 노동자들이었다. 수많은 노동자들이 쫓겨 나갔고 거리를 방황해야 했다. 98년 현대자동차 투쟁에서 얻어야 할 교훈은 잘못된 이념에 의한 대립은 대중들에게 폭력이 되고 결국 희생자로 만든다는 것이다. 문제는 여전히 이 전쟁은 진행형이라는 점이다.

폭력에 굴복하는 계급은
기생충으로 전락한다

∎∎∎∎

이재명 대표가 단식을 끝내고 검찰에 출두하는 장면을 보게 되었다. 백발과 흰수염 그리고 힘없이 비틀거리며 지팡이를 짚고 내리는 모습을 보면 그것은 개인비리 혐의자가 출두하는 것이 아니라 세상 모든 고난을 짊어진 순교자의 모습에 가깝다. 그냥 냉정히 말하면 민주화투쟁이나 독립운동을 하다가 재판받는 것이 아니라 지방토호세력의 건축비리, 즉 횡령이나 배임에 대한 범죄 의혹이다. 심지어 검사 사칭으로 인한 증거인멸교사 혐의에 대한 것이고 대북송금 같은 심각한 반국가적 범죄행위 같은 것에 대한 시비를 가리는 것이다.

물론 당사자가 정치적 공인이다 보니 이런 개인적 범죄가 정치적 의미를 갖게 되는 것은 사실이지만 그래도 범죄혐의의 구체적 내용에 비추어 지나치게 정치를 이용하고 있다. 단식투쟁을 몇 번 해본 나로서는 솔직히 단식투쟁에 대한 모욕이라는 생각까지 들게 한다. 자신의 생명을 불태워 진실을 드러내게 하는 단식투쟁을 자신의 개인범죄행위를 감추려는 것에 사용하는 것은 염치없는 짓이다. 이런 파렴치한 행동이 가능한 것은 좌파진영에서 가지는 피해의식 때문이다. 자신들이 독재에 의해 탄압받아왔다는 역사적 기억은 비록 자신의 개인범죄로 인한 징벌일지라도 뭔가 억울하게 받아들이게 하는 것이다.

그러나 더 심각한 문제가 있다. 조국의 입시비리, 이재명의 소명된 범죄혐의, 송영길의 돈봉투 사건 등은 빙산의 일부분에 지나지 않는다. 그것은 드러난 범죄행위이지만 기득권담합 체제를 형성해서 서민의 등골을 빼먹는 지대추구행위들에 대해서는 그것이 도적행위에 해당한다는 범죄의식조차 없다. 좌파의 사회적 트라우마는 자신들이 기득권담합 구조에 속해 버렸다는 사실 자체를 인식하지 못하게 만드는 심리적 원인이다.

KBS 직원들 중 60% 이상이 별로 하는 일도 없는데 연봉 1억이 넘는다는 지적에 대한 KBS 측의 해명은 억울하다는 것이다. 60%가 아니라 46.4%라는 것이다. 방송 자막에 나오는 이 글을 읽고 처음에는 무슨 코미디하는 줄 알았다. 나중에 보니 실제 진지한 성명서였다. 본질은 하는 일도 없는 노동자가 연봉 1억이 넘게 받아 가는데 그 숫자가 KBS 자체 발표에 따르면 전체의 46,5%나 된다는 것 아닌가? 그게 누구 돈인가? 국민들의 피땀 아닌가? 일반 서민들은 당장 내일 어떻게 살아야 하나 한숨만 나오는데 국민세금으로 이렇게 호화찬란하게 사는 노동자가 있다는 게 말이 되는가? 더 한심한 것은 KBS노조는 대표적인 민주노총 언론노조 소속이다. 이런 문제에 대해 자성하기는커녕 언론장악공작이라고 주장하면서 오히려 반격한다.

한전을 비롯한 각종 공기업들은 어떤가? 몇십조씩 적자를 내면서도 막상 그들은 어떤 자구책을 갖고 있는가? 전기료를 올려야 한다고 하지만 그런 적자기업에서 꼬박꼬박 고임금을 받아가고 심지어 온갖 복지후생비를 챙기고 있지 않는가? 그런 파렴치한 공기업들이 국민들 머리 위에 올라타고 있는데 나라가 제대로 굴러갈 수 있을까? 같은 건물 1층에서 6층 가면서 꼬박꼬박 출장비 타가는 공무원과 이를 감싸는 공무원조직은 또 어떤가? 이것은 빙산의 일각이다.

LH는 또 어떤가? 땅 짚고 헤엄치기 식으로 장사를 해오면서 직원들의 자기 밥그릇 챙기기가 극에 달했다. 교묘한 이권관계를 형성하고 자기들끼리 다 해먹는 먹이사슬 구조를 만들어두었다. 이런 구조에서 건축비리가 발생하고 대규모 재난사고가 발생하게 될 것이다. 이것 역시 노조를 보호막으로 하고 있고 함부로 구조조정을 하기 어렵게 만들어 놓았다.

요즘 문제가 되었던 킬러문항 같은 것도 하나의 예이다. 킬러문항은 좋은 대학에 보내려는 부모의 욕망에 기생한다. 부모는 아이들의 학교가 어디냐에 따라 평생이 좌우된다는 것을 잘 알고 있다. 이미 비정상적 기형구조이기 때문에 부모들도 여기에 적응하는 것이다. 이런 수능시장의 구조위에 시험출제위원이 학원에 5억을 받고 팔아먹었다. 즉 그것은 실력에 의해 평가받는 공정함이 무너지고 오로지 돈을 가지고 정보를 획득한 자들이 좋은 대학에 들어가게 만든 것이다.

이런 카르텔을 공격하는 윤석열에 대해 진보언론이 오히려 기득권 카르텔 탓만 한다고 발목을 붙잡는다. 관념적 좌파들은 극좌적 언어를 즐긴다. 몸이 현실의 고통에 뿌리박고 있지 않기 때문에 관념적 공허함을 혁명적 수사로 메우는 것이다. 그래서 추상적인 자본주의의 모순에 대해서는 분노하지만 현실의 기득권 카르텔에 대해서는 아무런 문제의식이 없다.

사회구조적으로 보면 이런 집단은 일종의 '기생충'이다. 더 큰 문제는 이런 기생충들이 자신들이 기생충이라는 것을 모르고 진보적인 척한다는 것이다. 이런 기생충 세력은 그 본질상 끊임없이 자신들의 배를 불리기 위한 확대재생산 구조를 가지려고 한다. 민주노총은 '노동자의 권리보호'라는 명분으로 이들 기생집단에 대해 손끝하나 못 건드리고 있다. 여기에 무슨 민주가 있고 공정이 있고 정의가 있으며 노동운동의 대의가 있는가? 이제 노동운동은 진보도 아니고 좌파도 아니고 기득권담합세력의 일부가 되어 버렸다. 문제는 본인들은 그 사실을 모르고 있다는 것이다. 더 심각한 것은 노동운동의 이런 일탈 때문에 사측의 비리나 문제가 덮어지고 진짜 억울한 노동자들이 생겨난다는 것이다.

물론 기득권들의 지대추구행위는 보수 우파세력이 원조였다. 정권을 잡게 되면 기득권이 형성되기 마련이고 카르텔도 형성된다. 그러나 김대중 정권 등장 이후 진보좌파진영이 정권을 잡으면서 형성된 새로운 기득권세력들은 지대추구행위 그 자체를 없앤 것이 아니라 세력을 교체했을 뿐이었다. 여기에 공기업과 대기업노조들이 가세하기 시작했다. 사회 전체의 발전을 위한 노사관계의 재형성에 대한 고민은 자기 과제가 아닌 것으로 간주되었다.

매우 심각했지만 기득권담합 세력들의 지대추구는 '부자되세요!'라는 시대정신하에 아무런 죄책감없이 자행되었다. 각자의 부도덕성은 좌우파의 진영갈등 구조로 들어가면 면죄부를 받게 된다. 그것이 다시 진영논리를 강화하는 악순환에 빠지는 사회가 된다.

이런 사회가 어떻게 유지 발전될 수 있을까? 사실 그동안은 워낙고도 성장기에서 이런 정도의 도덕적 해이들이 소화가능했다. 그리고 심지어 재벌집단처럼 카르텔조직이 더 경제적 효율성을 보여준 경우도 있었다. 이제 성장 동력도 소진되고 저성장 사회로 진입하면서 이제 다른 방식의 생산양식이 필요하지만 그 전환이 안되고 있다.

비전을 상실한 자본가, 남한 노동운동의 진정한 발전에 관심이 없고 오로지 자신의 정치적 입장을 관철해 주기를 바라는 북한조선 노동당의 기본입장. 이런 부조리를 역사의 정의로 믿고 있는 민주 노총 내 침투 간첩조직들과 NL주사파 조직들, 이런 상황에 아무 관심도 없는 조합원들, 노동자가 주인 되는 세상을 아직도 혁명원칙이라고 믿고 비타협적 투쟁을 선동하는 PD 정파들, 이런 구조 속에 북한지침을 따른 총파업투쟁계획을 내놓고 있는 총연맹, 이런 모든 어리석음들이 어우러져 세계 최하위 노사관계를 만들었다. 도대체 어떻게 이런 내부 문제가 있음에도 대한민국이 세계 10위의 선진국까지 올랐지? 정말 기적이 있다면 이것이 기적 아닐까?

그러나 이제 대한민국이 무너지고 있다는 사실에 대해 눈을 돌려서는 안된다. 양적인 측면 뿐 아니라 정신적인 면에서 무너지고 있다. 미국만 총기난동사건이 일어나는 게 아니다. 이제 한국도 백주 대낮에 이유없는 칼부림이 심심찮게 일어난다. 좌파는 주사파들의 끊임없는 의식화에 나르시시스트가 되어 버렸고 우파들은 물질만능주의에 중독되어 희생과 헌신을 잊어버렸다. 물론 당사자들은 그 사실을 모른다. 기생충은 절대로 자기가 기생충임을 모른다. 잠언 29장 18절에는 '묵시가 없으면 백성이 방자히 행하거니와 율법을 지키는 자는 복이 있다'고 적혀 있다. 묵시란 요즘말로 비전이나 시대정신을 의미한다. 이 모든 사태의 원인은 시대정신이 사라졌기 때문이다.

Ⅱ부 ———————————————————————————

정치교체

정치가 실종된 이유

■■■

한국 정치가 실종된 이유는 간단하다. 타협이 불가능한 구조이기 때문이다. 손뼉도 마주쳐야 소리가 난다. 좌파든 우파든 어느 한쪽만 잘한다고 되지 않는다. 상대가 개울창에서 뒹굴면 같이 얼룩이 묻을 수밖에 없다. 아무리 호소하고 진정성으로 대해도 상대가 전혀 다른 차원의 속셈을 갖고 있다면 당할 수밖에 없다. 지금 한국의 정치가 그렇다.

강준만 교수는 '공감의 비극'이라는 평론집에서 노회찬의 말을 인용했다. "증오와 분노에는 분명한 근거가 있다. 하지만 모든 것을 다람쥐 쳇바퀴 돌리듯 증오시스템으로 증오프레임으로 설명해 버리면 상대가 가진 장점을 볼 수 없게 된다. 왜 국민들이 저들에게 표를 주는지 납득도 이해도 하지 못하면서 '국민들이 바보라서 속아 넘어갔다', '국민들 의식이 낮다', 이런 식으로 치부하게 되는 것이다."라고 하면서 진보진영의 '증오마케팅'을 '진보가 극복해야 할 자기 한계'라고 한 바 있다. -노회찬 '대한민국 진보 어디로 가는가'(2014)

이 증오마케팅은 어디에서 형성되는가? 강준만은 『공감의 비극』에서 '선택적 과잉 공감'의 비극을 말한다. 선택적 과잉 공감은 자기 성찰의 의지와 능력이 전혀 없는 가운데 내로남불을 상습적으로 저지르는 집단이 자신들은 천사로 여기면서 자신들이 마땅치 않게 여기는 집단은 악마로 몰아가는 것을 말한다. 선택적 과잉 공감을 하는 사람들은 증오와 혐오를 먹고산다. 이들의 속이 후련해지려면 누군가를 증오하거나 혐오해야만 한다. 이들은 자신은 정의의 편이고, 상대편은 불의나 악의 편이라고 생각한다. 따라서 '선택적 과잉 공감'에 브레이크를 걸어야 한다. 차라리 그 어느 쪽에도 공감하지 않는 게 훨씬 더 나은 게 아닐까? 라는 문제제기를 하고 있다.

그러나 지금 현재 이재명 민주당은 완전히 거꾸로 가고 있다. 단순히 대장동 비리문제가 아니다. 기본적으로 진보가치에 대한 진지한 성찰의 고민이 전혀 보이지 않는다. 오로지 정책을 표를 위한 도구로 이용하는 잔기술만 보일 뿐이다. 진보정치를 허접한 3류 포퓰리즘 정치로 전락시켜버렸다.

거듭 강조하지만 이런 결과를 초래한 이유는 지금 한국의 좌파세력들이 진짜 진보가치에 대한 성찰과 고민을 할 능력을 잃어버렸기 때문이다. 그 능력을 잃어버린 이유는 마르크스주의와 주체사상의 한계를 넘어설 이론적 노력이 실종되었기 때문이다. 그 배경에는 소련의 몰락과 북한의 존재가 있다. 과학적 사회이론으로서 사회주의 공산주의 이론이 붕괴되면서 한국 내 PD 계열은 버팀목이 무너졌다. 그러나 북한의 주체사상은 국가라는 하나의 실체를 유지하고 있고 남한 NL 계열 활동가들의 든든한 후방기지로 존재한다.

이런 문제의 심각성을 알게 된 일부 좌파가 뉴라이트로 전향하면서 역사전쟁을 벌였지만 역부족이었다. 국민들의 의식은 관념에서 형성된 것이 아니라 생활 속에서 숙성되어온 것이다. 오랜 시간을 거쳐 형성된 호남 차별로 인한 피해의식, 그것을 탈피하기 위한 좌파적 가치의 내면화과정, 또 그것을 합리화하고 정당화해 주는 군사독재정권의 행태들이 서로 상호작용 속에서 사회정치적 의식을 형성했다. 한나 아렌트의 '악의 평범성'에 비견할 만한 '허구의 진실화'가 한국사회의 지식문화를 점령하고 있다.

한국 좌파들은 자신들의 정체성을 제대로 확보하지 못한 상태에서 주사파에게 헤게모니를 빼앗겼고 동시에 기득권세력으로 편입되면서 현재의 지리멸렬한 상태로 전락했다. 물론 우파들 역시 이러저러한 실수들을 하면서 정권을 주고받아왔다. 그런 점에서 한국 좌파의 진정한 상대는 우파가 아니라 자기 자신이었다. 그러나 남한 좌파의 자기성찰을 위해 깊이 들어가면 결국 북한 조선노동당을 상대하고 넘어서야 하는 과제에 직면한다. 자생적 민주화운동세력이 북한을 상대하기에는 간단하지 않았다.

아마도 문재인 정권과 민주당의 지도부들은 주사파들을 컨트롤할 수 있을 거라고 생각했을 것이다. 그들은 매우 성실하고 치열하지만 정치적 기술은 없기 때문에 적당히 쓰고 버릴 수 있는 대상으로 생각했을 것이다. 그러나 그것이 실착이었다. 주사파 활동가들은 순진하지 않다. 민주당 정치인들보다 한수 위다. 처음에는 입속의 혀처럼 굴다가 조직을 다 장악하면 어느덧 지시를 받아야 하는 관계로 바뀐다. 노동자 운동이 그렇게 주사파에 의해 장악당한 것이다.

똑같은 과정을 민주당은 지금 겪고 있는 중이다. 친명계는 비명계의 힘을 완전히 제거할 것이다. 그러나 비명계는 이에 저항할 힘과 동력을 상실했다. 너무나 오랫동안 그들의 힘에 얹혀서 편하게 정치를 했다. 말하자면 허벅지에 살이 너무 쪄버려서 이제 광야로 나가 달릴 체력이 되지 않는다. 친명계는 당을 장악해서 다음 대선까지 끝까지 버티려고 할 것이다.

한편 조선노동당이 살아남기 위해서는 남한의 성공을 막아야 한다. 1960년대 후반까지는 북한이 남한보다 3배 이상 잘 살았고 북한은 그 힘을 바탕으로 남한을 적화통일할 수 있다고 생각했다. 1970년 초반에는 1.21 청와대 습격, 울진 삼척무장공비 침투 등 지속적인 남침시도가 계속되었고 평양에 '수령님 환갑잔치는 서울에서 열자'라는 현수막이 걸렸다. 미국은 주한미군 철수를 일방 통보하는 상황이었다. 군사력도 북한이 월등한 수준이었다.

비록 남과 북이 휴전은 했지만 실제로는 총성 없는 전쟁이 계속되고 있었다. 이 전쟁에서 패하는 것은, 즉 실존적 괴멸을 뜻한다. 남한의 경부고속도로도 막아야 하고 중공업육성책도 막아야 하고 자본주의 발전 자체를 막아야 북한의 조선노동당이 생존할 수 있다. 대한민국 역시 사느냐 죽느냐는 절체절명의 상황에서 박정희가 선택할 길은 하나뿐이었다. 강력한 자주국방을 위해서는 강력한 중공업경제정책을 할 수밖에 없었고 살기 위해 선택한 절박한 수단으로 경부고속도로를 필두로 경제개발5개년 계획들이 마치 군사작전하듯이 전개되었던 것이다.

남한의 몰락이 북한의 체제유지 조건이라는 현실은 그 어떤 사상이념보다 우선하는 실존적 조건이다. 따라서 북한을 추종하는 주사파가 장악한 남한의 좌파세력은 남한 자체의 성장담론에 진지한 모색을 할 여지가 없게 된다. 바로 이것이 민주당을 포함한 한국의 좌파진영이 직면한 상황이었다.

다시 논점을 분명히 말하자면 이미 소련사회주의가 망했고 북한의 세습체제와 주체사상의 초래한 결과를 확인했다면 한국의 좌파세력들이 뉴레프트 운동 같은 것이 나왔어야 했다. 그러나 그런 진지한 고민 없이 매표를 위한 대중요법적 정책들만 양산시켰다. 문재인 정부의 경제정책들, 즉 소득주도성장론, 최저임금인상정책, 보편적 기본소득 등 거의 모든 것들이 선의로 포장된 파멸의 문이었다.

문정부의 정책이 이렇게 된 핵심적 이유는 북한 조선노동당의 지침을 받는 주사파들의 영향을 극복하지 못했기 때문이다. 주사파들은 진보의 탈을 쓴 채 진보의 씨앗들이 일정 수준 이상으로 커가는 것을 막아왔다. 이들은 호남의 지역차별론을 주관적 피해의식을 강화시키는 방식으로 결합하여 자신들의 지지기반으로 만들어갔다. 호남 발전을 위한 진지한 정책개발 대신에 예산폭탄이라는 마약에 의존하게 만들었다. 대한민국이 만들어 낸 부에 간첩과 이에 포섭된 조직들이 기생하고 스며들었다. 이제 북한에서 공작금을 마련할 필요가 없이 남한 내 조직들을 잘 장악하기만 하면 스스로 자립적인 조직망을 구축할 수 있게 되었고 오히려 이들에게서 자금을 확보할 수 있게 되었다.

북한이 핵미사일을 갖고 있고 여차하면 남한을 공격할 수 있다는 메시지를 주기만 하면 주체사상의 영향을 받는 남한 정치세력들이 알아서 평화를 위한 기금을 갖다 바치게 할 수 있다. 북한은 남한의 시장경제의 성과에 빨대를 꽂기만 하면 충분히 북한의 지하경제를 돌리는 자금을 만들어 낼 수 있게 되었다.

북한 조선노동당은 남한을 이렇게 자기 자금줄로 만드는 것에 어떠한 양심의 가책도 없다. 왜냐하면 남한은 친일파들이 만든 나라이고 철천지 원수 미국의 괴뢰에 불과하며 썩어빠진 재벌들이 지배하는 악의 나라이기 때문이다. 하루 40명씩 자살하는 지옥 같은 나라를 해방시키고 지배세력들을 위협하여 돈을 빼앗는 것은 조선노동당의 정당한 혁명과업이기 때문이다.

이런 신념체계를 가진 세력들이 남한 내부에 진지를 구축하고 심지어 문화계까지 장악하여 '리멤버' 같은 영화를 만들어 내게 되었다. 이 영화는 백선엽 장군을 친일파로 보고 백주 대낮에 처형하는 스토리이다. 북한 지도부의 로망(?)을 실현시키는 작품인데 이것이 한국영화로 만들어져 상영되었다. 이런 상황을 우파세력들은 멀뚱멀뚱 바라만 보고 있고 국민들은 지속적인 가스라이팅을 당하고 있는 중이다. 이런 역사관을 가진 연예인들을 개념연예인이라 치켜세운다.

　말하자면 좌파세력은 '증오마케팅'의 시장을 엄청난 규모로 키우는데 성공했지만 그것이 허구적 사실을 기반으로 하고 있다는 것조차 성찰할 능력도 상실해 버렸고 그 이유는 그것이 일종의 생계수단이 되어 버렸기 때문이다. 강준만 교수는 증오마케팅에 의해 유지되는 좌파들에게 이성적 호소는 무기력하다고 지적한다. '증오의 선동과 유지엔 악마가 필요하다는 사실 하나만 명심해도 어떤 사람이나 집단에 대한 공감을 앞세워 자신이 저지르는 악마화에 대해 다시 생각해 볼 수 있지 않을까?' 하는 대안을 제시한다. 일리 있지만 그 정도로 될 문제가 아니다. '공감을 앞세워 자신이 저지르는 악마화'를 하게 되는 근본 원인은 이미 기득권화된 좌파들의 실존적 생존의 문제가 걸려 있기 때문이다.

　자! 이제 한국 정치를 실종시키는 동력을 다시 정리해 보자. 첫째 동력은 친명계의 강력한 정권쟁취의 필요성이다 . 이것은 단순한 정치적 생명을 유지하기 위한 차원이 아니라 감옥에서 몇십년을 살아야 하는 실존적 생존의 문제이다.

　둘째 동력은 휴전선 이북의 북한이다. 역시 윤석열 정권의 붕괴에 체제의 사활이 걸려 있다.

　윤석열을 무조건 악마로 만들지 않으면 자신들이 무너지게 되는 제로섬게임이 되었고 이것은 정치가 아니라 사실상 생존을 건 전쟁이다. 정치가 실종된 것은 당연하다.

　좌파든 우파든 헌법의 가치인 자유민주주의를 수호하고 국가의 번영이라는 목표를 공유해야 한다. 수단에 대해서는 얼마든지 서로 다른 입장을 가질 수가 있지만 적어도 바라보는 방향은 같아야 하는 것이다. 그러나 한국 정치에서 어려운 것은 방향 자체가 아예 다른 정치세력들이 정치의 장에 들어와 있는 것이다. 북한의 지침을 받는 정치세력들은 궁극적으로 대한민국의 붕괴를 목표로 하고 있는데 어떤 정치적 대화가 가능하겠는가? 설령 대화를 통한 타협이 된다고 하더라도 그것은 그들에게 움직일 공간과 시간을 벌어주는 행위일 뿐이다. 따라서 정치의 복원을 위해서는 좌파든 우파든 내부의 적들과 싸워 이겨내야 한다. 민주당은 수렁에 빠져 있지만 스스로 빠져나올 힘이 아예 없는 것은 아니다. 국힘은 내부의 플라잉 몽키들을 정리하고 헌신과 희생의 위대한 정치를 보여줄 기회가 왔다. 강서 보궐선거의 패배를 겪고도 교훈을 얻지 못한다면 당분간 우파에게는 희망이 없을 것이다.

호남정치의 근본문제

■ ■ ■

　'오빠! 호남은 해줘야 해.' 최근 민주당의 이정근씨가 전당대회 과정에서 했다는 이야기이다. 표현이 미묘하다. 두 가지 주장이 한 문장으로 함축되어 표현되고 있다. 첫째는 '호남은'이라는 수사가 붙어서 다른 지역은 그렇지 않은데 유독 호남만큼은 특별히 돈이 가야 움직인다는 이야기이다. 호남에서 정치하는 후배들은 호남정치를 '뼁정치'라고 스스로 비하하면서 괴로워했다. 둘째는 역시 호남만이라는 표현에는 다른 지역은 그렇지 않다는 것을 은연중 내비치는 것이다. 그런데 솔직히 돈이 가야 움직이는 곳이 호남만이던가? 다른 지역도 정도 차이는 있지만 거의 비슷하다. 일단 정치권으로 들어가는 순간 피하기 어려운 진흙탕 속으로 들어가게 된다. 누가 들키지 않게 돈을 잘 쓰느냐의 싸움이 되는 것은 호남만은 아닌데 유독 '호남은'이라고 강조하는 것은 호남 비하발언이다. 호남이 워낙 정치의식이나 활동이 활발하기 때문이지 돈이 가야 움직인다는 것은 비본질적인 것이다. 이런 상황은 호남 정치인들이 스스로 만들었다. 정책과 가치로 정치를 하는 게 아니라 인맥과 돈의 정치를 하다 보니 호남정치를 스스로 그렇게 만들어 버렸다.

　이런 말을 하는 이유는 호남정치의 근본문제를 끄집어 내기 위해서이다. 얼마 전 개봉된 영화 '킹메이커'는 김대중의 선거전략가였던 엄창록의 실화를 바탕으로 했다. 이 영화에서는 군부독재정권을 타도하기 위해서 지역감정이라는 정치기술을 사용하는 상황을 담고 있다. 영화는 끊임없이 정당한 목적을 위해서는 수단을 가릴 필요가 없다. 군부독재라는 '거대 악'을 물리치기 위해 지역갈등이라는 '작은 악'으로 물리치는 것은 정당화될 수 있다는 메시지가 이어진다. 그러나 더 중요한 것은 '엄한 사람이 빨갱이로 몰려 핍박받지 않는 세상, 자기 목소리 내는데 겁먹지 않고 국가에게 희생을 강요받지 않을 수 있는 세상'을 위한 위대한 투쟁을 찬양하는 메시지로 가득 차 있다. 문제는 과연 거대 악은 무엇인가? 하는 것이다.

민주당이 윤석열 정부의 한일외교 정상화 노력에 대해 '외교참사'라고 규정하는 것은 단순한 정치적 수사가 아니라 일종의 굳어진 진영논리 역사관의 조건반사적 표현이다. 그 역사관이란 예를 들어 1) 대한민국은 태어나지 말았어야 할 반민족적 국가이다. 2) 한국은 미국의 신식민지이며 정통성은 반일무장투쟁을 해온 북한에 있다. 3) 이승만, 박정희는 친일파였다. 4) 역사는 노동자가 주도하며 결국에는 노동자가 주인 되는 세상이어야 한다. 5) 보수세력은 항상 재벌과 합작하여 민중을 탄압하는 정치집단이다.

'정서'가 매우 중요한데 정의롭다고 생각하는 사람일수록 더 심각한 진영논리에 빠져든다. 군사독재에 고문을 당하고 피해를 본 사람들이 박정희를 미워하는 것은 당연하다. 그리고 이런 희생자들에게 정서적으로 공감하고 분노하는 사람일수록 더욱더 박정희와 그 지지세력을 미워하게 될 것이다. 일반적으로 정서적 공감력이 좋은 사람일수록 진영의 논리가 팩트를 압도하는 경향을 가지게 된다.

즉 호남이 차별받았다는 분노가 커지면 커질수록 군부독재와 그 정치세력에게 분노를 키우게 되고 이 세력을 타도하기 위해서는 다른 어떤 세력과도 손을 잡게 된다. 설령 그 세력이 북한조선노동당이 파견한 간첩일지라도 심정적으로 동조하는 마음이 더 크게 된다. 이제 점점 빈대 잡기 위해 초가삼간 불태우는 양상으로 발전하게 된다. 지속적인 의식화사업을 통해 학계와 문화계, 그리고 일반 국민들에게 가스라이팅해 온 결과 대한민국은 이제 심각한 사상적 내분상태에 빠져들었다. 호남의 주관적 피해의식과 좌파의 프레임이 결합한 결과 형성된 지역감정은 호남정치인들이 포기할 수 없는 강력한 정치적 자산이 되었다.

그러나 이 정치적 자산은 불임자산이다. 이 자산에서는 새로운 비전이 나올 수 없다. 결국 호남정치가 전부 이 자산에 묶여 있는 한 변별력은 누가 술이라도 한잔 더 따라주었는가로 결정된다. 선거에서 막강한 힘을 발휘하는 호남향우회는 그래서 일종의 '승자의 저주'에 빠져 있는 것이다.

호남 차별론에서 탈출해야
■ ■ ■

호남정치가 빠져버린 수렁이란 지역갈등을 말한다. 그런데 지역 갈등을 누가 먼저 이용하기 시작했을까?

초기에는 정치기술적인 차원까지는 아니고 같은 동향 출신을 지지해달라는 정서적인 접근으로 시작되었다. 예컨대 1963년 제5대 대통령 선거 후보로 출마한 박정희가 10월 9일 경상도를 방문한 당시, 찬조 연설자는 "경상도 사람 좀 대통령으로 뽑아보자"는 발언으로 지지를 호소했다는 기록이 보인다. 그럼에도 불구하고 그 효과는 그리 크지 않았다. 영남에서 60% 내외의 비율로 박정희 후보를 지지했고 호남에서도 박정희 후보의 지지가 50% 이상 나왔으며, 제주 지역에서는 70%가 넘는 주민들이 박정희 후보에게 투표하였다.

이때 지역감정 호소가 힘을 발휘하지 않았던 이유는 지역감정보다도 윤보선 후보에 대한 거부감이 더 크게 작용했기 때문이었다. 즉 5대 대선에서는 윤보선 후보가 박정희 후보의 과거 좌익 전력을 문제시했는데 오히려 그 반공주의에 의한 피해자들이 박정희 후보에 대한 심정적 지지가 더 우세했던 때문이라는 해석이 있다.

1969년까지만 해도 호남 vs 영남 대립은 별로 없었고, 지역감정

호소도 자기 지역의 표를 결집시키는 정도였다. 그러나 1969년 10월 13일 경향신문에, 김대중을 비롯한 신민당 의원 6명이 광주 유세에서 표를 얻기 위한 목적으로 '경상도 정권을 타도하자'는 연설을 한 일이 보도되기도 하였다. 이는 지역감정 호소가 타지역을 저격하는 최초의 사례라 볼 수 있다. 그러나 이 보도의 의도가 경상도 민심을 자극하려는 일종의 역공작이었다는 반론도 있다.

단순한 동향에 대한 지지호소 차원을 넘어 타지역을 악마화하는 정치전략이 노골적으로 이용되기 시작한 것은 1971년 대선이다.

'야당 후보가 이번 선거를 백제와 신라의 싸움이라고 해도 전라도 사람들이 똘똘 뭉쳤으니 우리도 똘똘 뭉치자, 그러면 1백24만 표 이긴다'(중앙 1971. 4. 1), '호남 사람이 받은 푸대접은 1천 2백년 전부터이다. 서울 가면 구두닦이나 식모는 모두 전라도 사람이며, 남산에서 돌을 던져 차가 맞으면 경상도요, 사람이 맞으면 전라도다'(조선, 1971. 4. 1), '여러분과 마찬가지로 나도 경상도 농민의 아들로 태어난 서민이다'(조선, 1971. 4. 21), '경상도 정권하에 전라도는 푸대접 받을 수밖에 없다'(동아 1971.4.30) 등이 있다. 이렇게 양쪽에서 지역감정에 호소한 자극적인 혐오발언이 언론을 타고 여과없이 나왔다.

지역차별의식을 강하게 느끼는 지역은 당연하게도 호남지역이었다. 김대중은 이렇게 언급한다.

'30년에 걸친 군사 정권의 호남 차별 정책에 대한 사례를 드는 일은 전혀 어려운 일이 아닙니다. 가장 두드러진 것은 철저한 인사 차별이었습니다. 군부는 물론 관청, 국영기업, 그리고 일반 대기업까지 호남 사람은 채용과 승진과 직책에서 철저한 차별을 받았습니다. 중견 간부 자리마저 제대로 오르지 못하게 했기 때문에, 어떤 경우에 체면치레로라도 호남 사람을 지도적 위치로 승진시키려 해도 이에 해당하는 중간 간부 가운데 호남인이 없어서 승진을 시킬 수 없는 지경에 이른 것입니다… 호남 사람은 마치 천형의 죄인같이 기피당하고 차별되었습니다. 호남 사람이 형식적이나마 요직에 등용되었다면 그는 이미 권력 아래 철저한 변절과 복종의 과정을 거친 사람이었습니다. 일제가 우리를 차별한 것도 민족 차별이라 했지 민족 감정이라 하지 않았습니다. 언어를 바르게 써야 해결의 실마리가 나옵니다. 지역 감정이 아니라 지역 차별입니다.'-다시 새로운 시작을 위하여(1993), 165P - 김대중

그렇다면 이런 비판을 무릅쓰고 박정희가 하려고 했던 것은 무엇이었을까?

박정희가 집권하기 전 우리나라는 국민소득이 1인당 100달러에 못 미쳤다. 당시에는 북한이 훨씬 잘살던 시기였다. 1962년부터 경제개발5개년 계획이 시작되고 경부고속도로가 기획되었다. 북한의 대남 침투가 극심했던 때였고 실제 김신조가 포함된 31명의 무장공비가 1968년 1월 21일 청와대를 목표로 게릴라전을 벌였다.

더 압박감을 느끼게 만든 것은 미국의 주한미군 철수 움직임이었다. 말하자면 대한민국 체제가 죽느냐 사느냐의 절체절명의 상황이었다고 봐야 한다. 박정희의 입장에서 볼 때 이런 절체절명의 상황에서 외길로 선택한 경제개발계획을 사사건건 반대하고 경부고속도로 건설도 반대하는 좌파진보세력들이 참으로 답답했을 것이다.

1969년 10월 10일 대국민담화문에서 그 심경을 토로한다.

-중략- 내가 해온 모든 일에 대해서. 지금까지 야당은 반대만 해왔던 것입니다. 나는 진정 오늘까지 야당으로부터 한마디의 지지나 격려도 받아보지 못한 채 오로지 극한적 반대 속에서 막중한 국정을 이끌어 왔습니다

한일국교 정상화를 추진한다고 하여 나는 야당으로부터 매국노라는 욕을 들었으며 월남에 국군을 파병한다고 하여 젊은이의 피를 판다고 악담을 하였습니다. 없는 나라에서 남의 돈이라도 빌려와서 경제건설을 서둘러 보겠다는 나의 노력에 대하여 그들은 차관망국이라고 비난하였으며 향토예비군을 창설한다고 하여 그들은 국토방위를 '정치적 이용을 꾀한다'고 모함하고 국토의 대동맥을 뚫은 고속도로 건설을 그들은 '국토의 해체'라고 하였습니다. 반대하여 온 것 등등 대소사를 막론하고 내가 하는 모든 일에 대해서 비방 중상 모략 악담을 퍼부어 결사반대만 해왔던 것입니다.

만일 우리가 그때 야당의 반대에 못 이겨 이를 중단하거나 포기하였더라면 과연 오늘 대한민국이 설 땅이 어디겠습니까? 내가 해온 모든 일에 대해서 지금 이 시간에도 야당은 유세에서 나에 대한 온갖 인식공격과 언필칭 나를 독재자라고 비방합니다.

내가 만일 야당의 반대에 굴복하여 '물에 물탄 듯' 소신 없는 일만 해왔더라면 나를 가리켜 독재자라고 말하지 않았을 것입니다.

야당의 반대를 무릅쓰고라도 국가와 민족을 위해 도움이 되는 일이라면 내 소신을 굽히지 않고 일해 온 나의 태도를 가리켜 그들은 독재자라고 말하고 있습니다. 야당이 나를 아무리 독재자라고 비난하든 나는 이 소신과 태도를 고치지 않을 것입니다.

또 앞으로 누가 대통령이 되는 오늘날 우리 야당과 같은 '반대를 위한 반대'의 고질이 고쳐지지 않는 한 여당으로부터 오히려 독재자라고 불

리는 대통령이 진짜 국민을 위한 대통령이라고 나는 생각합니다.

솔직히 말해 내가 20대 시절 이 담화문을 읽었더라면 별로 공감되지 않았을 것이다. 독재자가 자신의 변명을 늘어놓는 것에 불과하다고 간주했을 것이다. 그러나 정치판에서 여러 가지 일을 겪고 나서 지금 다시 보면 그의 심정이 이해가 된다. 아니 되는 정도가 아니라 절절하게 느껴진다. 심지어 '독재자'라고 불리우는 대통령이 진짜 대통령이라고 생각한다'라니…

박정희에게 호남의 반대는 말 그대로 반대를 위한 반대일 뿐이었다. 이것과 적당히 타협하는 것은 국민을 배신하는 것이라는 자기확신이 분명했다. 자! 여기서 우리는 박정희의 이런 신념이 과연 올바른 것이었는가? 라는 질문을 할 수 있어야 한다. 그 질문에 대한 답이 현재 한국 정치의 난맥상을 정리하는 기준이기 때문이다.

시간이 경과했기 때문에 지금은 우리가 박정희의 신념이 올바른 것이었는가를 확인할 수 있다. 분명한 것은 대한민국은 한강의 기적을 통해 세계 선진국으로 서있다는 것이다. 박정희의 고집이 아니었다면 불가능했다는 것은 분명하다. 적어도 이 지점에서 당시 경부선 반대했던 세력들은 깊이 반성해야 한다. 그러나 나는 그런 반성을 하는 좌파들을 보지 못했다. 이미 할 주체가 다 사라진 것인가? 정작 자신들은 아니라고 딴청을 피우고 있지 않은가? 그렇다면 할 수 없다. 경부고속도로 건설 당시 초등학교 다녔던 나도 정말 머리 숙여 반성한다. 왜냐하면 중학교 때 학교 선생님이 경부고속도로 건설하다가 노동자가 많이 죽었다고 비판하는 것을 보고 '아! 그런가' 하고 박정희에 대해 비판적으로 생각했기 때문이다.

혹자는 이런 경제건설 노선을 취한다고 하더라도 호남 차별도 하지 않고 집행과정에서 독재적 행태로 하지 않았어야 하는 것 아니냐는 문제제기를 할 수 있다.

충분히 일리 있는 지적이다. 그러나 실제 건설 전쟁에 돌입한 사람에게는 그런 여유가 없기 마련이다. 고속도로 건설만 하더라도 땅값 투기를 막기 위해 철저한 보안이 필요했고 건설 과정에서는 예산절약과 공기단축을 위해 모든 수단이 다 동원되었다. 이 과정에서 불가피하게 효율을 위한 배제와 무리한 집행수단들이 동원되었을 것이다. 그 결과 경부고속도로는 세계에서 가장 싼 값으로 당시 일본 도쿄 -나고야 간 도메이 고속도로 보다 10배 정도 적은 비용을 사용했다. 공사기간도 1/3로 단축하고 심지어 순전히 국민세금으로 우리 기술만으로 해낸 것이다. 도로건설 과정에서 한국민 특유의 '안되면 되게 하라'는 정신이 나타났고 개도국 중에서 유일하게 선진국으로 도약한 터닝포인트가 된 것이다. 이것을 반대한 당시 야당 지도자들은 김대중, 김영삼이었다.

지나온 역사를 독재냐 민주냐의 관점에서만 볼 것이 아니라 박정희식의 국가주도 경제개발이냐? 아니면 김대중식의 대중경제론이냐의 노선차이도 분명히 살펴봐야 전체를 이해할 수 있다.

용서는 하는 게 아니라 되어지는 것이다. 그것은 상대를 깊이 이해할 때 일어나는 것이며 그런 용서라야 진정한 통합이 가능하다. 지나온 역사에 대한 깊은 통찰을 전제로 하지 않는다면 산업화 세대와 민주화 세대의 화해와 통합은 오래가지 못한다.

다시 분명히 이야기하지만 박정희 노선이 옳았는가? 김대중 노선이 옳았는가? 이제 어느 정도 시간도 흘렀고 결과도 분명히 나온 시점에서 분명히 판단할 수 있다고 생각한다. 적어도 한국의 지금 경제적 위상이 가능했던 것은 박정희의 공로이다. 그러나 한국의 대통령에 대한 평가는 객관적이지 못하다. 철저히 진영논리에 의해 판단한다.

호남정치가 빠져 있는 지역감정. 호남 차별론의 실체는 이런 것이다. 호남정치는 이제 지역갈등을 이용하는 정치에서 빠져나와야 한다. 지역갈등이라는 수렁의 실체는 과도한 피해의식에 의해 부풀려지고 사악한 동기에 의해 이용되면서 스스로 헤쳐 나오기를 포기한 집단의식이기 때문이다. 스스로 피해의식을 버리면 그때 오히려 호남은 강력한 발전의 계기를 만들 수 있는 저력을 감추고 있다.

두 가지 전략은 실패했다

■■■

전북새만금 잼버리대회의 파탄은 다양한 평가가 가능하겠지만 분명한 것은 전북지역정치의 황당한 행태들이다. 언론에 보도된 것만 보더라도 잼버리를 핑계로 외국출장이 100번이 넘었다. 공무원들과 민주당정치인들이 국민혈세를 갖고 해외유람 잔치를 벌인 것이다. 그런데 이런 도덕적 파탄이 어떻게 가능했을까?

이양승 군산대 교수는 '문제는 전라도 독재정치로부터 왔다. 전라도는 민주주의라는 외침만 있는 상황'이라고 주장하면서 '전라도 청년에게 필요한 것은 기업과 투자유치 그리고 개발이다. 전라도에서 진짜 기득권세력은 바로 민주당이다'라는 요지의 주장을 하고 있다.

왜 이렇게 되었을까? 호남정치가 수렁에서 빠져나오기 위해 선택한 두 가지 전략은 지역연합과 진보정치연합이었다. 그러나 이 두 가지 전략 모두 수렁의 실체를 정확히 보지 못함으로써 아직 미끄러질 뿐 완전히 빠져나오지 못한 상태이다. 이 문제 역시 대단히 중요하기 때문에 설명이 필요하다.

김대중 이후 민주당의 대선 후보는 항상 영남 출신이었다. 노무현, 문재인, 이재명. 뭔가 이상하지 않은가? 호남정치가 왜 호남 차별론을 강조하면서 대통령 후보는 영남 출신을 내세웠는가? 그것은 호남정치가 본능적, 혹은 전략적으로 세력 확대를 하기 위한 일종의 동진정책의 일환이었다.

김대중은 끊임없이 호남 차별론을 호소했지만 그것으로 대통령이 되기는 불가능하다는 것을 알고 있었고 그래서 김종필과의 충청권 지역연합이라는 한 축과 진보연합이라는 또 한 축을 필요로 했다. 호남 고립을 넘어서고자 하는 요구가 강해지는 만큼 진보이념이란 포장지는 더 필요해지는 상황이 되어갔다. 내가 이런 이야기를 굳이 하는 이유는 지역감정의 완화라는 것이 양적인 측면에서 해소되었다고 해소된 것이 아니라는 것을 말하기 위한 것이다.

이를테면 지역감정이 많이 완화되었다고 평가하는 유력한 근거 중 하나가 19대 대선에서 나타난 호남민심이다. 당시 광주 지역 득표율은 민주당 후보였던 문재인 대통령 61.14%, 국민의당 안철수 후보 30.08%, 국민의힘의 전신인 자유한국당 홍준표 후보 1.55%였다. 전남에서도 문 대통령은 59.87%를 득표했지만, 홍 후보는 2.45%에 머물렀다.

비교해 보면 17대 대선에서 이명박 후보도 광주 8.6%, 전남 9.2%에 그쳤다. 한나라당 이회창 후보 역시 15.16대 대선에서 광주와 전남에서 각기 5% 미만 득표에 그치며 연거푸 낙선했었다. 그리고 만일 김대업의 가짜뉴스와 이에 공조한 언론이 아니었다면 결과는 다르게 나왔을 것이다.

한 나라의 대권이 정치여론조작에 의해 바뀔 수도 있다는 것은 무서운 일이다. 그러나 세상 어떤 일도 부정한 방법으로 오래가지는 못한다. 잘못된 방법으로 집권하면 반드시 후과가 따르게 된다.

따라서 이런 결과를 놓고 이것을 지역감정이 완화되어가고 있다고 만 해석하는 것은 현상의 껍데기만 본 것이다.

호남정치를 주체로 놓고 보자면 호남정치 세력 확대를 위해 두 가지 전략, 즉 영남후보론이 굳어지고 있고 더 나아가 호남정치에 진보가치 혹은 진보적이라고 생각되는 그 무엇 −말하자면 안철수 의 새정치 같은− 을 더욱 치열하게 시도했다.

그러나 안철수 정치가 실패하자 제3정치의 희망을 접고 회귀하여 다시 민주당으로 처량하게 복귀하게 되었고 상처입은 자존심은 상 대적 진보성이 더 확실해 보였던 이재명 몰빵 현상으로 나타났다. 즉 호남정치의 구겨진 자존심이 '진보성'의 강화를 통해 회복하려 는 경향을 보인 것이다. 바로 그렇기 때문에 그 '진보성'의 실상이 어떤지는 중요하지 않았고 잘 보이지도 않았다. 그러나 안타깝게 도 지금의 민주당은 김대중 시절의 민주당과 얼마나 멀어진 모습인 가? 지금의 진보는 과거 민주화운동시절의 진보와 얼마나 거리가 있는가?

다시 정리하자면 호남정치가 이재명의 늪에 빠져버린 이유는 호 남의 정치적 고립을 피하기 위해 선택한 두 가지 전략, 즉 지역연합 과 좌파연합의 필연적 결과이다. 그리고 좌파연합의 결과로서 이재 명을 선택한 것도 필연이다. 문제는 그 이재명은 진짜 좌파가 아니 라는 점에서 발생했다. 이재명리스크는 민주당이 헤어나올 수 없는 덫에 빠진 것을 의미한다. 추가적 질문은 왜 가짜좌파를 선택하게 되었는가인데 그 이유는 호남 차별론을 극복하고자 하는 지향이 강 하면 강할수록 일종의 방탄용으로서의 좌파가 필요한 것이지 좌파 그 자체의 내용은 부차적이었다는 것이 핵심이다. 쉽게 말해서 호 남정치는 진보정치라는 포장지가 필요했지 진보의 진짜가치가 필요한 것은 아니었다.

사실 호남정치가 한국 정치를 선도해갈 기회가 없지 않았다. 2012년 안철수 바람의 진원지는 호남이었다. 안철수 역시 영남 출신이었지만 호남의 전략적 선택에 의해 강력한 대선 후보로 등장할 수 있었다. 이때 호남정치의 지향은 기존의 좌파와 우파에 대한 극복의 염원이 깔려 있었다. 영남을 중심으로 하는 보수패권 세력도 반대했지만 당시 문재인을 중심으로 하는 가짜 진보세력 민주당에 대해서도 강한 회의를 갖고 있었던 것이 호남이었다.

그 동력이 2013년 안철수, 윤여준, 김효석 등이 중심이 된 새정치추진위를 구성하는 동력이었다. 이때 새정치추진위에서는 윤석열 검사를 영입하려고 했으나 그때는 정치할 생각이 없다는 이유로 참여하지 않았다. 말하자면 보수와 진보라는 양당구도에 염증을 느끼는 호남을 중심으로 하는 제3정치세력들이 안철수를 정점으로 강력한 세를 형성해가던 순간이었다.

이것은 호남 차별론에 근거한 정치세력이 단순히 지역감정기반 정치가 아니라 나름대로 이념적 정체성을 확보해가는 발전과정으로 볼 수 있었다. 그러나 그 동력이 새정치추진위 결성 몇 달도 되지 않아 지방선거를 이유로 김한길 민주당과 합당하면서 일단 꺾이게 된다.

김한길 안철수 공동체제가 민주당을 장악했지만 4개월 만에 치러진 재보궐선거 패배로 사퇴 압박에 내몰리게 된다. 민주당 내 소위 운동권세력들은 호남파들을 '똥물'로 부르고 있었고, 김한길, 안철수 연합세력에게 권력을 줄 생각이 전혀 없었다. 그리고 김한길, 안철수의 이념은 좌파 이념을 넘어설 비전을 제시하지 못하고 있었다.

민주당 내 문파들의 공세에 자존심 상한 두 대표는 탈당하고 호남계 의원들이 결합하는 국민의당이라는 제3당을 창당하게 된다. 이것은 사실 안철수 정치의 후퇴를 의미하는 것이었다. 새정치를 표방하는 전국전당으로의 발전을 스스로 포기하고 민주당과 합당한 결과 오히려 쫓겨나서 호남을 근거지로 하는 지역정당으로 축소된 셈이기 때문이다.

그러나 호남정치의 입장에서 볼 때는 오히려 외연확장의 측면에서 안철수를 이용할 여건이 만들어진 것이었다. 운동권이 헤게모니를 장악한 민주당에서 밀려나온 호남정치가 다시 안과 손잡았다. 이 시점이 역사적 분기점이 될 수 있었다. 국민의당이 만일 새로운 신노선을 제시하고 국민들 사이에서 뿌리를 내렸다면 어떤 결과가 나왔을까?

국민들은 그런 기대를 했다. 그래서 2016년 치러진 20대 총선에서 38석을 얻는 기염을 토하는 큰 성과를 거둔 것이다. 그러나 제3당의 지위로 올라선 국민의당은 좌우를 넘어서는 비전과 실력을 제시하는데 실패했다. 당 지도부는 점점 떨어지는 지지율에 조급해지기 시작했다.

결국 대안으로 바른정당, 즉 영남의 일부 정파세력과 힘을 합치기로 결정하는 과정에서 호남이 배제되었다. 호남정치는 다시 떨어져나가 정동영의 민주평화당과 박지원의 대안신당으로 분열된다.

안철수 세력은 호남은 중도까지는 용납하지만 우파로 넘어가는 것은 안된다는 심리적 저지선이 있다는 것을 무시했다. 국민의당에서 그런 심리를 넘어설 이념적 정체성을 호남당원들이나 지지세력에게 제시하지 못한 상태에서 바른정당과의 통합은 스스로의 조직기반을 허무는 정치적 자살행위로 나타났다.

반면 호남정치 세력은 민주당을 장악한 종북주사파 세력의 심각성에 대해 안이하게 생각했고 그것을 넘어설 새로운 가치에 대한 고민이 부족했다. 결국 호남정치는 국민의당에서 빠져나와 다시 민주당으로 회귀하여 이재명을 선택했고 결과는 참담한 것이었다. 내가 참으로 안타깝게 생각하는 지점이다. 왜냐하면 지역감정에 기반한 지역정치가 새로운 길을 찾지 못하고 가짜 좌파의 품속으로 안기면서 퇴행하는 길을 선택했기 때문이다.

호남의 입장에서 말하자면 호남은 안철수 정치에 두 번 배신당한 셈이다. 첫째는 새정치추진위를 두 달 만에 포기하고 민주당과 합당한 것이고, 두 번째는 국민의당이 바른정당과 통합한 것이다. 안철수 정치에 몰빵한 호남정치가 이렇게 두 번 연이은 배신을 당한 상태에서 완전히 길을 잃어버렸다.

그러나 사기도 한두 번이지 이렇게 자주 당하면 당하는 사람도 문제가 있다. 그런 점에서 호남정치는 어떤 문제가 있었을까? 바로 사람을 키워 그 사람이 권력을 쥐면 예산을 지역에 뿌리는 발전전략 자체가 한계가 있었다. 그리고 이런 전략은 시대정신의 한계를 극복하지 못한 데서 되풀이되는 문제였다.

물론 다른 정치적 선택지도 있었다. 호남의 대표적 정치인인 박주선 의원은 바른미래당과 민주평화당 그리고 대안신당이 다시 민생당으로 합치는 작업을 성공시켰다. 총선에서 전멸하면서 최악의 상황에 처했지만 나는 민생당의 대표를 맡아서 온몸을 던졌다. 후쿠시마 오염수 문제를 최초로 제기하면서 일본대사관을 방문해서 항의했다. 라임옵티머스 문제를 제기하면서 기득권 카르텔을 한국의 가장 핵심적 문제로 제기하고 이것을 이론화한 제3정치경제론을 펴냈다. 서울시장 선거에 나와서 비록 패했지만 제3정치세력의 존재를 알렸다. 안철수, 손학규가 떠난 당을 살려내기는 현실적으로 불가능했지만 불가능에 도전했고 포기하지 않았다. 그것은 민주당의 혁신은 불가능하다고 판단했기 때문이다. 결론부터 말하면 이 선택지 역시 한계에 부딪쳤다. 나는 계란으로 바위치기임을 알았지만 그렇다고 포기할 수는 없었다.

민주당의 혁신은 불가능?

■■■

　시간을 살짝 뒤로 돌려보겠다. 지방선거를 앞두고 안철수의 새정 치추진위와 김한길의 민주당은 통합하면서 모든 당직을 1:1로 하기로 했다. 나는 직능수석부의장을 맡기로 했다. 김한길, 안철수가 공동대표를 하기 때문에 형식적 당 서열상 3위에 속하는 자리라고 했다. 아마도 나를 위로하기 위해 하는 말일 것이다. 대개 실권은 없으나 서열만 높은 자리들을 배려차원에서 만들어 놓는 경우가 있다. 물론 원외위원장인 나로선 과분한 자리였다. 대개 국회의원 재선 이상 되어야 맡게 되는 자리였고 산하에 을지로 위원회를 포함해서 10여 명의 의원들이 각 분과위원회를 구성하고 있었다. 그러나 막상 실무자는 3명 정도이고 그 중에 하나는 전담인력도 아니었다. 구체적인 활동실태를 파악해 보니 정당이 무슨 목표를 가지고 어떻게 사회조직을 짜들어가야 한다는 기본적인 매뉴얼도 없었다. 대개 정당조직이 그렇듯 출마용 혹은 관리용 명함을 위한 기구의 성격이 강했다.

　'나뭇잎 하나 떨어짐에 천하에 가을이 온 것을 안다(一葉落知天下秋)' 당이 제대로 돌아가는가를 알기 위해서는 당 하부 조직의 상태를 보면 된다. 당의 말단조직이 엉성하면 그것은 곧 당 중앙도 마찬가지라는 뜻이다. 당은 정치적 결사체이다. 당원들을 결속시킬 강력한 소명의식이나 가치가 없다면 그 당은 아무리 당원수가 많고 조직이 크더라도 모래성에 불과하다.

새정치민주연합의 김한길 안철수 체제는 얼마 못가 친노세력에게 밀려 당을 떠나게 된다. 왜 실패했을까? 가장 핵심적인 이유는 시대정신의 부재였다.

우선 새정치민주연합은 정강정책 전문을 통해 '대한민국이 당면한 과제를 해결하고 중산층과 서민을 포함한 모든 국민들이 행복한 대한민국이 되도록 '정의, 통합, 번영, 평화'를 새정치의 시대적 가치로 삼는다.'고 제시한다. 그러나 좋은 단어를 늘어놓는다고 되는 게 아니다. 항상 이런 식이었다. 그럴듯한 단어들을 백화점에 상품 진열하듯 늘어놓으면 사람들이 좋아할 것이라고 착각하는 것이다. 그러나 이런 식의 단어 사용은 막상 본질적 문제의 접근을 막는다.

모든 개혁이나 혁명은 그 사회의 근본적인 문제에 대한 구조적 인식을 철저히 하는데서 시작한다. 당시 대한민국의 구조적 문제는 무엇이었는가? 그것은 미래에 대한 성장동력이 말라가고 그 결과 빈부격차가 커지면서 사회적 양극화가 극심한 나라로 되어가고 있었다. 그리고 이렇게 되어가는 원인은 북한이라는 외부의 적과 결합되어 있는 종북주사파 세력의 흔들기와 내부의 기득권담합세력이 지대추구 세력으로 변질되어 갔고 이 양자가 결합하면서 대한민국의 숨통을 막고 있는 구조이다.

내가 2021년 2월에 출간했던 '제3정치경제론에 대하여'라는 책에서는 주로 대한민국 내부의 기득권 카르텔을 중심으로 제기했고 북한 변수에 대해서는 깊이 분석하지 않았었다. 그러나 쌍방울 대북송금 의혹과 민노총 간첩단 사건을 겪으면서 어쩌면 가장 중요한 요소를 빠뜨린 것을 깨달았다. 그것은 북한과 중국과의 국내 경제적 고리였다. 김대중 정권시절부터 대북송금의 규모가 얼마인지는 정확히 알 수가 없지만 그것이 김정은 정권의 체제유지에 매우 중요한 요소였음은 분명하다. 명분은 한반도 평화를 위한 일종의 투자였겠지만 그 결과는 결국 북한 공산주의 체제의 유지를 위한 비용으로 사용되었고 나아가 대한민국을 위협하는 핵미사일을 만드는데 이용되었다.

어쩌면 이것은 당연하다. 공산주의 사상이란 결코 포기될 수 없는 이념이다. 그것은 대한민국을 미국의 식민지로부터 그리고 자본주의의 착취로부터 해방시키기 위한 숭고한 과업이기 때문에 '남한의 괴뢰정부'로부터 받는 돈으로 그런 가치와 사상이 흔들리는 일은 결코 있을 수 없는 일이기 때문이다. 이 점을 역대 대한민국 정치인들은 순진하게 접근한 것이다.

물론 대한민국의 좌파들 역시 깃발만 남고 동지들은 종북주사파로 혹은 강남좌파로 혹은 기득권담합세력으로 다 흩어지고 있는 상황이었다. 이른바 군부독재시절 형성된 재벌기업들에 대항해서 싸운다고 했던 제1야당 민주당 역시 집권하면서 구악 뺨 때리는 새로운 신악으로 등장하고 있었다.

이런 이중의 기득권담합세력이 국민의 머리 위에 두텁게 지배하고 있는데 아무리 돈을 쏟아부어도 소기의 성과가 나타나기 어렵고 오히려 구조의 왜곡현상이 심화되고 있는 상황이었다. 저출산 고령화 예산투입이나 지방균형발전이랍시고 지역에 살포하는 돈은 중간에서 새고 있었다. 말하자면 구멍난 독 물 붓기였다. 새만금 잼버리사태는 빙산의 일각에 불과하다. 시대정신을 잃어버린 좌파 정치는 자유를 잘못 이해했다. 자유민주주의를 각자도생으로 이해하고 자기 배를 불리는데 국가자원을 사용했다.

대표적으로 노무현 대통령은 시장에 권력이 넘어갔다고 탄식했다. 2009년 4월 그의 사람세상 홈페이지에 남긴 글에서 '더이상 노무현은 여러분이 추구하는 가치의 상징이 될 수 없습니다. 저는 이미 민주주의, 진보, 정의 이런 말을 할 자격을 잃어버렸습니다. 저는 이미 헤어날 수 없는 수렁에 빠져 있습니다. 여러분은 이 수렁에 함께 빠져서는 안됩니다. 여러분은 저를 버리셔야 합니다. 적어도 한발 물러나서 새로운 관점으로 저를 평가하는 지혜가 필요합니다.'라고 말하고 홈페이지를 폐쇄시켜버렸다.

이 글을 쓰는 순간 떠오르는 장면이 있다. 1998년 현대자동차 노조 파업이 마무리된 후 인사동 한정식 집에서 노무현 당시 부총재를 만났다. 그때 종로 출마를 포기하고 부산으로 내려갈 것을 결심한 상황이었다. 내 고향이 부산인 것을 알고 자기랑 같이 부산에 가자고 진지하게 이야기했다. 자기를 보좌하던 이광재, 안희정을 칭찬하면서 좋은 동지들이라고 같이 일해 볼 만하다고 했다. 나는 당시 금속연맹 사무차장이었다. 나는 여전히 노동운동에 내가 할 일이 아직 많다고 생각하고 있었다. 하지만 언젠가 같이 할 수도 있다는 생각을 했었다.

막상 집권을 했을 때 그리고 서서히 권력의 힘에 달라붙는 유혹들에 넘어가면서 헤어나기 어려운 수렁에 빠진 것을 알았을 때 기분이 어떠했을까? 추락하는 노무현 대통령에게 비난을 퍼부은 것은 한겨레나 경향 같은 소위 진보언론들이 더 했다. 노골적으로 이제 나가죽어라! 는 식이었다. 노무현을 비판함으로써 자신들의 과오를 숨겨보려는 심리가 가학적 태도를 부추겼다. 나는 그들의 위선적 태도에 허탈해졌다. 부엉이 바위에서 몸을 던진 노무현의 죽음으로

폐족이었던 친노세력은 부활했다. 그러나 그 부활은 본질적으로는 철저히 청산되고 극복되었어야 할 좀비의 부활이었다.

이야기가 약간 산만해졌지만 다시 새정치민주연합의 초기 상황으로 돌아가면 나는 당시 안철수의 수석보좌관으로서 안철수 없이 홀로서기 할 수 있는 상황은 아니었다. 즉 독자적 제3정치운동을 계속 할 것인가? 아니면 포기하고 민주당과 합당할 것인가의 기로에 서 있었다.

노동캠프의 동지들과 상의해서 일단 민주당과의 합당에 합류해서 최선을 다해 보자고 결의할 수밖에 없었다. 그러나 상황은 점점 내가 감당하기 어렵게 되어 갔다. 안철수의 새정치에 합류한 우리는 독립변수로서의 생존 가능성은 객관적으로 어려웠다. 통합의 거센 파도에 휩쓸린 우리는 표류하기 시작했다. 지금 와서 보면 상황은 좀 더 명확하게 보인다. 정체성 약한 새정치와 여전히 가짜 진보 친노세력이 합쳐 본들 어떤 새로운 정치가 나올 수 있었겠는가?

아주 상징적인 한 장면이 기억난다. 합당하고 난 후 열린 당무위원회에서 김한길 대표가 들어와서 질문을 던졌다. 새정치민주연합은 정확히 무엇을 지향하는 당인가라고 사람들에게 물었다. 자리에 있던 최원식, 송호창, 최재천 등 몇 사람이 발언을 했고 나도 몇 마디 거들었다. 명확한 답을 이야기하는 사람은 없었다. 나는 공허한 느낌을 받았다. 김한길 대표는 당의 비전에 대해 마련할 것을 지시했지만 그 후로도 달라진 것은 없었다.

노선 없는 정치투쟁

■ ■ ■ ■

생각해 보면 안철수 김한길 공동대표체제로 출발한 새정치민주연합은 시작부터 난관의 연속이었다. 통합의 명분 중 하나였던 지방선거 무공천 약속은 당내 투표 결과 없었던 일로 되었다. 세월호 참사 등 이슈에 제대로 대응하지도 못했다. 지방선거는 저조한 성적으로 무승부였지만 7.30 보궐선거의 패배로 사퇴압력이 거세지게 되었다. 친노 세력들이 이런 기회를 놓칠 수는 없었다.

민주당의 위기 상황에서 잠시 김한길계에 당권을 주고 또 김한길계는 자신들의 부족한 점을 안철수라는 정치세력을 포섭해 보완하려고 했었다. 그러나 친노세력들은 이제 지방선거도 끝났고 이제 김한길, 안철수 다 용도폐기해도 된다고 보고 있었다.

안철수는 공정성장론이라는 담론을 제시하면서 새정치의 콘텐츠를 준비했지만 조직화로 연결하지는 못했다. 서서히 설 자리가 없어지는 상황에서 '혁신전당대회'라는 최후의 카드를 제시했다. 김상곤 혁신위원회의 혁신안과 다른 자체 혁신안을 발표하고 당의 혁신을 추구하는 전당대회를 개최하자는 것이었다. 그러나 친노세력은 받을 생각이 전혀 없어보였다.

마지막으로 나는 전해철 의원과 여의도 한 식당에서 만나 구체적인 제안을 했다. '이대로 가면 안철수는 탈당할 수밖에 없다. 친노세력에게 이용만 당한 것으로 생각한다. 당을 혁신하는 명분을 달라. 문재인을 당대표로 인정하되 안철수의 혁신안을 수용하는 전당대회를 한다면 남아 있을 명분이 있다'고 제안했다. 전해철 의원은 개인적으로 긍정적이지만 일단 문재인과 의논해 보겠다고 하고 헤어졌다. 다음날 전화로 확인한 것은 '혁신전당대회는 받기 어렵다'는 최종 통고였다. 이것은 친노세력들이 자신들의 권력을 안철수와 나눌 의사가 없다는 것을 의미했다

안철수는 "밖에서 더 강한 외부 충격으로 제1야당의 변화를 이끌어내야 한다."라며 탈당을 감행했다. 그리고 그의 뒤를 이어 호남계 의원들이 집단 탈당한다. 사실 문재인을 중심으로 하는 친노세력이 당권을 쥐고 있는 한 호남계 의원들의 정치적 미래는 매우 불안할 수밖에 없었고 이들은 안철수와 합류하여 신당을 만드는 것이 자신들의 정치적 미래가 좀 더 안전하다고 생각하고 있었다.

문제는 탈당의 사유가 분명치 않다는 것이다. 정확히 어떤 노선의 차이라기보다는 당권파들이 제대로 대접을 해주지 않는 것이 탈당 사유가 되면 곤란했다. 그러나 이미 이용가치가 떨어진 정치인이 쫓겨나는 그림으로 비춰지고 있었다.

동병상련으로 비슷한 처지의 호남계 정치인들이 안철수와 함께 국민의당을 만들어 새로운 안철수 현상을 만드는 노력을 다시 시작했다. 두 번째 제3당 정치세력화 실험에 돌입했지만 여전히 어떤 가치를 중심으로 해야 하는가에 대해서는 애매했다. 지금 와서 보면 그 원인은 결국 호남정치와 중도정치의 질적 통합을 만들어 내지 못하는 한계에서 발생하고 있었다.

내가 말하고자 하는 요점은 이것이다. 새정치민주연합의 붕괴 과정에서 그나마 명확한 노선의 차이라도 국민들에게 보여줬어야 했다. 그러나 국민들이 본 것은 정치행태의 차이뿐이었다. 친안계의 문병호 의원은 방송에 나가 '친노의 권력독점 행태'에 대한 비판으로 일관했다. 시대정신의 차이를 드러낸 것이 아니라 정치행태의 태도를 드러내고 있었다. 국민들은 안철수가 '삐졌구나' 하고 받아들였다. 이것은 결국 장기적으로 정치적 자산의 손실을 의미했다. 이 손실은 새롭게 창당한 국민의당 선거에서도 반영되고 있었다. 이제 와서 보면 제3정치는 일종의 플라잉몽키 정치를 벗어나지 못하고 있었다. 다시 말해 중도주의의 환상에 갇혀 있었다.

다른 사회조직과 달리 정치를 위한 정당은 자신의 시대적 가치 이념을 정확히 하지 않으면 추진주체를 형성할 수 없고 결국 이권과 권력다툼으로 망하게 된다. 정당에게 시대정신은 나침반과 같다. 방향 없이 항해하는 배는 결국 침몰한다. 새정치민주연합 역시 격량 속에서 사라지는 운명을 겪게 된다.

제3정치가 실패한 이유
■■■

　나는 10여 년을 제3정치를 위해 말 그대로 온몸을 갈아 넣었다. 5천 명의 노조간부와 함께 안철수와 결합하여 좌.우파를 뛰어넘는 정치세력화를 위해 싸워왔다. 최근 양향자 의원을 중심으로 한국의 희망이 만들어졌고 금태섭, 김종인씨 등도 성찰과 모색을 통해 신당을 추진한다고 한다. 새로운 도전을 격려하지만 적어도 같은 실수를 되풀이하지 않았으면 한다.

　2012년 안철수 돌풍을 이용한 제3당 추진 노력이 있었다. 이때의 동력은 중도 세력의 정치 지망생들, 민주노총의 국민파 산별조직들, 지역적으로는 호남정치 세력이 주력이었다. 이미 말했지만 호남 역시 기존 양당구조의 한계를 넘어서려는 노력이 안철수라는 인물과 결합하게 된 것이다. 박선숙, 박지원 등 동교동계가 물밑 지원을 하고 있었고 호남의 유력 인사였던 장하성 교수가 결합해 있었다. 나는 당시 안철수 의원의 수석보좌관으로 새정치추진위를 만드는 실무를 돕고 있었다. 명칭은 '국민과 함께하는 새정치추진위원회'라고 정하고 박호군 전 과기부장관, 윤장현 광주비전21 이사장, 김효석, 이계안 전 의원 등 4명의 공동위원장을 추대하였다.

　당시 언론에서는 주력이 수도권과 호남권에 집중됐으며 영남 지역 인사는 없었다는 부정적인 평가가 있었다. 사실 그런 비판을 예상하고 영입 노력을 했으나 성과가 잘 나지 않았다. 내가 부산에서 안의원이랑 함께 김영춘 전 의원을 만난 적이 있다. 그는 합류를 거절하는 이유로 자기 경험상 기업인이 하는 정치에 한계를 느낀다는 것이었다. 그 전에 기업인이었던 문익현 캠프에 합류했다가 여러 가지 부정적 경험을 많이 했다는 것이다. 우리는 그런 우려를 불식시켜줄 마땅한 방법도 없었다.

이런저런 난관 속에서도 우리는 참여 인사들을 적극 조직해서 11월 10일에는 466명의 실행위원을 공개했다. 지역별로 서울 113명, 경기 72명, 인천 28명, 대전 32명, 충남 16명, 충북 14명, 광주전남 80명, 전북 61명, 부산경남 41명, 제주 9명이다. 여기에 기존에 발표된 호남지역 실행위원 68명을 더해 총 534명의 실행위원을 발표했다. 다들 총선이나 지방선거를 준비하는 출마 자원이었다.

그러나 이 명단 발표를 계기로 추진위 내부에서는 조직의 주도권을 둘러싼 치열한 전쟁이 벌어졌다. 실행위원에 제외된 인사들이 조직적 불만을 제기하면서 이 조직의 책임자였던 장하성 교수가 비난의 표적이 되었다. 사실 호남에서는 기존 동교동계가 장악한 조직과 새로운 세력 간의 알력과 다툼이 상상을 초월했다.

안철수의 새정치는 새 인물이 필요했고 그래서 새로 영입한 실행위원들은 기존 정치권과 갈등을 일으킬 수밖에 없었다. 우리는 실행위원들이 특별히 우선적 기득권을 가지는 것이 아니라 단지 초동 주체일 뿐이라고 했지만 기성 정치인에게 그런 설득이 통하지 않았다. 실행위원이라는 조직은 장하성 개인 야심을 위한 사조직이라는 음해성 비난부터 각 개개인이 함량 미달이라는 등 온갖 투서들이 난무했다. 결국 안철수 의원은 실행위원조직을 해산시키지 않을 수 없었다. 이 과정에서 내 속은 까맣게 타들어갔다. 당시 실행위원들은 각 지역에서 매우 좋은 인재들이었다. 솔직히 지원할 만한 인사들이었다. 그런데 주위의 음해공작으로 다 엎어야 하는 상황을 지켜보면서 점점 새정치추진위원회의 앞날이 어두워져 간다고 느꼈다.

더 큰 문제는 2014년 지방선거 출마인사 영입문제였다. 당을 만들면 당장 지방선거를 치러야 했다. 여기서 성과를 못내면 만들자마자 치명상을 입게 되는 상황이었다. 광주 윤장현 말고는 마땅한 후보가 없었는데 우리가 주목한 것은 김상곤 교육감이었다. 내가 민주노총 정책연구원장을 할 때 자문교수로 있었기 때문에 우리 당 후보로 영입하면 좋겠다고 생각했다. 안철수 후보랑 부천의 한식당에서 만나 이야기를 나누었고 어느 정도 가능성이 있다고 생각했다. 그러나 당시 교육감을 그만두고 나오는 문제가 그리 간단한 게 아니었다. 더구나 김상곤 교육감은 민주당과 새정추가 일종의 연합공천을 해줄 것을 기대하고 있었다.

난감했다. 새정추를 호기롭게 결성하고 출범식까지 했으나 현실 정치는 선거라는 전쟁에서 이기지 않으면 정치단체로서 존속할 수가 없었다. 물론 운동으로서의 정치라면 그런 과정을 견디어 가겠지만 안철수의 새정치추진위는 운동으로서의 정치가 아니라 선거용 이벤트 조직의 성격이 더 강했다. 뿌리가 약한 조직은 정치적 성과를 거두기 어렵다. 지금 생각해 보면 정말 순진했다. 기대는 지나치게 이상적이었고 현실은 그런 이상을 밀고가기에는 너무나 취약한 떴다방 수준이었으니…

나는 지금도 뚜렷이 기억난다. 영입 조건에 관한 문제를 놓고 여의도 한 호텔에서 김상곤 교육감과 안철수 후보가 마지막 담판을

했다. 김상곤 후보는 연합공천을 포기하지 않았다. 이야기는 평행
선이었다. 그러나 이미 안철수 의원은 민주당 김한길 대표의 통합
론에 기울어져 있었다. 신당을 만들기에는 너무 인적, 물적 자원이
많이 들고 실패하면 감당할 리스크가 너무 크다고 생각한 듯 하다.
대신 민주당과 합치면 현실적으로 당의 모든 인프라를 이용할 수
있으며 좀 더 쉽게 대권에 접근할 수 있다는 판단을 한 것으로 생각
된다.

　결국 안철수의 새정치추진위라는 신당추진세력은 지방선거를 눈
앞에 두고 3개월 만에 간판을 내리고 민주당과 합당한다. 이렇게
제3정치세력의 독자 정치세력화가 좌절되는 과정에서 단지 조직이
나 인적 자원의 문제만 있었던 것일까? 결코 아니다. 보다 근본적
으로는 제3정치세력의 이념과 시대정신의 모호함이 있었다.

　최근 금태섭 전 의원이 주장하는 신당추진하는 명분으로 "편 가
르기와 진영 논리를 넘어, 둘이 합쳐 매달 평균 350만 원을 버는 커
플을 위해 길을 제시하고 답을 마련해나가는 것"을 제시했다. 이것
은 10여 년 전 안철수 의원이 새정치추진위 발대식에서 말했던 것
과 표현은 다르지만 내용은 동일하다.

　'세계사에서 기득권과 이데올로기를 바탕으로 양극화 됐던 냉전은 역
사의 뒷전으로 밀려났습니다. 그런데 아직도 우리 사회에는 이념, 소득,
지역, 세대 등 많은 영역에서 양극화가 심화되고 있고 거기다 냉전의 파
괴적인 유산까지 겹쳐 나라 전체가 몸살을 앓고 있습니다. 그런데 정작
국민이 일상생활에서 소망하는 정치는 민생정치요 생활정치입니다. 우
리는 이러한 국민의 절실한 요구에 가치 있는 삶의 정치로 보답하고자
합니다.' 이것이 당시 안철수 의원이 했던 기념사의 핵심이다. 이념
에 매몰된 거대 양당체제를 극복하고 민생정치로 전환하자는 주장

이다. 금태섭 의원은 민생정치라는 말을 350만 원 맞벌이부부라고 구체화했다는 차이가 있을 뿐이다.

결국 이념이 아니라 실용, 민생을 중시하자는 것인데 이것이 제3정치가 가지는 근본적 한계이다. 이념과 민생은 대립되는 것이 아니다. 이런 주장은 결국 이념의 무장해제, 진공상태를 의미하고 그 공간에 그토록 거부했던 이념들이 밀려오게 되어 있다. 사상은 결코 무진공상태를 허락하지 않는다. 한국의 현실에서 탈이념정치는 결국 다른 사상 이를테면 주체사상 같은 것에 길을 열어주는 것으로 귀결된다.

나는 10여 년 넘게 현실에 부딪치면서 체득한 것은 제3정치의 성공을 위해서는 대중들이 기존 양당체제에 대해 철저한 거부를 할 만한 객관적 정세가 먼저 조성되어야 한다는 것이다. 예컨대 독일의 히틀러가 세운 나치도 연 1000%가 넘는 하이프 인플레이션으로 기존 정치체제가 독일국민들에게 철저한 환멸을 주고 있던 비상상황에서 성공한 것이다. 지금 대한민국의 현재 경제시스템이 완전히 무너졌는가? 국가가 정상작동이 불가능한가? 국민들이 양당체제를 부정하는 비율이 50%를 넘어섰는가? 아직은 양당체제가 많은 문제가 있지만 정상적으로 작동하고 있다.

물론 점점 더 심각한 작동불능 상태로 될 가능성이 보이긴 하지만 한국에서는 이념전쟁의 측면에서 보지 않으면 안되는 문제가 있었다. 좌우의 진영들이 서로 싸워온 과정은 깊은 상처로 인한 트라우마로 점철되어 있다. 좌파진영에서 신념을 위해 싸우다 고문과 투옥과 파탄난 가정의 처절한 상흔들이 어떤 것인지 느끼지 못하는 사람은 역사를 모른다. 반대로 공산주의 전체주의에서 자유를 지키기 위해 싸우다 학살당한 우파진영의 고통과 분노를 모른다면 그 또한 균형잡힌 역사인식이라 볼 수 없다. 자기 진영 내부의 공감력만 높이지 말고 좌파 우파 전체를 통털어 공감력을 좀 높힐 필요가 있다.

다시 말하지만 탈정치, 탈이념 노선은 몰역사적이라는 점에서 애초 열매 맺기 어려운 노선이다. 우리는 누가 역사의 무대에서 올바른 시대정신을 가졌는가에 대해 판단해야 한다. 내가 너무 몰아붙인다고 느끼는 사람들이 있을지 모르겠다. 그러나 정치인은 어떤 것이 진실이고 올바른 시대정신인지 선택해야 한다. 해방 전 후 한국 현대사에서 김일성 공산체제를 택할 것인가? 아니면 이승만 자유 민주체제를 택할 것인가에 대해서 중립은 불가능했다. 둘 다 완벽하지는 않았고 인간의 탐욕과 어리석음, 잔인함까지 더해 비극을 가중시켰다. 그러나 누구든 덜 나쁜 선택을 해야만 하는 숙명이었다. 정치는 선과 악을 선택하는 문제가 아니다. 51%와 49%의 가치 중에서 하나를 선택하는 문제이다. 대한민국은 자유시장경제를 통해서 선진국으로 올라섰고 북한은 전체주의적 체제로 절망적 세습체제를 유지하고 있다.

이승만과 박정희 세대의 노력과 희생에 대해서는 인정해야 한다. 공산주의 전체주의와 맞서 싸워 자유민주체제를 지켜낸 공로는 대단히 중요한 업적이다. 민주화투쟁 역시 그 공은 정당히 인정받아야 한다. 그러나 민주화 세대는 자유의 가치를 부정하는 주체사상파에 의해 헤게모니를 빼앗겼다. 적의 적은 우리 편이라는 논리가 지배했다.

'한미동맹반대', '퇴진이 추모다' 등 북한의 주장을 그대로 따라하는 것이 좌파의 시대정신인가? 1+1=2라는 진리라면 그것이 북한의 주장이든 남한의 주장이든 문제가 없다. 그러나 1+1=4라고 주장하는 북한의 논리를 그대로 따라하는 대한민국의 좌파세력들의 주장과 어떻게 타협이 가능하겠는가?

제3정치세력은 사실 이 부분에 대해 순진했다. 요즘 간첩이 어디 있냐? 라는 말은 안철수 의원을 공격할 때 자주 인용되는 말이었다. 그러나 지금은 간첩이 있더라도 '그런다고 대한민국이 호들갑 떨 일이냐?'라는 생각들이 지배하고 있다. 이런 근자감(근거 없는 자신감)은 특히 문재인 정권을 거치면서 사회 전반적으로 굳혀졌다.

그러나 이런 생각은 북한을 너무 쉽게 보는 것이다. 소련은 해체되었지만 러시아라는 새로운 패권주의가 탄생했다 중국과 북한은 공산주의 국가이다. 사회주의는 포스트마르크시즘의 다양한 변주를 거쳐 대한민국에도 엄연히 실체를 가진 조직적 운동으로 변화했다. 말하자면 거대한 아메바같이 머리를 잘라도 그 다른 몸에서 새로운 변종으로 거듭나고 있다. 그리고 그것이 대한민국의 한 단계 도약을 결정적으로 막고 있는 원인 중 하나이다.

제3당으로 총선에 출마한다는 것은

■ ■ ■

당시 유행했던 농담 중 하나는 '새정치는 아무도 모른다'는 것이었다. 우리도 답답했다. 지금 와서 생각해 보니 가장 큰 맹점은 '맥락의 부재'였다. 거대 양당 기득권체제에 대한 극복을 외쳤지만 대안이 부족했고 그 원인은 맥락의 단절이었다. 시대정신은 각자 물적 토대를 구축하고 있었고 여전히 작동하는 힘이 있었다. 국민의당이 외치는 소리는 좌우파의 뿌리를 건드리는 것까지 나아가지 못했다. 새정치가 내거는 시대정신은 모호했고 따라서 현실의 정치구도를 파괴할 수 없었다. 이것은 지역에 영향을 미치고 선거 결과에도 결정적 요인으로 작용한다. 내가 직접 출마했던 계양갑의 선거에서도 그런 한계는 피할 수 없었다.

부자는 망해도 3대는 간다는 식으로 국민의당 창당 초기에는 그래도 상당한 잠재적 지지도를 보여주었다. 나는 노동 몫의 비례를 양보하고 내가 살던 계양갑에 출마하기로 하고 공천을 신청했다. 주로 노동부문에서만 활동해 온 나로서는 지역적 기반이라고는 별로 없었다. 주위 사람들은 그래서 당연히 내가 노동 부문 비례를 신청할 줄 알았다. 그러나 안철수 의원의 최측근이 편하게 비례받아 배지를 단다고 하면 모양 빠지는 일이라 생각했다.

그러나 막상 지역도 공천 과정은 피를 말리는 전쟁이었다. 계양 갑에서는 신학용 전 의원이 추천한 다른 후보가 있었다. 지역에 인사를 다니면 항상 하는 말이 '공천은?' 하는 것이었다. 사실 예비후보로서 다니는 것과 정식 공천을 받고 다니는 것은 하늘과 땅 차이다. 그러나 공천 확정은 무려 다섯 번이나 미뤄졌다. 거의 확정되었다고 들었는데 결정은 계속 미뤄지고 있었고 다른 후보들은 날아다니고 있었다. 정말 진이 빠졌다. 국민의당에서 가장 마지막으로 공천을 받았지만 이미 선거운동을 제대로 할 수 있는 시간은 거의 끝난 상태였다. 100미터 달리기로 치면 50미터 이상 뒤처진 상태에서 출발하게 된 것이다.

그러나 내가 뛰는 만큼 비례득표율은 올라갈 것이고 그러면 비례 당선자가 많아진다. 열심히 지역을 뛰어다녔다. 국민의당 공식입장은 야권단일화에 반대했지만 지역에 대해서는 열어두었다. 나는 물론 처음부터 단일화는 있을 수 없다는 입장이었다. 식당에서 민주당 유동수 후보를 만났다. 나는 선의의 경쟁을 하자고 했다. 지더라도 제3정치의 씨앗을 뿌리기 위해서는 싸울 수밖에 없었다.

20대 총선은 국민의당이 등장함으로써 3파전의 양상으로 진행되었다. 여론은 국민의당이 야권표를 분산시킬 가능성이 높다고 보았다. 아무래도 중도진보적 성향이 크다고 보기 때문이었다.

사실 지는 것이 뻔한 선거를 뛰는 것은 무척 힘이 든다. 패배를 예감하면서 선거운동원에게 계속 힘을 주는 일이야말로 세상에서 가장 어려운 일 중에 하나이다. 거리를 돌아다니면서 웃는 얼굴로 인사를 했지만 마음 속으로는 눈물이 흘렀다. 그러나 이 눈물은 반드시 미래에 새로운 정치의 희망으로 꽃을 피울 것이다 라고 스스로 다독였다.

결과는 예상대로 민주당 유동수 후보가 당선되었고 나는 3등이었다. 19.8%라는 성적이었다. 그래도 15%를 넘겨서 선거비는 어느 정도 보전 받았다. 별다른 활동도 없었는데 그 정도 받은 것은 이례적이라는 지역 중론들이 그나마 다소 위로가 되었다. 그러나 선거에 지면 그 고통이 매우 장기적이라는 것을 아마 당사자 말고는 모를 것이다.

내가 진 이유는 무엇일까? 가장 결정적인 것은 유권자들의 사표 심리 방지였다. 아직도 많은 사람들이 그래도 진보 아니면 보수라는 입장을 가지고 있고 부동표 역시 주로 심판선거로 결정한다. 제3당이 당선되기 위해서는 현실적으로 당선 가능하다는 확신을 주어야 한다. 두 번째 이 확신은 조직이 뒷받침되어야 한다. 지역에는 여러 가지 형태의 직종별, 향우회별 정당조직들이 어느 정도 뿌리내리고 있다. 이런 지역조직들에 대한 기본적 지지관계를 만들어 놓지 않으면 제3당의 당선은 불가능하다.

세 번째 정책은 조직과 결합되어 있어야 한다. 그러나 급조된 우리 당은 그것이 불가능했다. 중앙의 지원도 기대할 수 없었다. 제3당의 한계가 여실히 작용하고 있는 것이다.

계양에서 비례대표 득표율을 보면 새누리당 29.51%, 더불어민주당 28.54%, 국민의당 27.8%로 거의 비슷하다. 즉 후보는 당선 가능한 인물에게 주지만 당은 거대 양당을 견제하는 심리가 분명히 있었다. 이런 상황이라면 좀 더 시간을 가지고 조직했더라면 더 좋은 결과를 만들 수 있었다. 이런 전쟁에 공천을 늦게 해준 것 자체가 당의 전략적 실수라고 할 수 있다. 가능성은 보여주었지만 역시 바람만으로 총선에서 승리한다는 것은 불가능하다.

그러나 이런 실수는 되풀이될 가능성이 크다. 지금 내년 총선을 앞두고 신당 이야기가 나오고 있는데 만일 실제 만들어진다면 이런 문제들은 반드시 발생할 것이다. 지금 거론되는 신당들이 이런 문제들을 해결하기에는 너무 시간도 없고 준비도 부족하다. 필연적으로 양대 진영으로 흡수되면서 지분 챙기기로 선택지가 좁아질 것이다.

안철수와 유승민의 통합이 실패한 이유

■ ■ ■

　제3지대 정치세력으로서의 국민의당은 두 개의 동력이 모였다고 볼 수 있다. 첫째, 호남세력, 둘째, 안철수의 중도정치세력이다. 이 세력이 힘을 합쳐 20대 총선에서 작은 돌풍을 일으키며 원내 3당으로 진출했다. 그러나 여전히 취약한 시대정신과 리더십 그리고 강력한 개혁 주체가 형성되어 있지 않은 당으로서 여러 가지 취약한 지점이 드러났다. 우선 타격을 입힌 것은 내부에서부터 불거진 '국민의당 리베이트 의혹' 사건이다.

　국민의당 박선숙, 김수민 의원 등이 20대 총선에서 홍보를 특정 업체에 맡기면서 2억 상당의 리베이트를 받았다고 선관위가 고발한 사건이다. 사실 이 사건은 당 내부의 정파적 갈등에 중앙선관위가 개입하면서 불거진 사건이다. 누구라고 거명하기는 어렵지만 당내 공천 관련한 주도권을 두고 치열한 내부 암투가 벌어졌다. 당직자들도 각자 줄을 서면서 서로를 죽이기 위한 음해가 치열해졌다. 나에게도 직원들이 서로 제보해 오기 시작했다. 상호 간의 갈등은 도저히 같은 가치를 지향하는 동지라고 믿기 힘든 수준으로 치달았다. 이러다가 사고가 터질 것 같다는 불안감이 들었다. 아니나 다를까 누군가 내부 정보를 가지고 선관위에 제보하면서 사건이 커지게 된 것이다. 선관위는 당시 민주당이 장악하고 있었다. 이런 호재를 그냥 놓치기 어려웠을 것이다. 조국은 당시 서울대 법학전문대학원 교수에 있으면서 SNS를 통해 '국민의당 리베이트 의혹'과 관련, "김수민 의원이 총 기획자로 보이지 않는다."며 "선거를 여러 번 치러본 프로의 솜씨"라고 주장했다. 심지어 "국민의당이 선관위와 검찰을 비판하며 야당 탄압이라고 말할 일은 아닌 것 같다."고 비판했다.

결국 대법원에서 다 무죄로 결론이 났지만 당시 상처받을 대로 받은 안철수는 치명상을 입고 대표자리에서 물러나는 계기가 되었다. 정치를 하다 보면 내부 갈등이 커지게 되고 그 갈등은 외부기관의 개입을 자초하게 된다. 제3정치세력이 자리잡기 어려운 것 중에 하나가 바로 이런 내부 조직의 취약성 때문이다. 아주 작은 분란도 외부에서 이용하기 쉽고 바로 치명상을 입는 경우가 생긴다. 정치가 힘들고 예측하기 어려운 것이 이런 폭탄이 도처에 깔려 있기 때문이다. 아무리 내부에서 잘해도 반대파는 생기게 마련인데 이것이 외부의 힘과 결합하면 속절없이 무너진다.

더 막막한 것은 억울해도 달리 방법이 없다. 그럴 때 나오는 수사가 '역사의 판단에 맡긴다'는 것인데… 당사자로서는 그렇게 억울할 수가 없다. 나중에 나도 민생당 대표로서 똑같은 경험을 하게 된다. 그것이 제3정치세력이 고려하고 있어야 할 상수이다.

이러저러한 우환이 겹치면서 당의 지지율은 5%대에 머물게 되었고 내년 지방선거에 참패가 예상되었다. 국민의당 자체의 힘만으로 도저히 지지율을 올리기 어렵다는 인식들이 생기면서 연대 이야기가 서서히 올라오기 시작했다. 1차 대상으로 바른정당이 떠올랐다.

바른정당 역시 매우 어려운 처지에 있었다. 당시 유승민을 중심으로 새누리당을 구태 보수정치로 규정한 의원들이 집단 탈당해 '개혁 보수'를 내걸었다. 그러나 활동 과정에서 두 차례의 탈당 사태가 발생해 원내교섭단체의 지위를 상실한 상태였다. 대선 참패의 책임으로 물러나 있던 유승민 의원이 당대표로 취임했으나 6.13 지방선거에 원희룡 제주지사를 제외하고는 내세울 만한 카드도 마땅하지 않은 상황이었다.

과부 사정 홀아비가 안다고 안철수 대표가 합당의 손을 내밀자 바른정당 역시 적극적으로 호응해 왔다. 그러나 국민의당 내부 사정은 좀 더 복잡했다. 국민의당 + 바른정당 합당에 찬성한 국회의원 대부분이 수도권 지역구 의원이고 반대파인 국회의원은 대부분 호남 지역구 의원이다.

반통합파 의원 17명은 민주평화당 창당을 선언하고 창당추진위원회를 만들고, 조배숙 의원을 창추위원장으로 추대했다. 호남은 친노세력들에 대해 반대해서 안철수를 앞세워 새정치의 길로 들어왔지만 그 이념적 선은 중도를 넘기는 어려웠다. 호남의 정서상 우파로 가기에는 일종의 낙동강 전선을 넘는 것 아니냐는 심리적 저지선이 있었던 것이다.

그래서 통합 분위기를 만들기 위해 통합 시 지지율이 19.7%를 기록한다는 여론조사 결과가 보고되기도 했다. 더불어민주당은 46.3%, 자유한국당은 15.6%로 '국민-바른 통합정당'이 한국당을 제치고 2위를 기록하는 여론조사를 공개하면서 반대파들을 압박해가기 시작했다.

이 시기 나는 국민의당 인천시당위원장을 하고 있었다. 각 시도 당위원장들의 의견도 분분했다. 합당파와 불가파로 나뉘어져 있었고 호남을 제외한 나머지는 그래도 합당파가 우세한 편이었다. 그러나 비 호남계에서도 바른 정당과의 통합에 매우 부정적인 입장을 갖는 사람도 많았다. 이는 이념적 차이가 아니라 정치행태에 대한 불만이 많았다. 나는 무엇보다 호남을 버리고 가게 된다는 것이 몹시 마음에 걸렸다. 동시에 제3정치세력으로서의 정체성이 무너지게 된다는 것도 사실 우려되었다.

통합 일정에 들어가기 전에 안철수 대표를 국회본관에서 만났다. '통합을 하더라도 호남을 반드시 안고 가야 한다. 정동영 의장과 상의해서 함께 할 방법을 모색해달라'라고 요청했다. 구체적인 역할을 할 사람도 제안했다. 안대표는 그러자고 승낙했다. 그러나 결과적으로 그 노력은 제대로 진행되지 않았고 호남의 많은 의원들이 떨어져 나가 민주평화당을 창당하는 결과를 만들었다.

바른정당 유승민 대표는 '보수'의 가치를 내걸며 합당 선결 조건 등으로 햇볕정책 폐기 등을 내걸고 있었다. 김대중 전 대통령계의 반안계 의원들이 반발할 수밖에 없는 상황이 전개되었다. 이들은 안철수 대표가 바른정당과 합당하고 이후 자유한국당과도 손을 잡아 '신 삼당합당'을 노리는 길로 갈 수밖에 없고 그 과정에서 자기들은 지역에서 팽 당할 수밖에 없다고 걱정하고 있었다.

호남계의 반발을 뒤로 하고 통합열차는 출발했다. 2018년 2월 12일 합당을 위해 구성한 정강·정책과 당헌·당규 확정을 위한 연석회의에서 정치 이념 표현을 배제키로 결정하였다. "기존 이념 중심의 정당 폐해를 극복하기 위해 진보, 중도주의, 보수라는 표현은 빼기로 했다."면서 "그 대신 탈이념, 탈지역, 탈계층, 탈과거를 통해 미래 정당으로 간다는 정신을 강령에 포함시키기로 했다."고 말했다. 또 "대북정책에서도 햇볕정책이라는 단어를 반드시 넣어야 하는 것은 아니다."면서 "남북 간에는 6.15선언과 같은 기존 합의

문이 있기 때문에 그 정신을 살려나갈 수 있도록 표현하면 된다."는 입장을 밝혔다.

말하자면 기계적 절충이었다. 통합을 위해서는 그럴 수밖에 없지만 그렇다면 민주당이나 국힘 같은 자기 나름대로의 노선을 지켜온 당을 비판할 자격이 있을까? 중도란 절충이 아니라 진리를 꽉 붙잡는 치열한 정신이라 생각한다. 진리는 선과 악을 재단하는 기준이 아니라 인식의 대상과 주체가 통일되는 순간이다. 탈이념은 번갯불처럼 번쩍이는 진리의 순간에 눈을 돌리는 비겁함을 감추는 기회주의가 숨어 있었다. 당시 제3정치세력 모두가 빠져 있는 함정이었다.

더 큰 문제는 통합지도부간의 논의에 머물렀고 이렇게 거대한 시대정신의 재구성이 필요한 일에 대해 일반 당원들은 구경꾼으로 전락했다. 철저하게 동원의 대상으로만 존재하게 된 것이다.

통합파들은 양당이 합당할 시 시너지 효과가 발생해 지금까지의 5%대가 20%대까지 올라간다는 것에 꽂혀 있었다. 그러나 우리는 이때 잘 몰랐다. 탈이념의 추구가 유행이긴 했지만 탈이념은 사실상 정신적 무장해제 상태를 초래한다는 것을. 지금도 제3정치를 추구하는 사람들이 여전히 탈이념 실용주의를 표방하는 것을 보면 안타깝다. 우리의 처절한 실패의 경험에서 아직 교훈을 얻지 못했다면 시작부터 단추를 잘못 끼운 것이다. 시대정신도 빈약하고 그나마 공유도 못한 상황에서 정치적 이해관계에 따른 통합으로 국민에게 뭔가를 설득시킬 수 있다는 헛된 믿음이 깨지는 것은 그리 오래가지 않았다. 안철수와 유승민의 통합은 첫출발부터 깨어질 운명을 안고 있었다.

예견된 바른미래당의 선거 참패
■ ■ ■

통합하자마자 치른 2018년 지방선거에서 바른미래당은 괴멸했다. 안철수 19.3%로 서울시장 선거 3등, 전국 226곳의 기초단체장 선거 당선자 0명, 전국 광역비례 정당 득표율 7.62%로 원내 4등, 전국 광역의원과 기초의원 당선자 26명. 이것이 이번 지방선거 성적표의 전부였다.

전체 4006명을 뽑는 선거에서 0.64%의 당선자를 배출한 것이다. 전남·광주·울산·부산·경남·대전·세종·충북·인천 9개 광역단체 수많은 선거에서 단 한 명의 후보자도 선택받지 못했다. 이런 정치적 대참사의 원인이 무엇인지 분석하기도 힘들 정도로 당은 마비 상태에 빠졌다. 어쨌든 29명의 의원이 있고 물적 기반과 정치적 명분이 남아 있어서 유지는 하고 있지만 미래는 절망적이었다.

막막하고 처참했다. 정말 길이 보이지 않았다. 노동운동을 할 때는 싸워야 할 대상이 분명했고 시스템이 작동되고 있었다. 그러나 정치의 세계에 들어와서는 완전히 미궁에 떨어진 기분이었다. 도대체 왜 이렇게 되었을까? 하고 거듭 되물었다. 아무도 답을 갖고 있는 사람은 없었다. 이제 스스로 길을 찾아야 한다는 것을 절실히 깨달았다. 선배들이 깔아놓은 철로를 따라 운전하는 기관차운전사에서 낯선 정글에 내던져진 조난자 신세가 된 것이다.

사실 안철수 현상은 한국만의 특수한 현상이라고 보기는 힘들다. 세계적 규모의 신자유주의 정책은 많은 사람들의 삶에 영향을 미쳤고 여기에 대항하는 새로운 정치적 운동들이 일어났다. 예컨대 그리스의 아카낙니스메노이(권한을 가진 자들), 스페인의 뽀데모스, 프랑스 노란조끼의 원조인 뉘드부 운동 등이 대중적 각성을 기초로 일어난 정치적 저항운동이었다.

그리스는 시리자라는 리더를 중심으로 사회연합전선을 구축한 후 2015년 집권하는 데 성공했고, 스페인의 뽀데모스는 기성 엘리트와 대중이라는 전선을 설정하는 전략으로 국회 진출에 성공했고 지금은 3당으로 전락했지만 당시 스페인 정치의 지형을 크게 바꾸었다. 독일은 좌파당, 프랑스의 '굴복하지 않는 프랑스', 영국노동당의 제리미 코빈 현상 등도 일정한 성과를 거두고 있었고, 이탈리아의 오성운동은 심지어 집권당이 되었다. 좌파아웃사이드 뿐 아니라 마크롱이나 트럼프처럼 우파아웃사이더들도 마찬가지 성공을 거두었다.

물론 이런 정치적 현상도 일정한 유행을 타기도 하고 반짝거리다 사라지기도 한다. 그러나 한국의 '안철수 현상'은 어머어마한 열풍에도 불구하고 채 열매를 맺지 못하고 시들어버렸다.

다른 나라에서의 '현상'은 성공했는데 한국에서의 '현상'은 왜 실패했을까? 좀 더 정확히 하면 초기 국민의당이라는 제3당은 26.74%라는 기적을 이루면서 성공했는데 지금은 5%대 박스권에 갇혀버린 이유는 무엇일까? 그 이유를 밝혀내고 대안을 세우는 일은 신당을 준비하는 사람들에게도 참고가 될 것이다. 물론 내가 신당 건설에 찬성한다는 뜻이 아니다. 나의 실패 경험을 객관화하는 것이 어떤 의미로든 도움이 될 것이라는 점을 말할 뿐이다.

우리가 실패한 원인 중 첫째는 안철수 현상의 본질, 즉 '불안'을 제대로 이해하지 못한 것이었다. 말하자면 과거를 돌아보면 누적된 적폐세력들의 무능과 부패 구조가 분노를 만들고 있고, 멀리 미래를 보면 장기적 침체와 일자리 없는 사회라는 거대한 해일이 밀려오고 있는 중이었다. 양당기득권세력들은 이런 국민들의 불안에 답을 주지 못하고 있었다. 국민들의 시선은 다른 것으로 향했고 이때 등장한 안철수라는 인물에서 어떤 '희망'을 발견했다. 불안이 큰 만큼 희망도 큰 법이다. 그러나 안철수의 새정치는 그 '불안'에서 나오는 강력한 에너지를 태풍으로 만들어 낼 비전과 그것을 실현할 주체를 조직해야 한다는 것을 미처 깨닫지 못했다. 현실의 새정치는 깃발만 나부끼고 있었고 깃발을 붙들고 있는 것은 구태정치인들과 아마추어들이었다.

물론 여기엔 내 책임도 매우 크다. 뭐라고 말해야 좋을지 모르겠다. 만일 10년 전으로 시간을 되돌릴 수만 있다면… 아마 나는 국민의당을 집권당으로 만들 수 있었을 것이라는 상상을 해본다. 여러 가지 제약을 감안하고서도 할 수 있는 옵션은 많았으니까. 이 어마어마한 동력을 헛되이 소진시킨 것에 대한 안타까움과 자책 같은 것이 나를 끝까지 제3정치권에 남아 있도록 한 것이기도 하다.

둘째, 당이 도대체 무엇을 하자는 당인지 제시하지 못했다. 사람들은 자꾸 제3정치를 보수와 진보의 중간 정도에 놓으려고 했다. 결국 죽도 밥도 아닌 것이 되었다. 지금 김종인의 제3정당론이 그런 한계를 보인다. 그렇게 되면 또 실패하게 될 것이다.

그런 중도론은 지금의 진보와 보수를 전제로 하는 개념이다. 그러나 한국의 현재 좌파는 진보가 아니다. 진보라는 간판을 걸고 기득권담합세력들이 종북주사파와 연대하여 지대추구를 노리는 이익집단 카르텔이 본질이다. 문재인 정부의 정책들이 대부분 의도와 무관하게 결과적 불평등을 강화하게 된 이유는 바로 그런 본질적 성격이 정책 속에 관철되고 있기 때문이다.

우파 역시 마찬가지이다. 자유민주주의 체제를 발전시키자면 자본주의의 변화에 맞춘 한국형 자본주의의 체제를 혁신해나가는 것이 우파의 사명이다. 그러나 현재 한국의 우파는 시대정신을 창조해내지 못하고 있다. 이념을 외치지만 민생과 어떻게 연결되는지 말하지 못한다. 노동개혁을 어떻게 해야 하는가에 대해 감이 없다. 시장경제를 외치면서 시장근본주의의 관념에 빠진다. 자유를 외치지만 이 자유가 어떻게 각 개인에게 누려져야 하는가에 대한 정책적 비전과 연결할 역량이 없다. 이런 우파의 한계 때문에 가짜 진보들이 진짜 행세를 하면서 자신들의 정치적 기반을 유지한다. 이른바 적대적 공존의 체제가 유지된다. 중도정치는 좌파와 우파를 전제로 하는데 한국 정치에서는 그 전제 자체가 성립되지 않는다는 점이 중도정치를 허구로 만들고 있다.

셋째, 공천 과정과 당 사업에서 어처구니없는 일들이 계속되었다. 국민들은 정치인들의 머리위에 앉아 있다. 뻔히 속보이는 짓들을 하고 있는데 국민들이 속아 넘어가 주겠는가? 국민들은 민주당이 좋아서 혹은 자한당이 좋아서 그렇게 표를 몰아준 것이 아니다. 바른미래당이 못 미더운 것이다. 선거라는 전쟁에 임하면서 전략도 없고 컨셉도 없었다. 어설픈 몽둥이 하나 들고 기관총 앞으로 돌진한 후보들은 전멸했다.

우리를 정말 힘들게 만든 것은 선거 패배 자체보다도 패배의 의미를 찾을 수 없다는 것이었다. 도대체 우리는 그동안 무엇을 위해 그 많은 시간과 열정을 바쳤던가? 개인적으로 인생의 가장 황금기라고 할 수 있는 50대의 10년을 오롯이 바쳤다. 내가 청춘을 바쳤던 노동운동을 포함하여 모든 삶을 양당체제를 극복하기 위해 말 그대로 갈아 넣었다. 그 대가로 나는 모든 것을 잃어버렸다. 명예도, 사랑도, 친구도, 재산도⋯

그러나 나는 모든 것을 잃어버렸던 그 순간 완전히 새로운 것을 알게 되었다. 내가 천사로 믿었던 것은 사실 천사얼굴을 한 악마였다는 것을. 내가 악마로 생각했던 인물들이 사실은 억울한 누명을 쓰고 난도질당해 피 흘리던 선지자였다는 것을.

내가 겪은 고통은 그것을 알게 하기 위한 불가피한 과정이었다는 것을 어느 순간 번개처럼 깨닫게 된 것이다. 시대정신을 따라 온몸을 던져왔던 나는 바로 그 이유 때문에 시대정신의 맨얼굴을 정면으로 바라보게 되었다. 그리고 그 시대정신이란 놈이 우리를 속여왔음을 온몸으로 깨닫게 된 것이다. 부처를 만나면 부처를 죽이고 스승을 만나면 스승을 죽여라는 당나라 임제라는 선사의 말이 무슨 뜻인지 알게 된 것이다.

바른미래당의 침몰과 민생당의 창당

■ ■ ■ ■

바른미래당은 지방선거에서 참패함으로써 제3정치세력으로서의 정치적 생명이 끝났다. 간신히 산소호흡기를 달고 있는 상태였다. 이런 상황에서 어떻게 총선을 준비할 수 있을까? 2018년 재보궐선거에서도 당선자를 한 명도 내지 못했다. 노원구 병에서 이준석 후보가 나왔으나 노원구청장 출신의 더불어민주당 김성환 후보에게 더블스코어 이상의 득표율로 패배했다. 여기는 과거 안철수의 지역구였다.

결국 유승민, 박주선 공동대표가 사퇴하고 곧바로 비대위체제로 전환했다. 안철수는 미국으로 출국할 예정이었다. 김관영 의원이 원내대표에 당선되어 분위기 전환을 시도했지만 이미 상황을 뒤집기에는 역부족이었다.

당을 하나로 모아낼 공통의 시대정신도 없고 그것을 상징하는 인물도 사라진 상태에서 당은 사분오열되어 갔다. 이언주와 정운천 의원이 자유한국당 소속 의원인 추경호, 김종석, 김용태 의원과 함께 시장경제살리기연대를 발족했다. 물론 이언주, 정운천과 자유한국당 의원들인 추경호, 김종석, 김용태 의원은 지도부와 교감 없이 자발적으로 결성한 조직이라고 했지만, 야권연대에도 앞장서겠다고 밝혀 새로운 모색을 하고 있음을 드러내기도 했다.

　사실 안철수 자신이 서울시장 선거 당시 당 지도부와의 상의 없이 김문수와 단일화를 시도하면서 파문을 일으킨 바도 있었다. 사람들은 마땅한 대권주자가 없는 상황에서 안철수가 들어갈 경우 바로 유력한 대권주자가 될 수 있다는 계산 하에 움직인다고 보고 있었다. 이미 안철수는 중도진보와 진보 층에서 배제되었고 표를 얻을 곳은 보수 세력이라는 것이다.

　이런 혼란스러운 상황에서 2018년 9월 2일 당 대표 및 최고위원 선출대회(전당대회 격)가 진행되었다. 나는 김영환, 장성민 등과 함께 최고위원으로 출마했지만 셋 다 떨어졌다. 바른미래당 대표로 손학규 전 중앙상임선거대책위원장이 총 득표율 27.02%로 당선되었다. 최고위원으로는 하태경 의원, 이준석 전 지역위원장, 권은희 전 의원이 당선되었다.

　전당대회가 끝난 후 손대표가 나를 만나자고 전화를 했다. 서울 인사동 모처에서 만난 손대표는 '선거제도 개혁에 당의 명운을 걸겠다. 내가 단식농성이라도 할테니 도와달라'고 했다. 사실 그것은 외부와 내부 다 겨냥한 포석이었다. 바른정당계 의원들이 손대표의 지도력에 도전하고 있는 상황에서 정치적 돌파구를 만들지 못한다면 이대로 고사하고 말 것이라는 위기의식이 그런 극단적 투쟁을 생각하게 했을 것이다.

　나는 달리 할 말이 없었다. 내심 그런다고 근본적 문제가 해결될 일은 아니지만 그렇다고 이대로 침몰하는 배를 보고만 있을 수도 없었다. 고개를 끄덕이고 몸조심하시라고 할 수밖에…

　손학규 대표는 정의당의 이정미 대표와 함께 단식으로 2019년에 연동형 비례대표제로의 선거제 개혁에 일단 성공하기는 했다. 그러나 거대 양당의 위성정당 창당으로 인해 선거제 개혁의 의미는 사라지고 완전히 사기를 당하는 처지가 되어 버린다.

나는 고통스러웠다. 2012년 제3정치세력화를 도모하면서 안철수의 진심캠프에 합류했던 노동 동지들이 다 떠나고 있었다. 새정치주진위, 새정치민주연합, 국민의당, 바른미래당으로 이어오는 제3정치세력이 이제 차기 총선에 제대로 후보조차 내기 어려운 상황으로 몰리고 있었다. 특히 바른정당계의 유승민, 이준석 등은 당을 깰 생각도 하고 있었다. 이학재 의원은 12월 탈당을 하면서 실질적으로 붕괴되어 가는 신호탄을 올렸다.

나는 마지막으로 혁신통합신당 추진안을 만들어 의원들을 설득하러 다녔다. 바른미래당으로 총선을 치를 수 없으니 지도부를 새롭게 구성해서 총선에 임하자는 것이고 그 통합의 대상에는 양당을 제외한 새로운 인물들을 영입하되 주도하는 인물은 현재 손대표를 포함해서 김종인, 유승민, 호남의 박주선, 안철수까지 포괄하는 방안이었다.

내가 혁신통합신당 추진단장을 맡고 몇 명의 추진위원을 세웠다. 서로 역할 분담을 해서 사람들을 설득해나가기로 했다. 손대표는 겉으로는 동의하는 듯 했지만 자신을 배제한 통합은 결코 수용하지 않고 있었다. 다음은 유승민계였다. 몇차례 면담 요청을 했으나 응하지 않았다. 그래서 이혜훈 의원을 여의도 모처 식당에서 만났다. 이혜훈 의원은 상황을 다 이해하고 자신도 동의할 수 있다고 했다. 그러나 내부 의견수렴은 그리 쉽지 않을 거라고 했다. 특히 지상욱 의원은 유승민 의원과의 관계 때문에 동의하기 어려울 것이라 했다.

이어 김종인 전 비대위원장을 광화문에 있는 그의 사무실에서 만났다. 김종인 비대위원장은 대안의 정치세력화가 필요하다는 것은 동의했다. 그러나 새로운 청년정치세력들이 합류해서 그들이 앞장서게 하는 것이 필요하다는 입장이었다. 김종인 전 비대위원장은 당시에 이미 조정훈 등 청년 정치조직들과 접촉하면서 그들을 도와주고 있었다.

다음은 외국에 나가 있던 안철수 의원에게 편지를 보내 이런 구상을 설명하고 합류해 줄 것을 요청했다. 즉 '손학규, 안철수, 김종인이 새롭게 혁신통합신당을 추진하는 주체가 되어달라. 당신은 한국으로 돌아와서 선거대책본부장으로 뛰어달라. 모든 것을 포기하고 헌신한다면 당은 50석 이상 회복할 수 있고 그렇게 만든다면 당신에게 새로운 기회가 올 것이다'라는 것이 내가 보낸 메시지였다.

며칠 후 비서실장을 통해 자세한 설명을 해달라는 연락이 왔다. 국회 앞 카페에서 만나 개요를 설명해 주었지만 뭔가 석연치 않았다. 안철수 의원은 손학규 대표에 대한 믿음이 없었던 것이다.

안철수, 손학규의 결렬과
혁신통합신당의 좌절

■ ■ ■

2020년 1월 27일 국회본청에 있는 손학규 대표실에 안철수 전 대표가 방문해서 최후 통첩을 했다. 핵심은 '당신은 물러나고 내가 비대위원장을 하겠다'는 것이었다.

다시 절망감이 밀려왔다. 여기까지 버티는 데 얼마나 많은 사람들의 눈물과 고통이 있었는가? 제3정치의 새싹을 피우기 위해 천신만고를 겪으면서도 버티고 있는데 … 무한책임을 느껴야 할 사람이 이렇게 하는 건 도대체 뭐지 하는 생각에 가슴이 아파왔다. 부모에게 버림받은 고아가 된 느낌이었다.

손학규과 안철수의 연대가 무산되면서 혁신통합신당 논의는 결국 먼저 호남과 합당한 후 시대전환과 통합을 추진하는 방식으로 바뀔 수밖에 없었다. 당시 시대전환은 손안연대가 결렬된 후 호남을 중심으로 통합을 하게 되면 자신들의 정체성이 무너지고 정치적 자산을 상실한다고 판단하는 것 같았다. 그리고 김종인 전 비대위원장 역시 그런 통합에는 반대였다. 결국 우리는 호남의 민주평화당과 대안신당과 합치는 것 외에 달리 방법이 없었다.

이미 안대표는 손학규 대표와는 같이 할 수 없다는 판단을 하고 있었던 것 같다. 절대로 대표자리를 내놓지 않을 것이며 바른미래당에 자신이 주도할 기반은 거의 없다고 판단했던 것 같다. 물론 이런 판단은 안대표 주위 참모들의 판단이기도 했을 것이다. 참모들은 공천이나 비례를 받는 확실한 관계를 일차 선호한다. 통합이니 뭐니 하는 것은 자칫하면 주도권을 상실해 공천을 받기 어려운 불확실성의 세계로 몰아가는 것이다. 현실 정치의 세계는 이런 참모들의 욕심에 의해 좌우되기도 한다. 지도력이 취약한 제3정치세력의 피할 수 없는 운명이다.

내가 이런 과정을 자세히 설명하는 이유는 앞으로도 제3정치세력화를 추진할 사람들이 있을 것이고 다시는 똑같은 실수를 되풀이하지 않도록 하기 위함이다. 심지어 어떤 사람은 자신의 출마 욕심을 채우기 위해 신당을 만드는 사람도 있다. 이런 사람은 자신은 어떨지 몰라도 주위사람들에게 피해를 준다. 희망고문을 하게 되는 것이다. 여의도 내부 정치문법으로 당을 만들어서는 혼란만 준다. 국민이 정말 요구하는 정치를 한다는 소명의식 없이 선거를 위한 떳다방 식의 신당은 대국민 사기극에 불과하다. 어설픈 제3정치신당은 국민들을 현혹시키고 정치를 어지럽히는 결과만 초래한다. 혁신통합신당은 나 개인으로서는 불가능한 사명이었다. 그러나 당내 제3정치를 바라는 많은 당원들이 순수한 요구였다. 결국 지도자의 분열은 그 열망을 배신했다. 결국 다른 형태로 진행될 수밖에 없었다.

제3정치를 위한 3당 합당
■ ■ ■

　강남의 한 일식당에서 박주선 의원을 만나 혁신통합신당 논의를 정리했다. 안철수도 떠나고 김종인이나 시대전환 등도 통합신당에 합류하기 어려운 상황이었다. 이제 남은 것은 호남을 기반으로 한 민주평화당과 대안신당 뿐이었다. 총선을 치르고 지역기반이라도 건지기 위해서는 다시 호남과 합치지 않을 수 없었다. 결국 바른미래당, 민주평화당, 대안신당 3당의 합당을 우선 추진키로 하였다.

　박주선 의원은 먼저 개문 발차 하기로 했으나 당권은 여전히 손학규 대표가 쥐고 있었고 손대표 역시 전권을 넘길 생각은 전혀 없었다. 솔직히 헤쳐모이는 식으로 만들어진들 어떻게 국민들에게 지지해 달라고 할 수 있을지 막막했다.

　우여곡절 끝에 민생당을 창당했으나 공천 과정도 참담했다. 공천은 극한적인 약육강식의 세계이다. 자세한 이야기를 여기서 다하기는 어렵다. 그냥 가슴에 묻고 가고 싶다.

　어쨌든 민생당 간판을 건 총선에서 참패한 것은 어쩌면 당연한 귀결이었다. 한 석도 건지지 못한 민생당의 앞날이 암담했다. 정치적 파산선고를 받은 상태에서 지도부는 다른 대안이 없었다. 바른미래당, 대안신당, 민주평화당의 각 계파에서 합의해서 나를 비대위원장으로 추대했다. 말하자면 완전히 무너진 제3당을 다시금 살려내야 하는 불가능한 미션이 나에게 떨어진 것이다. 안철수도 떠나고 손학규도 떠나고 의원들도 총선에서 다 떨어졌다. 원외정당으로 전락한 상태에서 당을 어떻게 할 것인가? 차기 총선까지 4년의 세월을 어떻게 버틸 것인가? 무엇보다 당의 정신이 무너졌는데 어떻게 수습할 수 있을 것인가?

아마 내가 좀 더 지혜로웠다면 그 자리를 피했을 것이다. 어차피 내가 다 책임져야 할 일은 아니지 않은가? 적당히 핑계를 대고 도망친들 누가 뭐라 할 것인가? 그러나 그것은 내키지 않았다. 도망치는 것은 내 스타일이 아니었다.

2020년 6월 1일 취임하는 첫날부터 당내 비주류 반대파들이 취임반대 시위를 하기 시작했다. 매일 당사에 쳐들어와서 농성을 했다. 민생당 공천 과정에서 물먹은 사람들, 그간에 지도부에 대해 불만이 있었던 사람들, 그리고 차제에 당권을 차지해서 뭔가 해보려는 사람들이 모두 모여서 계속 정상적 업무가 불가능할 정도로 방해를 하기 시작했다. 심지어 민평당 몫의 비대위원까지 반대파의 편을 들면서 회의를 방해하기도 했다.

나는 채찍과 당근을 병행하면서 당을 수습해갔다. 6월 10일 광주에서 현장 비대위회의를 주재하면서 △총선 참패에 대한 사죄 △바른정당과의 통합은 중대한 실수 △중도라는 표현 폐기 △더불어민주당보다 더 개혁적으로 △2022년 지방선거에서 기초단체장 및 기초의원 100석 이상 당선자 배출하겠다고 발표했다.

당내 반대세력의 가장 큰 관심인 전당대회 관련해서는 임기가 1년이지만 반년만 하겠다고 공식적으로 발표했다. 다른 최고위원들은 반대입장이었지만 나는 비대위체제가 오래가는 것은 좋지 않다고 설득했다.

동시에 혁신 드라이브를 걸기 위해 △전국 7개 시도당 정상화 △미래혁신특별위원회 출범 △조직강화특별위원회 구성 △당기윤리심판원 구성 △정책정당추진위원회 구성 △혁신과미래연구원 출범 △젊은정당추진위원회 구성 △스마트정당추진위원회 구성 등을 설치하고 각 기구 책임자를 선임했다. 이들에게 별도의 사무실을 배정해서 업무에 들어갈 수 있도록 했다.

나는 처음부터 양당 기득권정치를 극복하기 위해서는 제3당의 시대적 과제는 기득권 담합세력 타파라고 생각해 왔고 그런 관점에서 연구를 해왔다. 그래서 6월 17일 비대위회의를 주재했을 때 "3대 혁신 과제를 제시했다. 젊은 정당, 정책 정당, 스마트 정당을 만들겠다. 이것을 하기 위해 그 방향을 제시했고 각 시도당을 정상화시키고 조강특위, 당기윤리심판원을 구성했다."고 발표했다. 특히 미래혁신특위는 비대위원장인 내가 직접 책임을 질 것이라고 공언하고 정책팀을 구성했다.

원외 정치인이 당대표를 한다는 것은 무척 힘들다. 그런데다가 그동안 당의 기강도 무너져 있고 지역 조직은 더 심한 상태였다. 단 하루도 편한 날이 없었다. 당대표를 한다는 것은 부러워할 일이 아니다. 소명의식이 없으면 버티기 어렵다. 본의 아니게 사람들에게 상처를 주지 않으면 안되는 일이 생긴다.

제3정치가 직면한 근본적 한계

■ ■ ■

제3정치가 이렇게 어렵게 된 원인은 대체정당이 아니라 대안정당으로 출발했던 새정치추진위 때부터 근본적으로 살펴봐야 한다. 대체정당론은 말하자면 기존 양당체제를 인정하되 어느 한쪽을 대체하는 것을 말한다. 즉 민주당을 예로 들면 우리가 새정추를 만드는 것은 민주당이 제대로 못하기 때문에 민주당을 대체하는 당으로 만들자는 말이다. 반면 민주당을 그대로 두고 완전히 새로운 당을 만들자는 것은 대안정당론이라고 한다. 그런데 이 대안정당론이 가능하려면 대안이념이 분명하고 주체가 차별성이 있어야 한다.

그러나 새정추를 만들 때부터 이념과 그 주체가 민주당과 겹치는 부분이 많았다. 결국 독자세력화에 실패하고 사실상 민주당에 흡수되면서 민주당을 넘어서지 못하는 결과를 낳았다. 따라서 대안정당으로 출발했다면 그에 걸맞는 이념체계를 분명히 해야 생존이 가능하다. 그러나 한국 정치에서 좌파도 아니고 우파도 아닌 정당은 애초부터 근거가 빈약하다. 계속 말했지만 탈이념실용주의노선은 정당의 이념이 될 수 없다.

민생당 역시 마찬가지 운명에 처해 있다고 생각했다. 민생당은 다당제를 추진했다. 그 말은 즉 대안정당을 추구했다는 이야기이다. 이제 차기 총선까지 4년이 남았다. 현실적으로 당의 자금을 생각해 보면 2년 정도를 버틸 수 있다. 즉 대통령 선거까지가 버틸 수 있는 마지노선이다. 민생당 내 다른 의원들은 1년도 버티기 어렵다고 보고 사실상 포기 상태였다. 결국 당을 살리는 것은 무엇보다 다른 거대 양당과 차별되는 시대적 가치와 이념을 분명히 하는 것이 첫 번째이고 두 번째 그것이 가능한 조직적 기반을 마련하는 것이다.

나는 연일 언론들 만나서 기득권 카르텔을 깨는 민생당으로 거듭나겠다고 말하고 다녔다.

언론들을 만나면 "국민 대다수가 못 살고 있는 원인은 기득권층의 담합 구조가 국민들에게 빨대를 꽂고 있어서다. 강력한 반카르텔 입법이 필요하다."고 말하고 다녔다. "한국 사회는 금융 카르텔, 관료 카르텔, 사법 카르텔 등이 주도하고 있다. 이들은 시장에서도 심판받지 않고 있고 국민들도 심판하지 못 하고 있다. 그런 기득권담합세력을 치겠다는 것"이라고 주장했다.

나아가 "지금 라임이나 옵티머스 등이야말로 전형적인 신적폐를 보여주고 있는 모습이다. 민주당은 개혁을 하고 싶어도 신적폐와 한 몸이 되어 버렸기 때문에 못 한다."며 "구적폐도 마찬가지다. 결국 대안의 정치가 요구될 수밖에 없다."고 제기했다.

중도폐기론에 대해서는 "중도라는 말을 폐기하겠다는 게 뭐냐면 그나마 국민들이 진보나 개혁이라 믿었던 민주당에 한계를 느끼면서 오른쪽을 보는 게 아니라 더 개혁적으로 가자고 한다."며 "그게 촛불 정신이고 그걸 민생당이 하겠다는 것이다. 그걸 하기 위해서는 자체적으로 혁신이 돼야 한다."고 주장했다.

나중에 이런 주장들을 종합하여 '제3정치경제론에 대하여'라는 책자를 내고 민생당의 핵심가치로 정리했다. 제3정치경제론의 핵심

요지는 한마디로 '기득권담합구조 해체를 통한 존재가치를 추구하는 정치경제이론'이다. 여기서 우선 강조할 점은 '기득권담합구조'이다. 계급이나 민족 모순이 아니라 기득권담합세력과 국민일반과의 모순구조에 주목했다는 것이 제3정치경제론이 기존의 담론과 구별되는 가장 큰 특징이다.

제3정치경제론은 기존의 정권교체가 기득권담합세력들의 지속적인 수동혁명의 결과로 근본적 변화는 없고 부분적 변화만 있었을 뿐임을 강조한다. 이른바 민주정부의 등장도 근본적 변화를 가져온 것이 아니라 구기득권을 신기득권이 대체한 것에 불과하다. 즉 민주화 투쟁의 성과는 그 투사들이 누린 것이 아니다. 물론 극히 일부는 운동권 경력으로 정치권 등에 진출해 충분히 누렸지만 전체의 몇 프로나 되겠는가? 오히려 적당히 편승해 온 고위공무원, 금융부문을 포함하는 공공부문 종사자, 상당수 대기업 상층 노동자를 포함하는 강남좌파들이 상위 2~10%의 부유한 계층에 편입되는 결과를 낳았다.

얼마 전 52조 빚더미 한국가스공사에서 임원 연봉 30%를 올렸다고 언론에 보도된 바 있다. 이러저러한 변명을 했지만 적자를 그렇게 내면서도 연봉 1억이 훌쩍 넘고 또 상여금 잔치까지 하는 것은 도덕적 해이가 심각하다는 의미이다.

일선 공무원의 하소연을 들어보면 기가 찬다. 좀 극단적 예이긴 하지만 조금 지위가 높은 과장급 이상만 되어도 출근하면 하루종일 퇴직 이후 자기가 갈 자리를 만들기 위해 궁리를 하는 데 시간을 보낸다고 했다. 정부 예산으로 민간사업 지원을 할 때 나중에 자신이 퇴직하면 그 기관에 임원자리라도 보장받지 않으면 이야기 자체가 안된다는 하소연도 있었다.

중앙선관위 공무원들의 대다수는 노동조합에 가입되어 있다. 소쿠리 선거운동으로 빈축을 샀지만 최근 북한의 해커에게 내부 전산망이 뚫리는 일을 당했음에도 국정원의 안보점검을 거부하고 있다. 국가의 가장 중요한 업무가 선거의 공정성이다. 그래서 헌법에 독립성이 보장되어 있다. 그러나 이것을 악용해서 특정 정파가 중앙선관위를 장악하고 공정성을 해치고 있다는 의혹이 계속 제기되고 있다. 선거관리하라고 공무원 만들어준 것인데 막상 선거철에는 휴가를 내고 사라진다. 그 자리에 자기 가족들을 특혜로 뽑아 올린다. 하나를 보면 열을 안다. 이런 파렴치한 짓을 하는데 부정선거가 없다는 주장을 국민들이 믿을 수 있겠는가?

기득권 카르텔이 무서운 이유는 정상적인 경쟁을 무의미하게 만들어 결국 국가가 무너지게 만들기 때문이다. 성장은 중요하다. 그러나 지금은 그 성장 자체가 지나친 기득권 카르텔 세력에 의해 질식당하고 있다. 분배구조의 정의와 같이 가기 위해서는 기득권 카르텔이 암덩어리라는 사회적 인식이 있어야 한다. 이상하게도 정치권에서는 이 문제를 아무도 제기하지 않았다. 최근 윤대통령이 강하게 제기하는 것은 아마도 검사시절에 직접 수사해 본 경험을 통해 느꼈기 때문이라고 생각된다.

두 번째 근본적인 문제제기는 '존재의 가치'라는 개념이다. 나는 2008년 민주노총연구원장 시

절 『즉각적이고 무조건적인 기본소득을 실시하라』와 『1등만 기억하는 더러운 세상을 뒤집어라』를 출간하면서 기본소득의 철학적 개념을 다듬은 적이 있다. 기본소득의 핵심개념이 바로 노동의 가치를 넘어 존재의 가치를 발견하는 것이었다.

노동의 개념이 비물질노동으로 발전해야 한다는 것은 유럽좌파들이 제기한 바 있다. 쉽게 말해 4차산업의 발전으로 이제 노동과 여가가 점점 구별되기 어려워지고 있다. 페이스북에 자신의 소식이나 글을 올리는 행위는 일종의 여가나 취미활동이기도 하지만 그 결과가 페이스북이 세계 1류 기업으로 성장하게 되었다. 그러나 페이스북의 콘텐츠를 채우는 개인의 노력에 대한 대가는 지급되지 않는다. 이런 관점에서 노동이 가치를 창출하는 것이 아니라 사람 그 자체의 존재가 이제 가치를 창출하는 개념으로 확장하는 것은 불가피하다. 그런 맥락에서 유투브는 일정한 조회 수가 넘으면 그 창조적 노력에 대한 보상을 지불한다.

제3정치경제론에서 특히 기득권담합세력 혁파와 함께 존재가치론을 제기하는 이유는 노동개혁이 매우 핵심적이고 절실한 과제이기 때문이다. 그런데 노동개혁은 압박이나 강제로 되는 것이 아니다. 말을 물가로 끌고 갈 수는 있지만 억지로 먹게 할 수는 없다. 결국은 자체적으로 스스로 개혁해야겠다는 자발적 의지가 필요하다. 근본적 개혁이 필요하고 그런 목적에 맞는 접근법이 필요하다.

내가 가장 주목한 것은 노동운동이 사회변화의 본질을 놓치고 마르크스주의와 주체사상의 담론에 갇혀 있는 것이었다. 노동자가 주인되는 세상이라는 관념은 필연적으로 자본가를 적으로 상정하고 눌러야 할 대상으로 보게 만든다. 같은 목표를 추구하는 연대의 대상이 아니라 적으로 보게 만드는 사상으로 만들 수 있는 것은 결국 지옥 외에는 없다.

따라서 마르크스주의적 노동운동노선의 변화가 필요하다. 그러자면 마르크스주의의 철학적 기초인 노동가치설에 대한 근본적 성찰을 통해 개념의 확장이 필요하다. 그래서 만든 것이 존재가치설이었다. 이 존재가치설에 대해서는 다른 책(1등만 기억하는…)에서 자세히 이야기한 바 있기 때문에 생략하겠다.

사실 노동개혁을 위해서는 또 다른 중요한 문제가 있다. 주로 우파정치세력들이 저지르는 실수인데 노동자를 단순히 노동력을 제공하는 존재로만 여기게 되면 결국 노무관리에 빈틈이 생기게 된다. 그 빈틈을 좌파들은 최대한 이용한다. 지나친 저임금 착취구조, 불안정 고용의 일상화, 노동의 이중시장과 정규직 비정규직의 차별 등은 반드시 극복되어야 할 과제들이다. 이런 잘못된 노동시장 구조에 대해 노동계가 투쟁한다고 해서 그 투쟁이 북한의 사주를 받아서 한다고만 하면 그것은 문제를 해결하는 것이 아니라 더 악화시킬 뿐이다.

왜 공동의 목표를 제시하지 못하는가? 노사가 함께 공동의 목표를 공유하고 서로 상생하는 관계를 만들지 못할 이유가 있는가? 정말 진정성 있게 설득이나 해보았는가? 적어도 내가 30년 동안 민노총의 핵심간부로 있었지만 한국의 자본가 집단과 우파정치세력들의 소심하고 좁은 식견들을 보면 한숨이 절로 나온다. 정부도 마찬가지이고… 그러니 세계 최악의 노사관계로 평가받는 것 아닌가? 아예 대화가 안된다고 서로가 생각하지만 절대 그렇지 않다. 철학의 빈곤과 의지의 문제일 뿐이다.

그러나 기득권 카르텔 해체와 존재가치론으로 대안정당으로 나아가기에는 아직 어려웠다. 기득권 카르텔 역시 한시적 개념이다. 사회 상황에 따라 기득권 세력이 더 효율적 성장의 견인차 역할을 한 경우도 보여주었다. 무엇보다 반기득권 세력의 주체가 아직 형성되어 있지 않았다. 황혼은 지는데 미네르바의 올빼미는 날 생각이 없고 새벽은 오는데 아직 해는 뜨지 않고 있었다.

제3정치를 위한 투쟁의 결과

■ ■ ■

    무력하고 답답한 상황이 계속 되었다. 한국 정치의 양당체제는 견고했고 이 벽을 깨기 위해서는 뭔가 강력한 한 방이 필요했다. 그러던 차에 충격적 사건이 터졌다. 박원순 서울시장이 스스로 생명을 끊었다. 부산의 오거돈 시장이 성추문으로 낙마한데 이어 서울시장마저 공석이 되면서 4.7 보궐선거를 하게 된 것이다.

    민생당 후보로 서울시장 선거에 뛰어들게 된 것은 전적으로 당을 알려야 했기 때문이었다. 이미 굳어진 거대 양당체제에서 소수정당이 자신의 존재감을 알리는 길은 선거에 참여하는 것 외에 없었다. 물론 계란으로 바위치기겠지만 당이 존재하는 한, 후보를 내는 일은 당연한 수순이었다. 문제는 누구를 출마시키는가의 문제였다. 당내에 출마를 희망하는 사람들이 있었다. 처음에는 그 중에 한 명을 밀면 되겠다고 생각했다. 그러나 당내 의견들은 내가 나가야 한다는 것이었다. 지방강연 차 경남도당을 갔을 때였다. 아예 플래카드를 걸어놓았다. 나의 결단을 촉구하는 문구였다. 당력을 집중하는 선거인데 그래도 검증된 후보가 나가야 한다는 것이었다.

    결국 비대위에서는 나를 만장일치로 공천했다. 여러 가지 음모설도 내 귀에 들어왔다. 나를 선거에 내보낸 후 어차피 떨어질 것이기 때문에 그때 자기 계파들이 당을 장악한다는 것이었다. 주로 민평계와 대안신당계의 정파들이 그런 음모를 꾸미고 있다는 것이었다. 물론 그렇다고 선거에 안 나갈 수는 없었다.

선거과정은 힘들었다. 이미 시민들은 민주당 아니면 국민의힘이었고, 이번에는 민주당을 혼내주자는 분위기가 대세였다. 그런 사람들 앞에서 제3정치를 이야기하는 것은 벽에 대고 소리치는 것과 같았다. 결과가 예정되어 있는 전쟁이지만 이번 목표는 제3당의 가치를 알리는 것이라 믿고 최선을 다해 뛰었다. 박채순 경기도당위원장과 충남도당위원장이 같이 유세차를 타고 열심히 지원유세를 해주었다. 서울시당위원장은 나타나지 않았고 산하 조직도 거의 움직이지 않았다. 아니 가동할 조직이 아예 없었다. 선거유세를 해보면 그 지역의 조직실태를 금방 알 수 있게 된다. 민생당의 지역조직은 이미 무너진 상태였고 선거운동은 맨땅에 헤딩하는 격이었다.

이런 선거가 얼마나 힘든 것인지 안 해본 사람은 모른다. 그나마 남은 것은 언론을 통한 홍보인데 제3당에게는 그런 기회도 거의 주어지지 않았다. 그러나 다행히도 3자토론 기회가 주어졌다. 민생당의 전신인 바른미래당이 지난 2018년 서울시장 선거에서 19.55% 득표율을 기록했기 때문이다. 공직선거법에 따르면 최근 4년 이내 해당 선거구에서 실시한 선거에서 10% 이상 득표한 후보나 정당은 선거위 토론회 초청 대상이었다.

나에겐 마지막 기회였다. 아무리 지역을 돌아다니며 연설을 한들 TV토론에 나오는 것만큼 큰 홍보 기회와는 비교할 수가 없다. 선거 참모들과 함께 TV 토론 준비에 정성을 기울였다. 거대 양당의 틈바구니 사이에서 당의 사활을 걸어야 하는 부담감이 나를 짓누르고 있었다.

토론 당일 날 나는 양복 대신 초록색 선거운동복을 입기로 했다. 조금이라도 당을 알리기 위해서였다. 드디어 2021년 3월 30일 저녁 KBS여의도 본사에서 토론회가 시작되었다. 시작을 알리는 초시계가 반짝거리면서 계기판에 0이라고 표시되자 조명이 환하게 들어왔다.

모두 발언은 오세훈 후보와 박영선 후보 그리고 내가 마지막 순서였다. 그런데 처음부터 꼬이기 시작했다. 오세훈 후보는 자기가 야권단일후보라고 주장했다. 박영선 후보는 내곡동이야기를 하면서 오세훈 후보를 공격했다. 후보들의 모두 발언을 하는 것을 들으면서 나는 불쾌한 느낌이 들었다. 원래 모두 발언은 미리 준비한 말을 하는 것이 일반적이다. 그런데 양 후보들의 발언이 그냥 넘어가기 어려웠다. 오세훈 후보에게는 '당신이 야권단일후보가 아니다. 무려 10명이 더 있다', 박영선 후보에게는 '윗물은 맑은데 아랫물이 흐리다는 이해찬의 말에 동의하냐'고 물었다. 그러다 보니 막상 하고자 했던 모두 발언을 못하고 시간이 초과했고 사회자가 나를 제지했다. 나는 내가 준비한 말을 하지 못해 처음부터 약간 삐끗했다고 느꼈다.

토론을 진행하다가 박영선 후보가 나를 오수봉 후보라고 이름을 불러서 당황시켰다. 중간에 주도권 토론에서는 더 정신이 없었다. 내가 박영선 후보에게 질문했는데 박영선 후보는 내 질문에 답하는 게 아니라 그 시간을 활용해서 오세훈 후보의 내곡동 문제를 물고 늘어졌다. 순간적으로 어? 이게 뭐지 하는 생각이 들었다. 사실 그때 내가 박영선 후보의 말을 끊고 다른 질문으로 몰아갔어야 했다. 그러나 나는 그런 주도권 토론은 한번도 해본 적이 없었고 또 그런 식으로 엉뚱한 방식으로 박영선 후보가 토론을 끌고가는 것은 예상치 못했다. 나는 당황해서 큐시트를 뒤져보았지만 이런 상황에 따른 시나리오는 찾을 수가 없었다. 당황하는 모습이 아마 카메라에다 노출되었을 것이다. 나는 그냥 자료를 포기하고 그냥 흐름에 맡기기로 결심했다.

정신없는 사이 토론은 끝났다. 나는 허망했다. 마지막 기대를 TV토론에 걸었었는데 망친 것 같은 기분이 들었다. 참모들도 실망한 듯 했다. 그들은 나를 위로했지만 나는 무너져 내리는 절망감으로 빨리 도망가고 싶은 생각 뿐이었다.

집에 도착해서 자려고 하는데 문자가 와 있었다. 잘했다는 격려 문자였다. 나를 위로하기 위해서 의례적으로 보낸 것이라 생각했다. 오히려 더 괴로워서 눈물이 흘렀다. 나 스스로 한심했다. 지옥에 떨어진 비탄한 심정으로 잠들었다. 그러나 아침에 깨어났을 때 세상은 완전히 다르게 변해 있었다.

'존재감 없던 민생당 하루밤 새 '수봉이형'으로 복귀' -서울경제
박영선, 오세훈, 이재명, 안철수도… 이수봉의 모두까기 -한국일보
'박오에 가려졌던 민생당 이수봉, 3자 토론서 의외의 존재감' -뉴스1
박영선, 오세훈 다 때린 미친 존재감, 민생당 이수봉이 누구야?
-조선일보

다른 언론들도 긍정적 반응이었고 방송들도 칭찬 일색이었다. 나는 정말 이해가 되지 않았다. 언론이나 나의 지지자들이 그냥 나를 좀 띄워주나 보다 했는데 일반인들의 댓글도 호의적이었다. 캠프식구들도 고무되었다. 나로서는 좀 어이없는 일이었지만 3등 경쟁에서 허경영이냐 이수봉이냐가 언론에 화제였다.

수렁에 빠지는 제3정치

■ ■ ■ ■

한국에서 선거는 지금까지 정책을 보고한 적이 없다. 두 가지 동인이 있다. 하나는 미운 정당을 떨어뜨리는 선거를 한다. 다른 하나는 될 만한 정당을 찍는다. 이른바 사표 심리가 작용한다. 제3당이 존립하기 어려운 이유이다.

2021년의 4.7보궐선거는 제3당이 개입할 여지가 없었다. 민주당에 대한 심판의 분위기가 압도했다. 동네 미운 깡패를 혼내주고 싶은데 제3당은 그럴 만한 힘은 없어 보이고 더 센 조폭이 차라리 나을 것 같다는 심리였을까? 제3당 후보 대부분이 1% 미만이었고 나는 0.23%, 11,196명이 지지해 주었다. 민주노총이 조직적으로 지원한 진보당 송명숙 후보는 0.25%였다. 허경영 후보도 1.1%였으니 제3정치세력들은 거의 전멸한 셈이다. 이것으로 제3정치의 교두보를 확보하려는 시도는 다시 실패로 끝나게 된다.

그러나 나에게는 이게 끝이 아니었다. 선거가 끝나기만 기다렸다는 듯이 당내 정파들이 당사를 점거하고 물리력으로 당권을 잡기 위해 당대표실에서 점거 농성을 시작했다. 선거 때는 한번도 나타나지 않은 사람들이 이제 나타나서 선거 참패의 책임을 묻겠다고 막무가내로 덤벼들었다. 이들이 물리적으로 농성하고 있을 때 경찰을 부르면 경찰은 당내 일이니 자신들은 개입하지 않겠다고 하면서 철수했다. 정상적인 당무집행이 불가능해져갔다. 나는 내 임기가 6월말까지이니 일단 하루라도 빨리 전당대회를 해서 지도부를 구성하도록 해주어야 했다. 비대위 회의를 소집하면 회의장 안으로 들어와서 의사진행을 방해했다.

2021년 4월 14일 45차 비대위회의를 소집하고 3명의 직무대행을 추천했다. 당헌상 비대위원장은 중앙위원회에서 임명하게 되어 있다. 당시 중앙위가 구성되지 않았기 때문에 당무위원회를 개최하여 인준절차를 거쳐야 했다.

나는 비대위회의에서 3명의 직무대행을 추천하고 세 가지를 당부했다. 첫째, 신속히 당무위를 개최하여 직무대행자격을 인준받을 것, 둘째, 전당대회를 신속히 개최해서 지도부 구성에 만전을 기해줄 것, 셋째, 전당대회까지는 기존 정무직들을 그대로 해서 당무에 혼란이 없도록 할 것을 당부했다. 내가 직무대행을 임명할 권한은 없기 때문에 당무위에서 인준을 받기까지 법적 대표는 당연히 내가 할 수밖에 없었다. 당무위를 소집하기 위해서는 법적 소집권자가 있어야 하기 때문이었다.

나는 일주일 안에 당무위를 소집하고 그 자리에서 공식 사퇴절차를 밟을 생각이었다.

그러나 직무대행 두 명이 반란을 일으켰다. 4월 14일 나는 이미 사퇴했고 자신들이 직무대행으로 임명되었다고 주장하면서 바로 당무위 인준도 받지 않고 중앙선관위에 법적 대표로 등록을 시도한 것이었다. 사무총장은 이에 거부했지만 이들은 사무총장을 해임하겠다고 위협하면서 계속 직인을 가져올 것을 요구했다.

사실 그전부터 이들의 그런 의도들이 감지는 되었다. 이들은 말하자면 당의 정치적 회생에는 관심이 없고 오로지 당직을 차지해서 당비로 생계를 도모하는 것이 목적이었다. 여의도에는 그런 류의 정치낭인들이 많이 있다. 나에게 그런 제보를 해준 사람들도 있었다. 그래서 그런 우려가 있었기 때문에 내가 4월 14일 직무대행을 추천하면서 내가 사퇴한다는 말을 하지 않았던 것이다.

사법부에 의한 제3정치의 종언

■ ■ ■

2021년 6월 15일 여수에서 주승용 전 의원과 점심을 하고 있었다. 식사 중 박동명 총장에게 전화가 왔다. 목소리가 어두웠다. 직무정지 가처분이 인용되었다는 소식이었다. 억지로 식사를 마치고 서울로 돌아오는 열차에서 앞으로 닥칠 사태들에 대해 곰곰이 생각했다. 사실 이들이 낸 직무정지 가처분신청은 너무나 부당하기 때문에 그것을 법원이 받아들이리라고는 생각할 수가 없었다. 4월 14일 45차 비상대책위원회에서 내가 사퇴발표를 했고 그래서 그것은 즉각적 효력을 가진다는 주장을 법원판사가 받아들인 것이다.

그러나 그것은 사실을 왜곡한 명백한 거짓말이었다. 내가 그날 회의에서 한 말은 사퇴를 선언한 것이 아니라 직무대행을 추천하는 자리였다. 민생당 당헌상 비대위 체제에서 비대위위원장이 마음대로 사퇴해 버릴 수가 없는 상황이었다. 비대위원장의 사퇴 후 그 법적 지위를 승계할 조항이 없기 때문에 반드시 중앙위에서 다시 선출해야 했다. 당시 중앙위는 구성되어 있지 않았다. 중앙위를 대신할 당무위만 구성되어 있었다.

비상대책위원장이 후임을 결정할 수 있는 권한도 없었다. 따라서 나는 3당합당의 정신을 존중해서 3명의 직무대행을 추천했고 이 직무대행들이 당무위 인준을 받아야 합법적 당대표 등록이 가능한 것이었다. 나는 이 절차를 설명하고 비대위 회의에서 3명의 직무대행을 추천하는 결정을 한 것뿐이었다. 이 3명이 당무위에서 합법적으로 인준받기 전에는 내가 법률적 대표를 유지하는 것은 당연한 것이었고 이것도 사전에 3명의 직무대행에게 다 설명한 사실이었다. 그리고 이런 기본적 사실관계를 법원이 무시할 줄은 꿈에도 몰랐다. 그러나 그런 일이 벌어졌다.

나중에 알게 된 것이지만 이미 직무대행 두 명은 이 권력교체기를 이용해 나를 제거하려고 마음먹고 있었다. 자신들이 비대위원장으로 해서 당권을 쥐고 당 자산을 이용해서 계파 권력을 챙기는 음모를 꾸미고 있었던 것이다. 당시 이들 직무대행과 가까웠던 사람은 이미 서울시장선거 결과를 이용해 책임을 물어 제거한 후 당을 장악한다는 시나리오가 가동되고 있다는 정보를 나에게 전해 주었다. 나에게 그런 정보를 제공해 준 사람도 나중에는 그쪽으로 붙어 버렸다. 이것이 정치의 세계이다.

나도 그런 정보를 몇 사람에게서 듣고 있었기 때문에 몹시 조심했었다. 그래서 45차 비대위회의의 말미에 마무리 발언을 하면서 '사퇴'라는 단어 자체를 사용하지 않았던 것이다. 나중에 동영상에서도 드러났듯이 나는 '사퇴의 조건'을 말했지 '사퇴한다'는 말을 한 적이 없다. 이들이 전당대회를 하지 않고 직무대행 자리를 차고앉아서 계속 비대위원체제를 유지할 가능성을 차단하기 위해 반드시 당무위 인준이라는 조건을 걸었고 인준을 받으면 정식으로 나의 사퇴가 처리되는 것이었다.

내가 당무위 인준이라는 조건을 건 또 다른 이유가 있다. 그것은 전당대회를 위한 전당대회준비위원회를 정식으로 꾸리기 위한 것이었다. 전준위는 당무위에서 의결해야 한다. 전준위까지 꾸려지면 직무대행들이 아무리 자신들의 임기를 연장하고 싶어도 모든 권력이 전준위로 넘어가기 때문에 되돌릴 수가 없다고 판단했다. 사실 내가 계속 조기 전당대회를 주장했지만 할 수 없었던 이유는 이들 비대위원들이 반대했기 때문이었다. 그래서 당내 민주적 절차로 당무위에서 인준받아야 하는 직무대행의 지위와 함께 전당대회준비위까지 같이 인준하도록 장치를 마련했던 것이다. 그러나 이들은 바로 그런 이유 때문에 당무위를 열지 않고 바로 자기들이 셀프로 직무대행을 인준받는 정치적 쿠데타를 진행했다.

45차 비대위 회의가 끝난 다음날부터 바로 문제가 발생했다. 당무위를 해서 인준을 받으라고 하는 나의 제안을 무시하고 이들은 자신들의 판공비부터 대폭 인상을 시도했다. 그리고 그동안 부당하게 체결한 기획사에 3천4백만 원이 넘는 대금을 지급하라고 총장에게 압박했다. 그 계약은 나도 모르게 실무자가 대표인장을 도용해서 체결한 것이었다. 그 과정을 알고 있는 이명진 총장은 이런 사태가 발생하기 얼마 전 지병으로 세상을 떠났다. 그래서 내가 인장을 특별관리하고 있던 상태였다.

45차 비대위 이후 2주 동안 두 명의 직무대행들은 자신들이 당무위를 거치지 않고 직접 선관위에 비대위원장으로서 등록을 시도했다. 심지어 이들은 인장을 위조했고 45차 비대위 회의 결과까지 조작했다. 회의 결과도 위조했다. 직무대행을 내가 추천한 것으로 정리되어 있는데 이들은 직무대행이 선임된 것으로 조작했다. 어떻게 내가 직무대행을 선임할 권한이 있는가? 이들에게는 당헌당규가 아무런 소용이 없고 오로지 당권 장악에 눈이 뒤집힌 모습이었다.

나는 이들에게 연락을 했으나 아무도 받지 않았다. 결국 이들은 자기들에 찬성하는 비대위원들을 소집해서 스스로 셀프인준을 하고 이에 반대하는 시도당위원장들과 나를 당원권 정지하는 정치적 쿠데타를 진행했다. 이에 대해 분노한 시도당위원장들이 이런 당내 정치적 패륜행위에 대한 입장을 발표했다.

비대위원·시도당위원장 연석회의 결의문

우리는 이수봉 비상대책위원장이 당무복귀를 하며 3인 공동 직무대행 지정을 철회한 것이 당헌·당규에 따른 정당한 행위임을 확인하고, 특정 비대위원을 중심으로 당헌·당규를 위반하며 3인 직무대행을 당 대표자로 등재하려는 시도는 물론 당 대표 인장을 새로 만들려는 시도를 강력히 규탄하며 다음을 요구한다.

1. 우리는 현재 당의 최우선적인 과제가 새로운 지도부를 구성하여 비상대책위원 체제를 당헌에 규정된 대로 올해 6월 안에 종료하는 것임을 천명한다.

2. 우리는 비상대책위원회 체제를 전당대회준비위원회 체제로 전환하고, 당무위원회의 신속한 개최를 통해 전준위를 조기 출범시키는 데 비대위가 전폭적으로 협조할 것을 요구한다.

3. 우리는 전준위 체제로 소극적인 태도를 보임은 물론, 당 인장 변경 시도, 당 인장 도용 의혹 등의 중심에 있는 특정 비대위원이 자진 사퇴할 것을 요구한다.

4. 우리는 사무직 당직자들이 작금의 사태에 대해 방관자적인 태
도를 보이지 말고, 당헌·당규에 따라 공정하게 당 사무에 전념해줄
것을 요청한다.

2021년 5월 3일
비대위원·시도당위원장 연석회의 참석자 일동

결국 이런 사태를 그대로 방치할 경우 당은 더욱 사분오열될 수
밖에 없는 상태에서 사태 수습을 위한 비상대책위회의를 소집했다.
그러나 내가 추천했던 공동직무대행 3명 중 2명은 참여하지 않고
별도의 논의단위를 구성해서 분열해 나갔다. 이들은 소위 민주평화
당계와 대안신당계였다. 자신들 두 분파가 힘을 합치면 힘으로 나
를 제압할 수 있다고 생각했던 것이다.

이들은 직무대행의 당무위 인준을 거부하고 전당대회를 사실상
연기하여 자신들의 권력을 그대로 유지하면서 당 자산을 노리는 의
도를 그대로 드러냈다. 이 문제는 당무위에서 최종적으로 정리할
수밖에 없었다. 2차 당무위가 개최되었고 이들의 해당행위에 대한
엄중한 주문이 있었다. 그리고 이들이 유보시켰던 전당대회 준비위
가 공식 출범하였다. 전당대회 준비위가 가동되기 시작하면서 본
격적으로 전당대회 방식에 대한 논의가 시작되었다. 당내 쿠데타에
대한 진압이 본격적으로 진행된 것이다.

중앙선관위원회의 월권

■ ■ ■ ■

　전당대회 방식으로는 다양한 방안이 토의되었다. 전당원투표가 바람직하나 현재 당원명부가 반대파들의 손에 들어가 있었고 이들이 인수인계를 거부하고 있었다. 업체에 상황을 확인해 보니 불법 로그인한 기록이 170여 회나 발견되었다. 심지어 동시간대에 여의도와 인천 혹은 대전 등지에서 접속한 기록이 발견되었다. 이것은 누군가 당원명부를 유출시킨 것을 의미한다. 이렇게 되면 정상적인 선거는 불가능해지는 것이었다.

　원래 전당원투표를 하기 위해서는 당원 전수조사가 반드시 필요하다. 일반당원과 책임당원을 분류하고 또 우리 당의 경우 합당과정을 거쳤기 때문에 여러 가지 허수가 많다. 또 시도당을 폐쇄한 곳도 있기 때문에 이들에 대한 확인도 반드시 필요하다. 그러나 우리는 6월말 전당대회를 통해 비대위를 종료시켜야 할 의무도 있었다.

　결국 당선관위에서는 지금 가능한 방법은 중앙위원회에서 선출하는 것 외에 합법적으로 진행할 방법이 없다는 결론을 내렸다. 그 이유는 첫째, 당원명부가 반대파들이 갖고 있고, 둘째, 이들이 유출시켜서 부정선거의 가능성이 있고, 셋째, 전수조사 자체가 불가능하다는 것이다.

이런 판단 속에 결국 6.18 중앙위원회를 통해 임시 지도부를 선출하고 바로 2단계로 제3지대 통합신당을 추진한다는 방침을 세우게 된다. 이 방침은 지금 생각해도 불가피한 것이었다고 판단된다. 6월 18일 중앙위를 통해 정상적 지도부를 선출하고 내가 당대표로 선출되고, 박정희, 양건모가 최고위원으로 선출되었다. 나는 그 자리에서 황한웅을 지명직 최고로 발표하였다. 이렇게 하여 6.18 당 지도부가 출범하게 되었다. 말하자면 민생당 내부의 분란이 내부적으로 정리된 셈이었다. 그러나 바로 그날 밤 황당한 사건이 발생한다.

6.18 선거를 마치고 임시당사에 와서 뒤풀이를 하는 시간 과천의 중앙선관위에 이상한 공고가 올라갔다. 당연히 이수봉 당대표가 등록이 되어야 하는데 엉뚱하게 김정기 이관승 직무대행이 등록된 것으로 게시판에 올라온다는 것이다. 다들 도대체 이게 무슨 일인가 하고 어리둥절했지만 이미 저녁 퇴근시간 이후라 확인하기가 어려웠다. 결국 혼란스런 상황을 마무리하고 월요일 선관위에 직접 가서 확인하기로 했다.

과천 선관위의 입장은 나에 대한 직무정지 가처분이 법원에 의해 받아들여졌기 때문에 대표가 바뀌었다는 것이었다. 나는 직무에 대한 가처분일 뿐 직위에 대한 가처분은 아니지 않는가? 그리고 5월 7일 당무위원회에서 김정기 등은 제명되었기 때문에 이들이 나에 대한 징계는 어떤 효력도 없는 행위에 불과하다고 주장했다. 그러나 선관위에서는 법원 가처분의 판결요지에 5월 7일 당무위가 내가 사퇴한 상태에서 소집권자가 아니기 때문에 무효라는 판단을 하고 있다는 것이었다. 나는 사퇴가 즉시 처리될 수 있는 상황이 아니라 당무위 인준이 되어야 나의 사퇴가 법적으로 가능하다는 당헌당규를 아무리 들이대도 받아들여지지 않았다. 3일 동안 선관위로 가서 항의했지만 이들은 우리 요구를 거부했다. 정당과의 담당국장은 이미 어떤 지침을 받았다는 느낌이 있었다. 담당과장은 법원에서 유효한 해석을 가져오면 다시 대표등록을 해주겠다고 했다. 자신들도 무리한 것은 인정하고 있었다. 뭔가 분명히 있었다. 이 국장은 나중에 소쿠리 투표사건으로 무능함이 드러나 인사이동을 당하게 된다.

나중에 알려진 바에 의하면 중앙선관위의 민주당 측 위원이 반대파 임원들과 고향 동향이자 고위지도자 과정에서 만난 특수 관계에 있었고 그 커넥션 속에서 이런 사단이 벌어졌다는 소문이 들려왔다. 언젠가 밝혀진다고 해도 그러나 이미 내가 입은 피해는 복원할 수 없고 민생당은 사망한 후일 것이다.

민생당 당원들이 자발적으로 중앙위원회를 통해 나를 대표로 선출하고 당내 혼란을 완벽히 해결했다. 그러나 반대파들이 이 사건을 법원으로 가져가서 법원이 가처분을 인용하고 중앙선관위가 본안이 확정되지도 않은 상태에서 나의 당대표 자격을 박탈하고 반대편을 등록시키는 순간 당은 파국으로 치닫게 되었다.

한국 정당사에 이런 일은 처음 있는 일이었다. 나중에 국민의힘도 이준석 대표의 가처분신청 건으로 비슷한 일을 겪게 된다. 결국 제3정치의 마지막 몸부림은 김명수 사법부의 지나친 당내 개입으로 숨통이 끊어지는 결과를 낳았다.

민생당의 파국

그러나 사태는 끝나지 않았다. 나를 직무정지시켜 놓은 상태에서 김정기, 이관승이 주도한 8.28 전당대회는 파국으로 끝났다. 전 당원투표를 하면서 전수조사도 하지 않았고 시도당 개편대회도 없었다. 심지어 당대표로 출마해 당선된 사람이 비당원임이 밝혀져 차점자가 강력히 항의해서 당선 무효가 선언되었고 결국 재선거를 할 수밖에 없다고 선관위원장이 발표했다.

[당원 여러분께 드리는 글]

존경하는 당원 여러분!

중앙당선관위는 정당법과 당헌, 당규에 따라 선거원천무효, 재선거실시라는 결론을 유감스럽게도 내리지 않을 수 없었습니다. 이런 결정을 하지 않을 수 없었던 상황을 양해해 주시기 바랍니다. 송구한 마음 금치 못하고 있습니다.

참으로 오래 지속되었던 당내분을 끝내고 이제는 새로운 도약을 꿈꿔도 되는가 싶었습니다. 천신만고 끝에 8.28 전당대회를 통해 전당원의 뜻을 모은, 정당성과 정통성을 갖춘 새로운 지도부가 탄생했기 때문이었습니다.

그런데 선거 결과에 대해 "서진희 당선자 당선 무효의 건"이라는 이승한 후보자의 이의신청과 관련된 상황이 발생하여 서진희 당선자 당선 무효, 선거원천무효, 재선거실시라는 그런 결정을 내릴 수밖에 없었습니다. 선관위는 어떤 사안을 정무적으로 판단하는 기구가 아니기 때문입니다.

어떤 결론을 내려도 그 후유증이 클 수밖에 없는 사안이기에 정당법과 당헌, 당규에 따른다는 원칙을 지키며 참담한 심정으로 심의하여 내린 결정이니 거듭 양해해 달라는 부탁 말씀을 드립니다.

일모도원(日暮途遠)이라 했습니까. 갈 길은 아직도 멀기만 한데 해는 뉘엿뉘엿 지려고 하니 그 마음이 어떠하겠습니까. 게다가 지금도 이해득실에 따라 당원들 중 일부는 내분을 일삼고 이에 실망한 일부는 뿔뿔이 흩어지고 있는 실정입니다. 빠른 시일 안에 수습 방안을 마련하여 이 위기를 극복해야 하겠습니다.

그러나 아무리 급하다고 바늘허리에 실을 매어 쓸 수는 없습니다. 일모도원이라 하지만 욕속부달(欲速不達)이라고도 했으니 천 리 길도 한 걸음부터 가야 하지 않겠습니까. 돌다리도 두드려보고 가는 그런 심정으로 문제점을 하나하나 차근치근 해결허면서 후일을 기약할 때입니다.

새옹지마라고도 하고 고진감래라고도 하며 비온 뒤에 땅이 더 굳어진다고도 하니 이 위기를 전화위복의 기회로 만듭시다. 이제부터라도 새로운 민생당을 만들어냅시다. 거듭된 시련과 역경 속에서도 우리 모두 화합과 상생으로 뭉치면 집단지성이 저절로 발현되리라 믿습니다.

당원 동지 여러분!

지금이야말로 집단지성을 통해 이 어려운 시기를 극복해나갈 때입니다. 당원 동지 여러분의 뜻을 받들어 전 비대위원과 후보자 등 책임 있는 사람들이 함께 하는 그런 연석회의를 통해 수습방안을 마련해 주실 것을 제안합니다..

8.28 전당대회에 참여한 후보자 여러분께서도 힘들겠지만 기다림의 미학, 그 인고와 봉사와 헌신의 시간을 통해 당원과 국민의 뜻을 헤아리는 시간을 가지시고 일취월장하시길 빕니댜. 함께 해주시라 믿습니다. 변화와 혁신 없이는 미래가 없습니다.

존경하는 당원 동지 여러분!
변화와 혁신으로 새로운 민생당 함께 만들어갑시다.
고맙습니다. 건승하시길 빕니다.
민생당 중앙당선거관리위원장 이기현 올림

그러나 이 담화를 발표한 이후에도 여전히 문제는 해결되지 않고 있었다. 서진희 당선자는 자신의 당선이 유효하다고 주장하고 이승한 차점당선자는 자신이 당대표를 승계받아야 한다고 주장하고 있었다. 재선거를 해야 한다는 민생당 선관위원회의 결정은 당 차원에서 집행력으로 담보되지 못하고 있었다. 이런 사태에 총괄적 책임을 져야 할 김정기, 이관승 직무대행들은 전당대회가 폐회되는 즉시 임기가 종료된다고 당헌을 개정했기 때문에 나설 수 없는 상황에 처했다.

전당대회가 엉터리 운영으로 무산되었다면 누가 책임져야 할까? 당연히 당무위라는 당헌상 절차도 어기고 회의록도 조작하고 중앙선관위의 비호 하에 직무대행에 셀프선임된 공동직무대행이 책임져야 하지 않을까?

그러나 그들은 모른 척하고 나타나지도 않고 당은 완전한 지도부 공백상태에 들어갔다. 이런 사태를 정리할 법적 책임을 지는 단위가 없어졌다. 사법부의 엉터리 판결 하나가 제3정치의 마지막 싹조차도 밟아버리고 있었다. 이런 짓을 해놓고도 아무도 책임지는 사람은 없었다. 어쨌던 수습은 해야 했다.

처절한 단식농성…

■ ■ ■

9월 13일 나는 중앙당사로 가서 단식을 시작했다. 이때 발표한 성명서 전문은 다음과 같다.

성명서

통합전대를 통해 더 이상의 분열을 막아내자

지금 민생당은 분열로 신음하고 있습니다. 지난 6월 18일 중앙위에서 선출된 대표체제가 있고 이번 8.28 전대에서 선출된 대표체제가 있습니다. 유감스럽게도 둘 다 법적 등록이 안되어 있는 상태입니다. 전자는 비대위원장의 직무정지 가처분인용에 따른 유권해석으로 등록이 제약되어 있고 후자는 선출된 당대표 후보가 비당원임이 밝혀져 선관위에서 공식적으로 등록이 안된다는 답신을 받은 상태입니다. 이에 김정기 이관승 비대위체제하의 선관위에서는 당선무효와 재선거실시라는 결정을 했습니다.

민생당의 이런 파행의 출발은 김정기 이관승 직무대행이 당무위 인준을 거부하고 정부 선관위에 직접 당대표 등록을 시도한데서 발생한 것입니다. 당무위 인준을 거부하고 셀프인준을 시도한 것은 6월말 비대위임기를 전당대회를 통해 종료하기로 한 당헌을 어기는 행위였습니다.

저는 비대위원장직을 사퇴하기 위한 기본적인 요건을 밝히는 발언을 지난 4월 14일 45차 비대위 회의 말미에 한 바가 있습니다. 제 발언은 동영상에도 나와 있지만 사퇴 발언이 아니라 사퇴를 하기 위한 조건을 밝힌 것이었습니다. 그 조건이란 직무대행들이 당무위를 빨리 개최해서 인준받고 전당대회를 추진하라는 것이었습니다. 저는 '사퇴의 조건'을 제시한 것인데 당권을 노린 일부 비대위원들은 '사퇴'라고 규정하고 다음날부터 약속을 어기고 당권찬탈에 몰두했습니다. 그런 행위를 정당화하기 위해 정치적 반대파들을 모두 제거하고 졸속적인 전당대회를 추진했습니다. 민생당의 실정상 전당원투표는 전수조사 없이 불가능했습니다. 그러나 전수조사는 일부 당직자들이 인수를 거부하고 오염시킨 상태였습니다. 그래서 우리는 당헌상 유일한 합법적 방법으로 중앙위원회를 통해 당대표를 세울 수밖에 없었습니다.

그러나 김정기, 이관승 비대위원은 그런 것도 개의치 않고 불법적 전당대회를 진행했습니다. 그 결과 지금과 같은 어처구니없는 정당사 초유의 사태가 발생했습니다. 전당대회를 이렇게 엉터리로 준비하면서 소비한 당재산과 당원과 국민들을 우롱한 이 결과에 대해 참으로 한탄하지 않을 수 없습니다.

그러나 한편으로 언제까지 상호 비판만 하고 있을 수는 없는 상황입니다. 과거의 잘못은 잘못이고 당은 또 앞으로 나아가야합니다. 안타까운 당내 분열이 계속되고 있습니다. 양측은 각각 전당대회를 열어 지도부를 구성했고 이 지도부의 정당성은 법원의 판단을 기다려야 하는 상황입니다. 이 재판은 언제 끝날지도 모르고 또 그 결과가 나오더라도 대선 및 지방선거를 준비할 기회를 다 놓치면 당으로서의 생명은 이미 끝났다고 볼 수 있을 것입니다. 이런 사태가 계속된다면 민생당은 더 이상 제3지대 정치세력으로서 존재할 수도 없고 국민들에게 지지를 호소할 수도 없을 것입니다.

저는 이런 사태의 시시비비는 차치하고 한 당사자로서 깊은 책임감을 느낍니다. 당원들과 국민에게 사죄하는 심정으로 다음과 같은 수습방안을 제시하고자 합니다.

첫째 당내 분열을 치유하기 위해 전면적인 통합전당대회를 다시 치를 것을 제안드립니다. 어차피 현재 8.28 전대는 오염된 당원DB와 비당원포함 및 후보의 당적문제로 이미 선관위 등록이 거부되었습니다. 법적으로 정상적 등록이 될 수 없는 상태입니다. 게다가 6.18중앙위 선출대표체제와 법적 소송 중에 있습니다. 이런 상태가 장기화되면 민생당은 더 이상 정치적으로 존재할 수 없는 당이 됩니다. 서로가 기득권을 포기하고 최후의 방안으로 양측 모두 합의가 능한 방식의 전대를 다시 치를 것을 제안드립니다.

둘째 현재 비대위는 종료되었기 때문에 이런 비상상황을 수습할 책임있는 단위를 구성하는 것이 필요합니다. 지금으로서는 양측 대표단이 비상대표단을 구성할 수밖에 없습니다. 이 대표단에서 통합전대방식을 합의하고 진행할 수밖에 없습니다.

셋째 통합전대를 위해서는 그동안 상호비방을 중단하고 상호 징계철회 등 모든 화합을 위한 조치들이 진행되어야 할 것입니다.

존경하는 당원동지들께 죄송하고 비통한 심정으로 말씀드립니다. 이번이 민생당의 회생을 위한 마지막 기회라는 심정으로 말씀드립니다. 더 이상의 분열과 상호 상처를 막고 대 통합을 위한 노력을 하겠습니다. 저부터 반성하고 용서를 구하는 심정으로 중앙당사에서 석고대죄하겠습니다. 저는 새로 구성되는 통합대표단에 어떤 직책도 맡지 않겠습니다. 오직 서로의 상처를 치유하고 민생당이 다시 화합되는 길이 있다면 그것으로 저의 소임은 다한 것으로 생각합니다. 감사합니다.

2021 09 13 민생당 이수봉

나는 단식에 들어가면서 모든 것을 내려놓았다. 사실 이들이 불법적으로 전당대회를 했지만 내부적으로 정상 진행했다면 나는 특별히 신경쓸 여지가 없었을 것이다. 그러나 현실은 내가 예견했던 대로 전당대회 자체가 파탄이 나고 스스로 무효라고 선언하지 않을 수 없는 상황이 되었다. 결국 내가 말했던 것이 다 올바른 것으로 확인되었던 것이다. 결국 전당대회 무산으로 지도부가 공백이 된 상황에서 비대위원장이었던 내가 최종적 책임을 지는 것은 불가피했다.

내가 통합의 걸림돌이 되지 않기를 바라는 마음에서 통합대표단에 어떤 직책도 맡지 않겠다고 선언했다. 즉 통합전당대회에 출마하지 않는다는 선언을 한 것이다. 사실 민생당의 내분을 해결하는 길은 각자 자기 주장을 서로 양보해야 가능하지 않겠는가? 억울하지만 당의 회생을 위해서는 그 길밖에 없다는 판단을 했다. 그리고 어쨌든 비상대책위원장으로서 당의 분열에 총체적 책임을 져야 하지 않은가 하는 생각도 했다. 중앙당사에서 단식하는 동안 많은 사람들이 찾아왔다. 오경태 예결산위원장은 당의 재정상태를 염려하면서 혹시라도 비리가 생길까 봐 걱정하고 있었다. 그런데 회계감사를 하려고 해도 실무자들이 거부하고 있다는 것이었다.

나는 이런 상황에서 책임을 묻기보다는 잘못을 인정하되 당의 회복을 우선시하자고 주장한 것이다. 단식에 들어간 것은 이런 비상한 행동 없이는 어디도 움직이지 않을 것이라고 생각해서이다. 더구나 통합만 하면 나 스스로 모든 직책을 내려놓겠다고 공식 선언까지 했다.

그럼에도 불구하고 정작 책임지고 같이 문제를 모색해야 할 사람들은 나타나지 않았다. 서진희, 진예찬 후보는 내가 단식하는 곳에 찾아와서 자리를 비워달라는 말을 하고 갔다. 이승한 최고위 당선자는 자신이 차점자이기 때문에 서진희 당선자가 당선 무효가 된 상황에서 자신이 승계해야 한다고 계속 주장하고 있었다. 그러나 그 주장은 당헌상 당대표 궐위조항을 적용한 것이지만 이 경우 당대표 궐위가 아니라 아예 선거 자체가 무효가 되어 당대표가 된 적이 없는 상황에서 차점승계를 주장하는 것은 법적으로 불가능했다. 더구나 비당원이 당원으로 둔갑해서 투표한 것은 원천적 부정선거라는 판결까지 나와 버렸다.

이들은 나의 단식을 평가절하하면서 어떤 대안도 내지 않은 채 서로 싸우느라 시간만 보내고 있었다. 단식 6일째 갑자기 이상 증세가 왔다. 갑자기 단식에 들어가면서 몸에 무리가 갔던지 최고혈압이 95였다가 190 가까이 치솟았다. 심장박동이 이상하게 뛰면서 어지러움과 메스꺼움이 심해졌다. 강익근 최고위원이 나를 강제로 앰뷸런스에 실어 병원으로 이송했다. 나는 적어도 열흘은 내 몸이 버텨줄 줄 알았다. 그러나 출구가 보이지 않는 이 상황은 급속히 체력을 고갈시켰다.

결국 이렇게 되면 법원의 판단에 따른 해결책만이 남게 된다. 정치를 법으로 해결하는 것은 피하고 싶었다. 그러나 어느 누구도 전체적인 해결책은 갖고 있지 않고 전부 자신들이 권력을 잡는 것을 중심으로 움직였다.

나는 사람들에게 절절히 말했다. 민생당에서 당권을 잡는 것이 전체 정치판에서 어떤 의미가 있나. 우리가 여기서 분열되어 이렇게 싸워서 당권을 차지하면 뭐하나. 국민들은 우리를 쳐다보지 않는다. 우리가 화합하고 빨리 제3지대 전체 통합신당을 만들어서 대통령 후보를 내어야 그나마 국민들에게 우리 당을 지지해달라고 이야기할 수 있지 않은가? 그래서 대선 후보를 내고 어느 정도 지지율을 확보해야 지방선거에서 10% 이상을 획득하고 차기 총선에 명함이라도 낼 수 있다. 지금 이 시기에 우리가 결단해야 한다고 주장했다. 그러나 그 소리는 허공의 메아리에 불과했다.

이준석 사태와 수렁에 빠진 국민의힘

■ ■ ■

　내가 비상대책위원장으로서 직무정지가 되어 있는 상황에서 비슷한 일이 국민의힘에도 발생했다. 2022년 7월 7일 국민의힘 윤리위 제4차 회의에서 이준석 대표에게 6개월 당원권 정지라는 징계가 결정되었다. 국민의힘은 비상대책위원장으로 주호영 의원을 선임했지만 이준석 대표는 주호영 비대위원장에 대해 서울남부지방법원에 직무정지 가처분을 신청했다. 국회가 여의도에 있기 때문에 거의 서울 남부지방법원으로 사건이 배당된다. 그런데 이 남부지방법원은 김명수 사단이 장악했다는 소문이 무성한 곳이었다. 나에게 내린 가처분 인용이나 주호영 비대위원장에 내린 인용의 판결문을 분석해 보면 이런 소문이 사실인가 하는 생각이 들 수밖에 없었다.

　한 가지 예를 들자면 같은 사안에 대해서 판단기준이 달라진다. 우선 민생당 대표인 나에 대한 직무정지 가처분신청에 대해서는 상대편 주장을 그대로 들어준다. 내가 사퇴의사를 표명하지도 않았는데 사퇴했다는 일방적 주장을 그대로 수용해서 사퇴의사를 표명하면 그대로 받아주어야 한다는 원칙을 적용한다. 그러나 국민의힘 관련 가처분 소송에서는 배현진 최고가 사퇴의사를 표명했다고 하더라도 사퇴서를 제출하지 않으면 사퇴한 것이 아니라는 판단을 적용하고 있다. 그래서 사퇴한 상황이 아니기 때문에 이것은 곧 현재 국힘이 비상상태가 아니라는 증거가 된다. 결론은 따라서 비상상태가 아니기 때문에 주호영 비대위원장의 직무를 정지한다는 논리인 것이다.

이렇게 일관성 없는 논리로 정당의 존폐를 좌우하는 판결을 하는 것이 대한민국의 사법부가 되어 버렸다. 사법부가 이렇게 진영논리에 오염되어 버리면 도대체 어디서 이 억울함을 하소연할 수 있을까? 얼마나 많은 억울한 사람들이 이런 과정에서 생겨났을까? 판사들은 자기들의 섣부른 판결이 어떤 결과를 낳고 있는지 알고나 있을까?

혹시라도 설마하는 독자를 위해 한 가지만 더 예를 들어보겠다.

판사가 대법원 판결문을 자기 입맛대로 왜곡시켜 자신의 논리를 정당화하는 경우도 있다. 판사가 자신이 비상상황이 아니라는 판단을 하는 데 결정적 근거로 인용하는 대법원 판결문의 취지를 완전히 왜곡시킨다. 원래 전문은 다음과 같다.

판결문의 전체는—[3] 정당의 자유는 민주정치의 전제인 자유롭고 공개적인 정치적 의사형성을 가능하게 하는 것이므로 그 자유는 최대한 보장되지 않으면 안된다. 그러나 정당의 활동은 헌법의 테두리 안에서 보장되는 것이고, 정당은 정치적 조직체인 탓에 그 내부조직에서 형성되는 과두적, 권위주의적 지배경영을 배제하여 민주적 내부질서를 확보하기 위한 법적 규제가 불가피하게 요구된다. 그러나 정당의 내부질서에 대한 규제는 그것이 지나칠 경우 정당의 자유에 대한 침해의 위험성이 있으므로 민주적 내부질서 확보에 필요한 최소한도의 규제로 그쳐야 한다.(대법원 2021. 12. 30. 선고 2020수5011 판결 참조)—이다.

이 판결은 법원의 개입은 필요한 최소한의 규제로 그쳐야 한다는 것이 핵심이다. 그러나 황정수 판사는 밑줄 친 부분을 의도적으로 빼고 인용했다. 그렇게 인용하면 대법원 판결이 '법적 규제가 불가 피하게 요구된다'가 결론이 된다. 말하자면 사법부의 개입을 옹호 하는 글로 이해될 수밖에 없다.

이렇게 전체 맥락을 무시하고 자신에게 유리한 부분만 인용하는 황당한 판결문을 쓸 수 있다는 것에 경악을 금치 못했다. 도대체 어 디서 이런 배짱이 나오는가?

황정수 판사가 자신의 정치적 견해를 갖고 정당의 내부 의사결정 과정에 개입하는데 가장 큰 근거였던 대법원 판결을 이렇게 가장 주요한 결론을 빼고 왜곡시킨 것은 무엇 때문일까? 그리고 이렇게 명백하게 대법원 판결의 취지를 왜곡시켜도 찍소리 못할 것이라는 자신감은 도대체 어디서 나온 것일까? 그것은 황판사가 확증편향에 빠져 있어 이런 본말전도의 논리가 모순되지 않는다는 착각에 빠져 있기 때문 아닐까?

나에 대해 직무정지를 인용한 남부지방법원의 김태업 판사도 마 찬가지였다. 직무정지의 명분은 전당원투표를 해야 하기 때문이라 고 판결이유에 적시했다. 심리과정에서도 반드시 특정투표방식을 제안하는 등 당의 선거방식도 직접 언급하기도 했다. 물론 민주주 의를 지키는 과정에서 전당원투표나 직접 모든 국민이 선출하는 방 식이 가장 좋다. 선의로 이해한다면 그런 원칙을 가지고 당내 문제 에 개입했을 것이다. 그러나 그것은 정치의 현실을 모르는 책상물 림들의 관념에 불과하다. 정치의 세계에서는 겉으로 드러난 진실 과 다른 진실이 있다. 그래서 앞서 예시한 대법원 판결문은 사법부 가 함부로 정당내부 문제에 개입하면 안된다고 했던 것이다. 그러나 차라리 실제 현장을 잘 몰라서 그런 엉터리 판단을 내린 것이라며 사법부에 대한 근본적 불신은 덜할 것이다. 만일 정치적으로 오염된 판사들이 상대편 정치진영을 약화시키기 위해 의도적으로 편향적 판결을 한 것이라면 그것은 중대한 범죄행위가 된다. 문제는 이런 편향적 판결을 교정할 장치가 없다는 것이다.

이것은 장기적으로 심각한 문제를 낳는다. 나는 1982년 전두환 독재에 반대하는 유인물을 교내에 뿌렸다고 징역1년 실형을 받았다. 당시 판사들은 군사정권의 지침에 따라 선고했다. 나의 옥바라지를 하던 어머니는 홧병으로 돌아가셨다. 나는 미아리의 매형 집에서 신세를 지고 있었는데 내가 구속된 후 매형은 회사에서 밀려나야 했다. 나는 그 이후 민주화운동으로 인정받고 복권되었지만 어떤 보상도 받은 적이 없다. 당시 대학교 2학년이었던 나를 1년 선고한 판사는 도대체 어떤 마음이었을까? 내가 겪은 사법부의 부당한 판결은 나를 더 강한 투사로 만들긴 했지만 그만큼 강한 진영논리로 무장하게 만들었다. 우리 사회의 극단적 분열에 사법부가 기여한 셈이다. 그때는 우파 판사들의 문제였다면 지금은 좌파 판사들의 편향성이 문제이다.

권순일 대법관은 "(형을 강제로 입원시킨 사실이 없다고 한) 이재명 지사의 TV토론 발언은 유무죄를 다툴 일이 아니라 헌법상 표현의 자유의 관점에서 봐야 한다."는 기상천외한 판결을 했다.

최근 이재명 관련 구속영장을 기각시킨 유창훈 판사의 판결도 마찬가지이다. 핵심은 범죄사실은 소명되나 당대표라는 공인의 신분으로서 증거인멸이 어렵다는 황당한 주장을 하면서 기각시켰다. 법 앞에 만인이 평등하다는 가장 기본 중의 기본을 이렇게 노골적으로 무시한 판결이 어떻게 가능할까? 그리고 이런 판결을 해도 응징할 수단이 없다는 것은 우리나라 법체계에 심각한 문제가 있다는 것을 말해 준다. 법의 공정성이 무너지면 힘에 의한 지배가 정당화되고 그것은 사회가 무너지는 재앙을 초래한다.

김일성 주석이 1973년 대남공작요원들에게 내렸다는 비밀교시가 남파공작원 김용규씨의 증언에 의해 드러난 게 있다. '남조선에선 고등고시에 합격되면 행정부, 사법부에도 얼마든지 파고들어갈 수 있다. 머리 좋고 똑똑한 아이들은 데모에 내몰지 말고 고시준비를 시키도록 하라. 열 명을 준비시켜 한 명만 합격해도 목적은 달성된다. 각급 지하당 조직들은 대상을 잘 선발해 그들이 공부에만 전념할 수 있도록 물심양면으로 적극 지원하라' 만일 이것이 사실이고 계속되고 있었다면 대한민국은 지금 정치투쟁이 아니라 체제 전쟁 중에 있는 셈이다.

나는 솔직히 사법부의 공정성을 믿기가 어렵다. 서울남부지방법원은 중앙위의 선거를 거쳐 당대표로 선출된 나를 직무정지시켰다. 선관위는 그 가처분 결과를 가지고 당대표등록을 취소하고 반대파를 당대표로 등록해 주는 폭거를 저질렀다. 나와 함께 하던 시도당위원장들과 동지들은 일순간에 어떤 권한도 행사할 수 없는 처지로되었다. 당헌을 무시하고 스스로 직무대행으로 셀프임명된 자들이 두 번의 전당대회를 했지만 이것도 무효가 되어 버렸다. 법원과 중앙선관위가 이런 사태를 만들었지만 어떤 책임도 지지 않고 있다. 막대한 국민세금으로 운영되는 당이 이렇게 무너졌다. 이것이 서울남부지방법원과 민주계가 장악했던 중앙선관위가 저지른 짓이다. 언젠가 이들에게 하늘의 심판이 있겠지만 당장 피해자들은 어디서 하소연할 수 있는가?

국민의힘도 잘못하면 이런 전철을 되풀이하면서 법원의 잘못된 판결에 끌려다니다 완전히 박살나는 상황이 올 수도 있다. 다행히 천신만고 끝에 새로운 비대위 체제가 성립되었지만 하마터면 국민의힘이 공중분해 될 뻔했다. 그러나 사법부리스크는 여전하다.

끝없는 시련

■ ■ ■

그러나 기적적인 일이 일어났다. 2023년 8월 9일. 서울 남부지방법원은 나를 직무정지시키고 당권을 차지한 반대파들 공동대표 3명과 최고위원 전원에 대해 직무정지를 결정했다. 이들이 당헌을 마음대로 바꾸고 자파 대의원들로만 해서 스스로 당대표가 된 것이 헌법과 정당 민주주의를 심각하게 훼손한 것이라고 판단한 것이다.

구체적으로 첫째, 이들의 마음대로 개정한 당헌은 그 절차 및 내용에 있어 헌법과 정당법 등에 위반되는 중대하고 명백한 절차적, 실체적 하자가 존재하여 무효라는 것이고, 둘째, 이들이 당대표로서의 직무를 계속한다면 민생당이나 당원들에게 회복할 수 없는 손해가 발생할 우려도 있는 점이 인정된다는 것이다.

절망적 상황에서 이것은 거의 기적과 같은 일이었다. 내가 당대표로서 직무 정지된 지 벌써 2년이 지났다. 2021년 6월 14일 서울 남부지방법원에 의해 직무 정지를 당한 이유는 딱 두 가지였다. 하나는 내가 스스로 사퇴의사를 밝혔다는 것이고, 다른 하나는 전당원이 참여하는 전당대회를 해야 한다는 당내 반대파들의 주장에 법원이 손을 들어준 때문이었다. 앞에서도 설명했지만 이 두 가지가 다 전혀 현실과 맞지 않은 주장이었다. 아니 아무리 비대위원장이라도 어떻게 자기가 마음대로 후임을 결정할 수 있는가? 그리고 당원명부가 반대파들이 다 유출해서 작업한 증거가 있는데 그 명부를 가지고 전당대회를 할 수 있겠는가? 그러나 남부지방법원은 반대파의 주장을 받아들여주었다. 결국 정당 현실을 모르면서 관념적인 선입견으로 엉터리 판결을 한 것이었다.

이 판결로 인한 나의 개인적 피해는 말할 것도 없고 당의 피해도 막심했다. 사법부의 잘못된 개입으로 결국 제3정치의 희망도 거의 사라지게 된 것이다. 2년여 동안의 소송을 치르는 동안 많은 동지들이 지쳐 떠났다. 민생당을 장악한 정치모리배들은 당의 자산을 무의미한 캠페인과 자신들의 생활비로 다 탕진했다. 정치적으로 어떤 의미있는 어젠다도 제기하지 못하면서 국민들의 세금만 축낸 것이다. 이들의 불법비리행위에 대해 수많은 고소고발이 있었지만 경찰도 방관했다. 법원과 중앙선관위, 경찰은 민생당의 이런 파행에 간접적으로 동조해 준 결과가 되었다

이제 2년의 시간이 지난 후에서야 나를 반대했던 자들의 실체가 어느 정도 드러난 셈이다. 판사가 보기에도 나의 반대파들이 한 행동들은 헌법 그 자체를 부정하는 행위로 판단하지 않을 수 없었던 것이다.

그러나 이 2년의 세월 동안 회복하기 어려운 피해를 겪은 나와 당은 어떻게 할 것인가? 그 중요한 정치적 순간에 손발이 다 묶여 어떤 일도 할 수 없었던 피해는 어떻게 하란 말인가?

더구나 문제는 여전히 아직 남아 있다. 이들은 전원 직무정지가 되어 민생당 지도부가 공동화되어 사실상 이전의 비대위체제로 돌아갔다. 하지만 막상 비대위원장으로서의 지위에 대한 직무정지는 아직 법적 소송 중에 있기 때문이다. 나에 대한 소송은 8월 31일이

예정되어 있었다. 결국 이 재판소송의 결과에 따라 제3정치의 실험은 결론이 나오게 되는 상황이 돼버린 것이다.

사법부의 좌파카르텔이 나라를 망친다

■ ■ ■ ■

　2023년 8월 31일 오후 2시 7분 내 휴대폰에 문자가 떴다. '이수봉 위원장님 선고 결과입니다. 1. 피고보조참가인의 항소를 기각한다. 2. 항소비용은 피고보조참가인이 부담한다.'

　이 문자의 의미는 내가 억울하면 다시 소송을 하라는 것이다. 이미 화해권고로 결정난 사안에 대해서 다시 준재심할 사유가 없다는 것이다. 내가 2년 동안 당한 피해와 부조리한 일들에 대해 제대로 따져볼 본안심리의 기회조차 피고끼리 짜고 치는 화해권고 결정으로 끝나버린 것이다. 재판부는 그 절차 자체는 법률적으로 하자가 없다는 엉터리 판결을 내린 것이다.

　강도가 5명이 들어와서 나를 감금하고 돈을 강탈한 후 자신들이 집주인이라고 등기를 했다. 등기가 된 5명이 자기들끼리 두 패로 나뉘어서 서로 나를 빼고 집은 포기한다고 서로 합의를 해버린 것과 같다. 이것을 법원은 형식상 문제가 없다는 판단을 한 것이다. 물론 판결문에는 자신들의 판단에서 잘못을 피해갈 구멍을 만들어 놓긴 했다. 즉 '나에 대한 결정이 화해권고결정으로 종료되더라도 위 결정에는 확정판결과 같이 법원의 사실상 내지 법률상 판단이 이루어졌다고 할 수 없어 참가적 효력이 인정되지 않으므로'라고 적어놓고 '별도 소송을 통해 대표자 지위에 대해 다툴 수 있다'고 여지를 남겨두었다.

간단히 말해 지금의 준재심신청사건은 준재심 심사 사항에 해당되지 않아서 기각하지만 본안의 쟁점 즉 지위에 대한 사항은 억울하면 다시 재판을 해서 판결을 받으라는 것이다. 자신들이 처음에 잘못내린 판결에 대해서는 철회하거나 번복할 의사가 없다는 것이다. 자신들의 무리한 개입으로 가처분이 인용되고 그 결과 직무대행들이 두 번이나 전당대회를 망치고 그 과정에서 자신들이 당권을 잡기 위해 당헌을 고친 일이 헌법과 정당법에 위반된다는 판결을 내렸음에도 불구하고 이들은 나에 대한 직무정지의 효력은 잘못한 게 아니라는 것을 그대로 유지하고 있는 셈이다.

내가 사법부의 이런 판단을 수긍하려면 이들에 대한 신뢰가 있어야 한다. 그러나 사법부의 정치적 편향성이 너무 증거가 많아서 도저히 신뢰할 수가 없었다. 신임 이균용 대법원장 후보는 '법원을 둘러싼 작금의 현실은 사법에 대한 신뢰가 나락으로 떨어지고 법원이 조롱거리로 전락하는 등 재판의 권위와 신뢰가 무너져 내려 뿌리부터 흔들리는 참담한 상황"이라고 한 바 있다. 내가 겪은 재판부의 월권과 비상식적인 판결들을 볼 때 이균용 대법원장 후보의 발언은 결코 지나친 말이 아니다.

사법부의 무너진 신뢰를 증명하는 사례는 많다. 우선 김명수 대법원장부터가 거짓증언을 했다. 민주당의 눈치를 보면서 사표수리를 거부해놓고 그런 적이 없다고 뻔한 거짓말을 한 것이 들통난 것이다. 뿐만 아니라 지하철로 출근하는 서민코스프레를 했지만 그 이후 행적은 위선적이다. 애국순찰팀이란 시민단체는 "김명수 대법원장은 2017년 7월 대법원장에 임명된 뒤 시설 노후와 외빈 초청

216

등을 이유로 공관 리모델링에 16억 7000만 원을 지시했고, 이후에는 공관에 손자들을 위한 놀이터까지 조성했다. 아들 부부는 서초구의 한 아파트 청약에 당첨되고도 대법원장 공관에 들어가 1년 3개월 동안 거주했다. 세금으로 운영되는 공관에서 '부동산 재테크'를 했다."고 인권위에 고발한 상태이다.

또 김명수 대법원장 며느리인 강모 변호사가 한진그룹 사내변호사로 근무하고 있던 2017년 12월 대법원은 조현아 전 대한항공 부사장의 '땅콩회항' 사건에 집행유예를 선고했다. 선고 당시에도 김 대법원장이 재판에 영향력을 행사했다는 의혹이 제기됐다. 그것을 확인시키듯, 선고 직후 강 변호사는 한진 법무팀 관계자들을 대법원장 공관으로 초청해 저녁식사를 했다. 이는 이해충돌방지법·부패방지법 위반에 해당한다.

정진석 의원에 대해 명예훼손 혐의로 실형6개월을 선고한 박병곤 판사의 경우 노골적 정치성향을 그대로 SNS상에 드러낸바 있다.

그는 더불어민주당 이재명 대표가 낙선한 작년 3월 대선 직후 "울분을 터뜨리고 절망도 하고 슬퍼도 했다가 사흘째부터는 일어나야 한다."고 적은 것으로 알려졌다. 민주당이 패한 2021년 4월 서울시장 재·보궐 선거 직후에는 "울긴 왜 울어", "승패는 병가지상사"라는 대사가 적힌 중국 드라마 캡처 사진을 올렸다고 한다.

최근 유창혁 판사는 당대표는 증거인멸우려가 없다는 판단으로 구속영장을 기각했다. 신분이 높으면 구속 안 해도 된다는 논리인데 이것은 왕정시대로 돌아간 것이다.

이런 강한 정치적 편향을 가진 사람이 판사가 되어 정치적 사건을 심의할 때 과연 공정한 잣대를 가지고 판결할 수 있을까? 그리고 이런 성향의 판사들이 자기들끼리 조직을 결성해서 사법부를 장악했을 때 과연 어떤 결과가 나올 것인가? 그것은 재앙이다. 사법부에 대한 불신이 커지면 법이 아니라 힘이 지배하는 무서운 결과가 초래된다. 그런데 이런 일이 대한민국에서 진행되어 왔다. 한때는 우파 판사가 장악했었다면 지금은 좌파 판사들에 의해 장악당해 있는 것이다. 문제는 사법부의 공정성을 담보할 장치가 없다는 것이다. 황당한 판결을 하고도 자신의 '양심'에 따라 판결했다고 우기는 판사들이 있는 한 대한민국의 미래는 없다.

정치를 근본적으로 바꾸기 위해 나는 10년 동안 할 수 있는 일을 최전선에서 다했다. 결국 현실에서 배운 것은 바꿔야 할 일들이 너무 많다는 것이다. 단순히 선한 의도만으로는 안된다. 내가 정치에서 이제 다 되었다고 하는 순간 사법부가 개입했고 결국 당은 망가져버렸다. 이런 것까지 감당할 힘과 전략이 있어야 성과를 만들어낼 수 있는 것이 정치이다. 아무런 수단을 갖고 있지 못한 제3정치 세력에게는 너무 버거운 과제이다. 실패는 예정되어 있었다.

가장 살찐 자의 생존(Survival of the fattest)
덴마크 조각가 옌스 갈시외트, 라르스 칼마르2002년

Ⅲ부 ————————————————————————

새로운 시대정신

명백한 역사의 진실 앞에서

∎ ∎ ∎

　새로운 시대정신을 논하기 위해서는 반드시 낡은 시대정신이 뭔지를 알아야 가능하다. 지금 대한민국의 새로운 시대정신을 제대로 세우기 위해서는 좌파의 시대정신이 어떤 점에서 뿌리부터 잘못되었는가에 대한 철저한 인식이 필요하다. 이 부분이 명확하지 않으면 똑같은 오류가 되풀이될 것이다.

　한국 현대 정치사에서 좌파라고 하면 범위가 매우 포괄적일 수밖에 없다. 한국적 특징을 고려할 때 일단 여기에서는 이승만, 박정희 노선에 반대하는 사회주의적 성향에 대해 좌파라는 규정을 한다. 물론 애매한 경우도 있다. 지금 민주당의 정치적 뿌리라고 할 수 있는 한민당의 경우 정치적 기반이 지주층이었다. 그리고 이 지주 계급의 형성 과정이나 이승만 단독정부 수립의 실질적 기반이었다는 점을 볼 때 좌파라 할 수는 없다. 그러나 이승만 정권 수립 후 논공행상에서 불만을 갖고 이승만에 반대하는 정치적 입장을 갖게 된다. 이런 야당에 대해 북한은 통일전선전술의 대상으로 삼고 이러저러한 개입과 영향력을 확보하려는 시도를 하게 된다. 그 결과 우파의 분열이 심해졌다. 의도와 달리 이승만의 반공자유주의에 반대하는 좌파적 편향을 띄게 되는 것이다.

한국 좌파의 가장 큰 근본적 실수는 대한민국 건국을 남로당과 연대하여 반대한 것이다.

남로당은 1946년 11월 23일 서울특별시에서 조선공산당, 남조선신민당, 조선인민당 등 3당 합당으로 결성되어 초창기에는 대중 정당을 지향했으나, 결국에는 공산주의 정당이 되었다. 3당 합당이라고 하지만 사실상 조선공산당의 계보를 잇는 정당이다.

사회주의가 결국 실패할 수밖에 없는 철학에 근거한 정치노선임을 알았더라면 남로당은 소련과 연대하는 것이 아니라 미국과 연대하는 방향으로 정치적 입지를 확보했어야 했다. 물론 그런 방향으로 고민한 정치인이 없었던 것이 아니다. 몽양 여운형이 대표적인데 그는 남로당이 공산당화 되는 것을 막기 위해 소련과 김일성과의 관계에서 어려운 줄타기를 하고 있었다.

그(여운형)는 "미국에 미소를 지으면서 다른 한편 그들을 치는 화전양면 전술을 당의 노선으로 채택해야 한다."며 북로당이 반대하면 입법기관에 참가하지 않겠다는 뜻을 표명했다. "당신이 좌익들로 하여금 입법의원에 참가하지 않도록 충고한다면 나는 거기에 들어가지 않겠다. 서울로 돌아가서 남로당 창당을 위해 일하겠다. 만일 미국인들이 합법적으로 남로당을 창립할 가능성을 부여하지 않는다면 우리는 과거의 당명 아래서 그것을 만들 것이다. 나는 그것을 근로인민당이라고 부를 것을 제안한다. 그리고 남과 북의 통일이 이루어졌을 때 전당대회에서 당의 이름을 정하면 될 것이다." 이후 두 사람(여운형과 김일성)은 소련의 세계정책과 조선문제 해결과정에서의 역할 등에 논의했다. 두 사람은 "조선은 소련의 원조 하에서만이 독립을 얻을 수 있다."고 합의했다.

〈로마넨코의 보고서〉(인용은《김일성과 박헌영 그리고 여운형》p197의 번역임이 비밀 보고서의 내용을 참고하여 유추한다면 여운형은 남북한의 통일을 위해 좌우합작 전략을 추구하고 있었다. 그러나 이 좌우합작 노선은 비록 공산당의 고립화 전략에 바탕을 두고 있지만, 동시에 이승만·김구로 대표되는 이른바 주류세력을 정치의 중심에서 배제하는 효과도 있었다.

지금으로 치면 제3정치세력인 중간파가 주도한 합작운동은 좌우대립을 극복하고 통일국가를 수립한다는 점에서 주류정치세력을 대체하는 대안적 가능성을 지니고 있었지만 실현가능성이 낮았다. 무엇보다 좌우합작운동을 대리하고 있는 김규식·여운형의 힘이 독자적으로 존재하는 것이 아니라 현실적으로 비주류 극우, 극좌 세력에 지반을 두고 있다는 점이 그 한계였다. 동시에 임시정부 수립을 협의하는 과정에서 남한의 사회주의세력이 배제된 중간파 집단의 대표성을 소련이 수용한다는 것은 매우 순진한 생각에 불과했다. 결국 중도노선은 역사적 선택의 시기에 어느 한쪽에 서야 하는 운명을 피할 수 없었고 남로당은 북한과 소련의 편에 섰다.

만일 남로당이 공산주의가 아니라 사민주의 정치노선을 택했다면 이승만과의 연대가 완전히 불가능하지는 않았을 것이다. 그러나 당시 정치적 식견으로 공산주의는 결국 망하고 자유민주주의가 승리할 것을 내다본 정치인은 이승만이 유일했고 이것이 대한민국의 운명을 갈라놓았다. 여운형만 하더라도 정치노선에서 양비론의 한계에 머물러 있었던 셈이다. 물론 좌파가 우파로 전향한다는 것은 현실적으로 천동설에서 지동설로 바뀌는 인식의 전환 없이는 불가능하다. 그러나 결과적으로 지금 와서 보면 그런 대전환이 필요했었다.

통계청이 발표한 '2022년 북한의 주요 통계지표'에 따르면, 2021년 북한의 1인당 국민총소득(GNI)은 142만3000원이었다. 남한

(4048만2000원)과 비교하면 3.5% 수준이다. 2001년 북한의 1인당 GNI는 88만6000원으로 남한(1482만4000원)의 6%였다. 20년 만에 남북의 소득 격차가 약 17배에서 28배로 벌어진 셈이다. 또한 2021년 북한의 명목 국내총생산(GDP), 명목 국민총소득(GNI)은 우리의 58분의 1이며, 2021년 북한의 대외무역은 우리의 1766분의 1 수준이다.

단순히 북한을 앞지른 것이 아니다. 전 세계를 통틀어 세계 최빈국에서 세계 톱10에 진입한 나라는 대한민국이 유일하다. 단순히 양적 성장만으로 북한을 압도한 것이 아니다. K-문화는 세계문화에 하나의 트렌드를 형성했다. 정치적 자유? 전국에 '윤석열 타도하자'는 플래카드가 걸려 있어도 그런가 하는 정도의 무제한적 정치적 자유를 누리고 있는 나라가 되었다. 북한 체제에서는 상상할 수 없는 나라가 되어 버린 것이다.

안개가 걷혀야 사물이 분명히 드러나듯이 시간이 흘러야 분명히 알게 되는 역사의 진실이 있다. 1945년 일본제국주의에서 해방된 후 북한은 공산주의를 택했고 남한은 자유민주주의를 택했다. 무엇이 올바른 역사적 판단이었는지 그 선택의 결과가 분명히 나왔다.

만일 타임머신을 타고 1945년 해방정국으로 시간여행을 할 수만 있다면 나는 김구와 여운형에게 간절히 이야기했을 것이다. 좌파 내 중도파들은 이승만과 연대를 어떤 일이 있더라도 유지해야 한다고.

우리는 명백히 드러난 역사적 진실을 외면해서는 안된다. 좌파냐 우파냐 하나를 선택해야만 했다. 중도정치는 환상이었다. 여운형이 실패했듯이 안철수도 실패할 수밖에 없었다. 그리고 그 선택의 결과가 지금 우리의 현실에 분명이 있다. 무엇이 더 필요한가? 그리고도 아직 더 설명이 필요한가?

좌파동지들! 이제 정말 그만합시다
■ ■ ■

후쿠시마 오염수 처리에 대해 민주당과 정의당은 극렬히 저항했다. 일부 의원은 '생선을 먹느니 차라리 똥을 먹겠다'고 했고 자우림의 김윤아 같은 개념(?)연예인은 '며칠 전부터 나는 분노에 휩싸여 있었다'고 인스타그램에 글을 올렸다. 이재명 대표는 핵오염수를 핵폐기물이라고 하자고 제안하면서 '정부가 일본 편을 들어 일본을 홍보하고 일본을 비판하는 국민의 목소리를 사법조치하겠다고 겁박하는 것이 가당키나 한가' 하고 반일감정을 선동했다.

그런데 내가 정말 궁금한 것은 도대체 왜 2년 전인 2020년 10월에 후쿠시마 오염수 방류계획이 발표되었을 때는 조용했는가 하는 것이다. 나는 당시 민생당 대표였다. 그 방류 결정을 듣고 민주당과 정의당 참여연대 등에 연대투쟁 할 것을 검토했었다. 그때 그들은 신경도 쓰지 않았다. 할 수 없이 단독으로 일본대사관에 가서 기자회견을 하고 항의문을 전달했다. 내 항의문을 받던 일본 참사관의 손은 떨리고 있었다. 그때 당시 집권당이었던 민주당이 보다 강력히 대응했다면 조금 다른 상황이 만들어졌을 것이다.

나는 후쿠시마 오염수 문제에 대해 계속 관심을 갖고 있었다. 후쿠시마 오염수의 위험에 대한 민주당의 주장은 지나치게 과장되어 있다. 미국 소고기를 먹으면 광우병에 걸린다는 '뇌숭숭 구멍탁'과 같은 성격의 선동에 불과하다. 미국광우병 소동에서도 그랬듯이 후쿠시마 오염수 소동도 마찬가지로 시간이 지나면 '아니면 말고'가 될 가능성을 배제할 수 없다. 그러나 그 과정에서 이런 괴담에 피해 본 상인들이나 국민들은 도대체 어디서 하소연할 것인가?

나는 일본을 미워하는 국민들의 순수한 애국심을 이해하고 나 역시 깊이 공감한다. 내가 역겹게 느끼는 것은 그런 국민들의 순수한 애국심을 이용해서 이익을 챙기는 좌파와 민주당의 위선에 대한 것이다. 정치적 이익을 위해 이런 괴담을 이용하는 좌파정치의 고질적 습관을 언제나 고칠 수 있을지 정말 부끄럽다. 내가 고질적 습관이라고 한 것은 이런 사례가 한두 번이 아니기 때문이다.

몇 가지만 사례를 들어보자. 첫째, 경부고속도로 건설을 반대하여 경제건설을 방해했다. 내가 중학교 다닐 때 좋아하던 여선생님이 계셨다. 하루는 경부고속도로 건설에 대해 매우 비판적으로 이야기하면서 건설 과정에서 많은 노동자가 죽었다고 말했다. 그리고 그 과정에서 많은 비리가 있었고 결국 자기들 정치자금 빼먹는 사업이라는 비판을 했다. 나는 지금도 그 때 기억이 또렷이 난다. 그 발언은 나에게 상당한 충격이었다. 그런 선생님의 관점은 자연스럽게 나에게도 받아들여져서 상당기간 비판적 생각을 하고 있었다. 그러나 나중에 알고 보니 그런 생각 자체가 잘못된 것이었다.

당시 박정희 정권은 독일에서 외화를 벌어들였고 대일청구권 자금을 포철과 경부고속도로 건설에 사용함으로써 대한민국 근대화의 기초를 세웠다. 대한민국을 포함한 5개국 정도가 대일청구권 자금을 받아 국가 재건사업에 쓰여졌는데 대부분 자금 사용을 효율적으로 하지 못하였다. 인도네시아, 필리핀, 베트남, 미얀마, 대한민국 중 일본에서 받은 돈을 가장 효율적으로 쓴 나라가 대한민국이었다. 북한은 미국이 반공을 위한 전초기지로서 한국을 지원했기 때문에 한국이 발전한 것이라고 주장하지만 미국의 지원을 받은 수많은 나라 중에 한국처럼 성장한 나라가 있는가?

당시에 경부고속도로 건설을 대부분 사람들이 반대를 했고, 김영삼, 김대중 등 야당들의 반대도 극심했다. 김대중의 대중경제론은 우리나라는 자원이나 기술이 부족해서 농업을 기반으로 중소기업 강화전략을 제시하는 노선이었다. 이런 상황에서 세계에서 가장 최소비용, 최소시간으로 건설한 것이 경부고속도로였고 이것이 한국 근대화의 초석이 되었다. 만일 당시 좌파정치세력과 적당히 타협했더라면 지금의 한국은 없다. 그러나 한국 좌파는 과거 이런 입장에 대해 반성하는 사람은 거의 없다. 그냥 아니면 말고 식이다.

둘째, 인천공항 건설을 지반침하 등의 논리로 반대했으나 지금 다 거짓임이 판명났다. 해외 나갔다가 돌아오는 우리 국민들이 자부심을 느끼는 것은 인천국제공항을 통과하면서부터이다. 국제공항협회(ACI)가 매년 실시하는 '공항서비스평가(ASQ)'에서 인천공항이 '세계 최고 공항'으로 7년 연속 선정됐다. 그러나 건설 초기에는 공항건설 반대론자들의 반대에 부딪혀 착공에 어려움을 겪었다는 사실은 기억하는 사람이 거의 없을 것이다.

공항 건설 반대운동은 1992년 5월 시작해 이듬해 8월 '영종도 신공항 문제 공동대책협의회'가 주관한 국제세미나를 마지막으로 활동을 종료하기까지 30여 가지 반대 이슈를 내걸며 격렬하게 반대활동을 전개했다. 부경대 경제학부 권오혁 교수는 "영종도 공항은 봄, 가을 등 철새 이동기에 30만 마리의 조류가 이동해 항공참사 위험이 매우 높다.", "세계 주요 공항 가운데 해일의 위험에 노출돼 있는 공항은 영종도가 유일하다."고 했다.

서울대 김정욱 명예교수는 "전체 공항부지 5619만8347㎡(1700만 평) 중 4628만991㎡(1400만 평)의 갯벌을 매축(埋築)해 조성하기 때문에 공사 완료 후 지반이 오랫동안 침하되는데다, 갯벌 퇴적층의 다양한 특성 때문에 침하양상마저 예측하기 어려워 활주로 사용에 문제가 있을 것이다.", "연간 18만 마리 이상의 철새가 날아드는 이 일대 갯벌의 매축으로 서해안의 생태계 파괴가 우려된다."고 주장했다.

신창현 당시 환경분쟁연구소장은 철새와의 충돌과 갯벌의 중금속 오염 등으로 인한 생태계 파괴를 주장했다. 그는 "교통부에서 발표한 환경영향평가서에 따르면, 공항건설 예정지 갯벌에는 많은 중금속이 쌓여 있고 이 중 납이 다른 중금속에 비해 100배 이상 많은 것으로 조사됐다."면서 "준설 과정에서 인체에 해로운 납이 떠올라 물결을 타고 확산될 경우 엄청난 생태계 파괴가 우려된다."며 거세게 반대했다.

심지어 인천국제공항 반대단체인 '영종도 신공항문제 대책협의회'는 당시 영종도를 지나는 철새들이 사라질 것이라는 주장을 폈다. 그러나 완공 직후인 2000년부터 2009년까지 환경부에서 조사한 '겨울철 조류 동시 센서스' 자료에 따르면, 모든 조류들이 공항건설 이전 수준으로 회복됐다고 한다. 이는 공항건설로 생긴 담수호가 10년 이상 바닷물과 섞이면서 다양한 먹잇감을 제공한 결과로 평가된다. 또 천연기념물인 수달의 서식까지 확인됐다.

또 다른 반대론인 '철새로 인한 항공기 사고 위험'도 큰 문제가 없었다. 1만 회 비행당 충돌 건수로 보면 0.333회로, 국내 연평균 충돌횟수(2.16회)는 미국(2.47회)이나 일본(11.7회)에 비해 경미한 편이다. 개항 이후 발생한 버드 스트라이크는 총 79건이었으나 이로 인한 항공기 손상이나 항공기 운항에 대한 영향은 단 한 건도 없었다.

1986년 인천시 도시계획국장으로 인천국제공항 건설 프로젝트를 기안했던 박연수(朴演守) 전 소방방재청장은 "경부고속도로처럼 오늘날 인천공항이 존재하지 않는다고 생각해 보자고요. 김포공항 하나만으로 세계 10대 경제대국의 물류를 담당할 수 있을 거라 생각하세요? 제주해군기지 건설을 조직적으로 방해하는 것을 보면서, 정말 아찔했습니다. 지금 인천공항을 건설하려 했다면 '바다를 메워 세계 최고의 공항을 건설한다'는 야심찬 아이디어는 수장되고 말았을 테니까요." 하고 언론 인터뷰에서 말한 바 있다. 생각해 보라. 당시 이들 환경론자들의 주장도 일리가 있다고 생각해서 인천공항을 만들지 않았다면?

셋째, 소득주도성장론을 주장하면서 빈부격차를 결과적으로 확대했다. 사람들이 소득주도성장이라는 개념에 속는 첫 번째 이유는 케인즈의 이론을 먼저 떠올리기 때문일 것이고, 두 번째 이유는 소비가 경제성장의 원동력이라고 생각하기 때문이다. 소득주도성장론을 비판하는 요점은 말이 마차를 끄는 것이지 마차가 말을 끄는 게 아니라는 것이다. 물론 의도는 아주 선한 동기에서 시작한다. 최저임금을 받는 서민들에게 임금을 팍팍 올려주면 얼마나 행복해할까? 라는 아주 선량한 동기에서 시작한 것이라 하더라도 그 결과는 외려 서민들에게 피해를 주었다. 자영업자는 문을 닫고 알바생들은 취업 기회를 봉쇄당했으며 기업들은 차라리 땅이나 사자는 식으로 지대추구로 몰아가는 효과가 발생했다. 말하자면 공산주의 경제가 망해가는 것과 같은 원리로 망가져갔던 것이다.

물론 노동자들에게는 소득주도성장론이라는 개념이 솔깃해 보일 수 있다. "임금을 증가시키면 경제성장이 되더라."라는 식으로 그 어떤 고통이나 노력도 없이 아주 손쉽게 소득을 계속 증가시킬 수 있다고 말하기 때문이다. 만약 소득을 강제로 올리면 소득이 증가한다는 아주 기막힌 경제성장 방법이 있다면 과거 1960년대 대한민국의 파견 광부들과 간호사들은 독일로 가서 그렇게 고생을 하면서 열심히 일하고 외화를 벌어들일 이유는 없었을 것이며, 지난 50년간 한국인들이 보릿고개를 겪으면서도 근면성실하게 건물을 짓고 공장에서 열심히 일을 해서 오늘날의 대한민국을 만들 이유도 없었을 것이다.

마찬가지로 대한민국은 매년마다 지속적으로 임금(=최저임금도 포함)을 계속 인상시켜왔는데 이것은 대한민국이 지금까지 매년마다 경제성장을 이룩했기 때문에 가능했다. 대한민국은 2차산업을 중심으로 매년 각 분야에서 생산성 향상을 위한 노력을 한 결과 지금까지 이윤율 저하와 몇 차례의 경제 위기에도 불구하고 지속적인 경제성장을 계속 할 수 있었고 그래서 임금을 계속 올릴 수 있었다.

소득주도성장이론의 설명과 달리 지금까지의 대한민국은 임금을 올려서 경제성장을 이룬 것이 아니고 경제성장을 했기 때문에 임금을 계속 올릴 수 있었던 것이다. 한국경제에서 재벌기업들은 경제적 측면에서만 보면 황금알을 낳는 거위였다. 좌파들의 주장은 황금알을 낳는 거위를 잡아먹자는 주장이었다. 심지어 정책의 실패를 감추기 위해 통계청장을 갈아치우고 통계조작까지 한 사실이 드러났다. 이쯤 되면 나라를 망치려고 작정한 도저히 용납하기 어려운 범죄행위이다.

넷째, 북한에 대해 돈을 주어 결과적으로 핵개발을 하도록 시간을 벌어주었다. 결국 그 핵무기는 대한민국을 겨냥하고 있다. 김대중 정부가 햇볕정책을 사용해서 북한의 변화를 유도해서 평화적 통일을 이루려고 했던 노력은 결국 실패로 끝났다. 북한은 그렇게 설득당할 체제가 아니다. 그런 노력을 비웃고 그것을 이용해서 핵개발을 성공시켰다. 북한과의 정상회담은 막대한 돈을 지급해야 했던 바가지 이벤트에 불과했다.

김대중 정부는 당근을 제공하면 어느 정도 끌어낼 수 있으리라 생각했지만 북한은 낚시바늘을 결코 물지 않았다. 좌파정부의 대북관계개선 노력의 최종적 결과는 북한으로 하여금 핵무장의 시간을 벌어주고 결과적으로 대한민국의 안보를 위협에 빠뜨렸다. 각종 간첩사건에 대한 미온적 대처 역시 남한 내 좌파정치세력들과 북한과의 연계를 방치하여 대한민국의 안보에 심각한 위험요소를 만들었다. 결과적으로 북한 주민들의 인권을 더 악화시키는 결과를 초래하고 있었다.

다섯째, 사회개혁을 방기하고 신기득권 카르텔을 형성하여 서민들의 삶을 더 힘들게 만들었다.

대한민국의 지속적인 성장을 위해서는 인기없는 개혁이라도 했어야 했다. 그러나 좌파정권은 연금개혁, 노동개혁, 교육개혁, 공기업개혁들을 방기함으로써 기득권담합세력들을 비대하게 키웠고 국민들의 삶을 피폐하게 만들었다. 선거용 선심정책으로 막대한 재정적자, 한전 등 공기업의 재정파탄 등을 초래했고 구적폐 뺨치는 신적폐 기득권세력들을 두텁게 만들어 경제의 활력과 성장동력을 질식시켰다. 막상 자기들은 온갖 내로남불의 도덕적, 법적 비리들을 저질러 놓고서도 어떤 반성도 없이 진영에 숨어 자신들의 잘못을 감추기 급급했다. 북한의 핵미사일 위협 앞에 한미일 안보체제의 강화는 선택의 여지가 없다. 그러나 남한의 좌파들은 윤정부의 외교정책을 친일굴종외교로 매도하면서 반일을 선동하고 있다. 이른바 북한의 갓끈이론에 이용당하고 있는 것이다.

그러나 전설적 야구선수 장훈은 이렇게 말하고 있다. "말하면 큰일나니까 아무도 말 안 하지만 나는 일본인이 아니라 재일교포니까. 한국이 내 조국이니까 말할게요. 언제까지 일본에 '사과하라' '돈내라' 반복해야 하나요? 부끄럽습니다. 그때는 센 놈이 약한 놈 먹고 하는 시대였고 우리는 약해서 나라를 뺏겼죠. 절대 그렇게 당하면 안됐는데. 이제는 우리도 프라이드를 갖고 일본과 대등하게 손을 잡고 이웃나라로 가면 안되겠습니까? 반일 같은 그런 소리 하는 사람들. 적당히 해줬으면 좋겠다. 문재인 전 대통령이 이웃나라(일본)를 적으로 돌렸을 때 우리 재일교포는 너무 괴로웠다. 그만큼 한일관계의 눈을 녹여주고 있는 윤석열 대통령에게 감사한다. 윤상은 역시 멋있는 구석이 있어요. 한반도의 진짜 사나이예요."

한국의 좌파정치세력들은 '비토크라시(vetocracy)' 즉 반대를 위한 반대정치에 빠져 있다. 그것이 결국 국민과 국가에 손해를 끼치는 일이 되는데도 전혀 부끄러움과 성찰없이 반대를 위한 반대를 하고 본다. 이것이 단순히 양당체제의 구조적 문제일까? 그것도 원인의 하나이긴 하지만 근본적으로 북한을 민족의 정통으로 간주하는 종북 좌파적 역사관에서 파생되어 나타나는 문제이다. 식민지 허수아비에 불과한 대통령을 존중할 이유는 없다. 필요한 것은 민중항쟁을 통한 혁명이다. 이런 선부른 역사의식에 따르면 혁명을 위해서는 어떤 범죄도 정당화된다. 어떤 가짜뉴스도 훌륭한 선동무기가 된다.

실제 남민전의 전사들은 동아그룹 회장집에 들어가 강도짓을 했고 그 과정에서 경비에게 상처를 입히기도 했다. 그 당사자가 현재 민주당 국회의원으로 버젓이 활동하고 있다. 한때의 혈기 그 자체를 탓하는 것이 아니다. 완전히 게임의 룰이 바뀌어 선거를 통한 정상적인 정권교체의 장이 열려 있는 상황에서도 민중항쟁식 투쟁노선이 잠재의식에 남아 있는 것을 말하는 것이다.

비리를 저질러 놓고도 뻔뻔하고 당당하게 검찰독재에 의한 탄압이라고 주장할 수 있는 것은 그런 시대정신의 포로가 되어 있기 때문이다. 좌파동지들! 이제 좀 그만합시다. 창피하다.

좌파 나르시시스트와 우파의 플라잉몽키들

■ ■ ■ ■

　2023년 8월 15일 시청 근처의 길거리에서 한때 민주화운동의 주력이었던 함운경, 민경우 등 과거 투사들이 일종의 참회록을 발표하는 기자회견을 했다. 민주화운동 세력들이 주사파에 의해 상징 자산을 탈취 당했고 북한의 신정 체제에 침묵하는 어이없는 현실을 묵인하고 있으며 '해방전후사의 인식'이 남긴 反대한민국적 세계관을 고집하고 있다는 반성이었다. 나로서는 만감이 교차하는 광경이었다.

　나 역시 마르크스의 공산당선언을 읽고 가슴이 뛰었으며 세상의 모든 이치를 알게 된 기쁨으로 어떤 지적 우월감에 빠졌었다. 광주 5.18의 군사독재정권의 만행을 목격하면서 이성은 감성과 결합되었다. 거기에 민주화운동 과정에서의 고문과 투옥 경험은 나를 '폭력에 대한 저항' 정신으로 무장시켰다. 그런 신념에 따라 노동현장에 들어간 나는 용접사로서 그 혹독한 육체노동을 견디면서도 내가 선택한 삶에 전혀 흔들림이 없었다.

　그러나 내가 치열하게 현장에서 운동을 하면 할수록 시대정신과 실존적 현실의 모순이 심각하게 드러났다. 마르크스주의의 한계, 주사파의 문제점들, 운동권의 문제들은 우리의 순수한 의도와는 다른 결과를 만들어 내고 있었다. 무대 위에서는 당당한 팔뚝질과 선동연설로 세상의 변화를 이끌어간다고 자부심에 차 있었지만 뭔가 공허했다. 그 까닭은 좌파 대다수가 신기득권 카르텔들의 구조 속으로 빨려들어 가고 있었기 때문이었다.

열악한 노동자들을 위한 투쟁은 어느덧 더 많은 월급과 복지를 추구하는 이기적 노동운동을 합리화하고 있었다. 재벌집단과의 투쟁은 반(反)기업정서로 굳어져갔고 황금알을 낳는 거위를 잡아먹자는 논리로 변질되고 있었다. 민주주의를 위한 순수한 투쟁들은 좌편향 오류에 빠져 들고 있었지만 방향 전환을 이야기하는 사람은 소수가 되어 갔고 침묵을 강요받고 있었다. 민주화운동은 진보라는 위선의 가면을 쓴 채 자기들이 무엇 때문에 싸웠는지조차 잊어버리고 있었다.

묘한 아이러니는 이 거대한 시대적 착각은 운동권 주변부에서 더 강하게 계승되고 있었다. 현실에서 가장 치열하게 싸운 사람들은 오히려 회의를 느끼고 있는데 신기득권 층이 되어 버린 강남좌파들에게는 그들을 살찌워 준 좌파적 세계관이 일종의 심리적 부채의식을 덜어주는 '자선행위'가 되었다. 공공부문 정규직들의 높은 연봉이나 과도한 복지에 대한 축소시도는 노동탄압이라는 명분 앞에 건드릴 수 없는 성역이 되어 갔다. 민주주의를 위한 피와 땀의 열매는 실업자나 가난한 사람들에게 돌아간 것이 아니라 강남좌파들이나 공공부문 정규직들에게 돌아갔다. 강남좌파들이 고급와인을 마시면서 진보정당을 지지하는 것을 자랑스럽게 말하는 것은 어쩌면 경제논리로 타당할지도 모른다. 그들이 마시는 와인은 민주화투쟁에서 흘린 보통 사람들의 '피'이기 때문이다.

가끔 TV에서 보는 민주당 의원들의 모습을 보면 한때의 나의 모

습을 보는 것과 같아 한편으로는 애잔하다. 그들의 표정과 말투에
는 우파 정치인들은 다 한심하고 무식하고 개념없는 사람으로 간주
하고 가르치고 훈계하려는 태도가 역력히 보인다. 좌파에게 우파란
어떤 존중이나 배려도 할 필요가 없는 척결해야 할 대상일 뿐이다.
그들에게 우파는 배부른 돼지새끼들에 불과하기 때문에 어떤 선전
선동도 합리화된다. 그들을 공포에 몰아넣기도 하고 기만하기도 하
고 속이기도 하는 것이 유능한 정치이다. 이것이 정당화되는 이유
는 자신들이 정의와 진리를 독점하고 있다고 믿기 때문이다. 이것
이 심화되어 리플리 증후군에 빠진 정치인들이 생겨났다.

　'태양은 가득히'라는 영화에서 알랭 들롱은 멋지게 리플리 증후군
에 빠진 청년역을 소화해 내었다. 리플리 증후군이란 현실세계를
부정하고 허구의 세계를 진실로 믿으며 상습적으로 거짓된 말과 행
동을 일삼는 반사회적 인격 장애를 말한다. 한국에는 알랭 들롱보
다 한 수 위 연기력을 보여주는 정치인이 꽤 있다. 비리와 권모술수
로 살아온 사람이 마치 민주화투사로 살아온 것처럼 아니 실제 자
신이 그렇게 살아왔다는 것을 스스로 믿어버리는 경지에 들어선 연
기력을 매일 우리는 보고 있다.

　정치를 한번도 해본 적이 없는 윤석열 정부가 탄생한 것은 바로
리플리 증후군에 빠진 좌파들의 나르시시즘과 실제 현실 사이의 모
순 때문이다. 윤석열 대통령이 기득권담합세력과 지대추구 세력과
의 투쟁이라는 새로운 어젠다를 선언한 것은 단순한 수사가 아니
다. 재벌과 권력에 정면 승부해 온 그의 삶이 자연스럽게 그런 방향
으로 이끌고 있다고 보아야 한다. 물론 좌파들은 이런 사실에 대해
부정하고 알려고 하지도 않을 것이다. 기득권 좌파세력에게는 윤석
열의 이런 진보적 성격이 보이지 않는다. 이미 물질적 이해관계와

그들의 허구적 역사관이 단단히 결합되어 있기 때문이다. 좌파들은 자신을 객관적으로 파악하는 성찰 능력을 상실해 버렸다. 그들은 자신이 객관적인 진리를 담지한 존재라는 나르시시즘에 빠져 있기 때문에 그런 관점에서 보면 윤석열 대통령은 자신들의 가면을 벗기려는 위험인물이라는 것을 본능적으로 느끼는 것이다.

원래 나르시시스트적 성격을 고치는 것은 극히 전문적인 심리적 처방이 필요한 어려운 일이다. 통상 에고이스트들, 즉 공감력 높은 착한 사람들은 이들을 상대할 수 없다. 심지어 어설프게 접근하다가 오히려 동화되어 복종하는 '플라잉몽키'가 되는 경우가 있다. 플라잉몽키란 오즈의 마법사에 나오는 마녀를 위해 일하는 날개 달린 원숭이를 말하는데 심리학에서는 나르시시스트를 위해 행동하는 사람들을 말한다. 이들은 나르시시스트가 가하는 심리적 학대를 알아차리지 못하거나 알면서도 모르는 척하는 자들이다. 우파의 입장에서 플라잉몽키의 대표적인 인물이 이준석 같은 사람이다. 목숨을 건 전쟁을 하고 있는 우파가 볼 때 이준석은 좌파를 대신해 우파를 공격하고 있다고 여긴다. 그러나 한때 우파들은 이준석을 당대표로까지 만들었다. 이것은 한국의 우파가 얼마나 취약한 상태에 놓여 있는가에 대한 극적인 반증이다. 그리고 이런 우파의 취약성이 좌파 나르시시즘을 정당화하는데 이용되고 있다.

시대정신에 배신당한 민주화운동

■ ■ ■

    한국 좌파들을 이렇게 만든 것은 오랜 기간 다양한 방식으로 이루어진 '의식화사업' 때문이다. 단순히 북한의 공작 때문만이 아니라 여기에 영향을 받은 학계와 지식인들의 지속적인 의식화가 남한 사회에 성공적으로 뿌리내린 결과이다. 자신들의 세계관은 절대적으로 옳다. 우파는 무식하고 틀렸다. 좌파는 정치적으로 올바르고 선하다. 모든 책임은 우파에게 있다. 그리고 좌파의 또 다른 이름은 진보이고 우파의 다른 이름은 보수이다. 이런 세계관을 가진 세대가 80년대를 거쳐 각 사회의 중추적 역할을 하게 되었고 상당한 뿌리를 내리게 되었다.

    사실 누가 돌을 던질 수 있는가? 전두환군사독재 시절 내가 대학에서 느꼈던 일상의 공포는 바로 폭력정권에 대한 불타는 분노로 전환되었다. 나뿐 아니라 동시대 많은 사람들이 느끼는 감정이었을 것이다. 단지 누가 돌을 더 던지고 감옥에 가는가? 아니면 뒤에서 따라다니다가 교수나 판검사가 되는 길을 선택하는가의 차이였다. 그런데 40여 년이 지난 지금의 상황은 참으로 이해할 수 없는 일이 벌어진 것이다. 초심과는 전혀 다른 상황이 전개되었다. 의도와는 다른 결과들이다.

생각해 보면 운동의 기반인 시대정신의 한계가 항상 그런 결과를 낳고 있었다. 내가 1983년 감옥에 나와서 처음 활동하기 시작한 곳이 문익환 목사가 주도한 민통련(민주통일민중운동연합)이란 곳이었다. 홍보팀의 막내로 들어가 주요 회의를 참관하고 기관지를 제작하는 일을 했었기 때문에 당시 주요 인사들의 논의를 지켜볼 수 있었다. 당시 회의는 장기표, 김근태, 이해찬, 이창복, 이부영, 이재오 등이 조직의 지도그룹이었다.

나는 이들의 논의를 지켜보면서 별로 희망을 발견할 수 없었다. 20대 초반의 피끓는 나로서는 뭔가 부족하다고 느끼고 현장에 들어갔다. 그 이후 민주노총을 건설하고 운동권 정파들과 논의하면서도 뭔가 심각한 전망의 부재가 지배한다는 것을 느꼈다. 그 예감은 세월이 가면서 선명히 드러났다. 그 한계를 극복하기 위해 안철수 의원과 함께 새정치운동을 할 때도 마찬가지였다.

나는 40여 년에 걸쳐 민주화라는 시대정신에 따라 최전선에 싸워왔다. 그러나 그 시대정신은 서서히 주체사상으로 오염되어 갔었고 그것을 눈치 차렸을 때는 이미 돌이킬 수 없을 정도로 사회 각 부문에 토대를 구축한 상태였다. 노동해방, 인간해방의 사회주의사상과 주체사상은 그 의도와는 다른 결과를 초래하는 필연적 결함을 내부에 갖고 있었다.

민주화운동의 초심에 기초해 현실을 보면 용납하기 어려운 것이 너무 많다. 지금 야당의 대표가 이재명인 것도 이상하고, 북한의 반인권적 행태에 좌파들이 침묵하고 있는 것도 이상하고, 문재인 정권의 소득주도성장론이 초래한 후과에 대해 반성이 없는 것도 이상한 것이다. 대한민국의 지성은 집단 마취상태에 있다.

민주화운동은 숭고한 인간애에 기초한 것이다. 그러나 민주화운동이 방향을 상실하고 종북주의 주사파에게 헤게모니를 넘겨준 것은 중대한 과오였다. 그리고 이들에 대해 침묵하는 것은 비열한 기회주의이다. 따라서 민주화운동의 당사자들이 오류를 시정하려고 나선 것은 지극히 당연한 일이다.

\<전문\>

우리 함께 설거지를 합시다!

오늘은 대한민국이 건국된 지 75년이 되는 날이다. 오늘 우리는 25년 후, 2048년의 오늘을 생각한다. 그날 우리는 어디에 있고, 우리 아들딸, 손자손녀들은 어떻게 살아갈 것인가? 그날이 보다 행복하고 안전하기 위해서 지금 우리가 할 수 있고, 해야만 하는 일은 무엇인가?

먼저 우리 자신을 돌아보자.

모든 청춘의 추억은 아름답고, 1972년부터 1987년 민주헌정이 중단되었던 시대와 겹친 우리 청춘의 추억 역시 아름답다. 하지만 언젠가부터 아름다운 그 시절의 깃발로 부끄러운 지금의 모습을 가리고 있지는 않은가?

노동 개혁과 연금 개혁이 청년들을 위하여, 다음 세대를 위하여 필요하다고 말로만 하고 있지 않았던가? 혹시 우리는 게으르게도 50년 전에 만들어진, 대한민국을 부정하는 세계관, 역사관을 아직도 고집하고 있지는 않았던가?

지난 정권의 무능과 일탈에도 불구하고, 또다시 민주화운동과는 아무런 상관도 없는 자를 민주화운동의 역사를 대표하는 대통령 후보로 내세워 다음 세대를 속이려 했던 최근의 행동은 어떻게 해명할 것인가?

무엇이 우리를 이렇게까지 타락하게 한 것인가? 조국과 윤미향을 비난한다고 우리의 나태와 위선이 용서받을 수 있겠는가?

우리가 만든 쓰레기는 우리가 치우자.

이는 최소한의 의무다. 새로운 시대에 우리가 할 수 있는 일이 없다고 좌절하지 말고, 우리가 젊은 시절 벌였던 잔치판을 설거지 하여 다음 세대가 새 잔치를 벌일 수 있도록 하자. 먼저 '해방전후사의 인식'이 남긴 반대한민국적이며, 일면적인 역사 인식부터 치우자.

그 어려운 여건에서 숱한 사람이 헌신하여 자유와 인권의 나라, 민주주의와 풍요를 누리는 좋은 나라를 만들어주신 조상들에게 감사하는 마음을 후손들에게 물려주자.

125년 전 1898년 독립협회와 만민공동회에서 조상들이 찾아낸 우리나라 독립운동의 기본노선, 해양문명을 받아들이고 민주공화국을 세워서 중국과 러시아, 일본 사이에서 독립을 지키자는 그 길로 다시 돌아가자. 그 길 위에서 진보든 보수든 취향대로 살자.

민주화운동의 상징 자산을 주사파가 사취(詐取)하여 독점 이용하는 이런 어이없는 사태에 책임을 지고 잘못을 바로잡자. 민주화운동은 원래 민주공화국을 지키려는 운동이었음을 분명하게 하자.

젊은 시절 민주화운동을 하였다는 사람들이 인류 보편의 가치를 버리고, 반미 반일 프레임에 갇혀 북한의 신정(神政) 체제에 관대하고 북한 인권 문제에 무관심한 이해할 수 없는 모습도 탈피하자.

정당 정치를 정상화하는 데에도 힘을 보태자.

우리나라 정당 정치와 의회민주주의가 근래에 와서 오히려 후퇴하고 있는 데에 민주주의를 부르짖던 민주화운동 세력이 큰 몫을 하고 있다는 것은 아이러니가 아닐 수 없다.

새 정부가 출범한 지 오래 되었음에도 이를 인정하지 않는 자들이 많다. 서로를 향한 증오의 언어가 난무하고, 반지성의 진영 정치가 지속되고 있다. 가짜뉴스와 괴담이 난무하는 극단의 대결 이면에 대선 결과에 승복하지 않는 이른바 '운동권 정치'가 내재되어 있는 건 아닌가?

지난 시절 우리는 민주화운동에 헌신하면서도 다원주의를 거부하는 독선과 흑백논리를 키우고 있었다. 상대를 민주공화국 내부 선의의 경쟁상대로 보지 않고, 친일파와 군부독재의 후예로, 즉 타도의 대상으로만 보았던 것이다.

우리는 민주화운동을 하는 동안 일종의 도덕적 우월감에 빠져 있었다. 그래서 모든 세대가, 모든 직군(職群)들이 흘린 피와 땀이 모두 나라의 발전에 밑거름이 되고 있음을 알지 못하였다. 하지만 아직까지 그런 태도를 고집한다면 민주공화국의 동료 시민들이 용납하겠는가?

우리는 경쟁 상대를 인정하고 사실과 과학에 기초해 건설적인 토론과 합의에 따르는 정당 정치와 의회민주주의의 복원을 지지하며, 대결과 증오를 부추기는 세력들을 축출해야 한다고 주장한다.

이제 민주화운동의 옛 동지는 하나가 아니다.

사랑하는 옛 친구들이여, 후손들에게 부끄러운 행동을 합리화하면서 우울하게 살지 말자. 이제 인정할 건 인정하고, 음울한 골짜기에서 벗어나서 밝고 명랑한 생활로 나오라.

마음이 바뀐 사람은 오지 마라. 생각이 바뀐 사람은 오라. 생각은 변함이 없고, 마음이 변질된 사람은 오지 마라. 마음은 젊은 날의 초심(初心) 그대로인데 생각이 매일 바뀌고 있는 사람은 오라. 우리 함께 설거지를 하자! 우리 후손들을 위하여!

2023년 8월 15일

민주화운동 동지회 발기인 일동

포스트구조주의와 실용주의의
결합은 의미가 없다

■ ■ ■

 내가 안철수 의원의 보좌관으로 있을 때 '수유너머'에서 공부하던 이진경 교수를 초청해 안철수 의원에게 현대정치사상과 안철수 현상의 연관에 대해 발제를 부탁한 적이 있다. 이진경 교수는 당시에는 안철수 현상에 대해 긍정적인 평가를 하고 있었다. 발제비 대신 양주를 선물로 주었다. 이진경 교수가 가고 난 후 안철수 의원에게 소감을 물었다. 안의원은 별로 공감한 것 같지 않았다. 내가 굳이 이 일화를 소개하는 이유는 포스트구조주의와 실용주의의 만남은 아무런 성과가 없었다는 것을 상징적으로 보여준 것이기 때문이다.

 내가 2000년대 초반 푸코와 들뢰즈 등을 공부할 때이다. 처음에는 이들의 철학적 사유에 무언가 깊은 의미가 있다고 생각하고 꾹 참고 공부를 했다. 마르크스나 히틀러에 의해 개인의 희생을 지긋지긋하게 겪었던 유럽이다. 당연히 국가나 사회구조가 개인을 억압하는 사상에 대한 강력한 저항의 철학이 대두하게 된 것은 이해가 간다. 그리고 거대담론에 대한 저항도 충분히 이해할 수 있다. 나역시 마르크스나 주체사상 혹은 마오쩌둥 철학에 질려 있었던 참이었다.

들뢰즈나 푸코의 철학에서 난해한 수사들을 다 제거하면 결국 남는 것은 소외된 자들에 대한 배려… 혹은 차이에 대한 인정, 그리고 사회가 강제하는 질서에 대한 거부 등이다. 주류로부터 배제된 자에 대한 인간주의적 시각을 철학적으로 정립하는 것에 반대하는 것은 아니다. 오히려 열렬히 찬성한다. 그러나 철학이 정치와 만날 때 혹은 경제와 만날 때는 주의가 필요하다. 어쩌면 내가 철학적 개념으로 기본소득론을 이야기했지만 그것이 경제나 정치와 만났을 때는 완전히 다른 모습으로 등장하게 되었던 것과 유사한 듯 하다.

내가 이런 좀 난해한 이야기를 하는 이유는 한국의 정치현실을 설명하기 위한 필수적 과정이라고 보기 때문이다. 원래 한쪽으로 휜 철근을 바로 펴기 위해서는 반대방향으로 힘을 주어야 한다. 그런데 그게 좀 지나쳤던 것일까? 사람들은 그 반대방향의 힘을 지나치게 신비화시켜서 새로운 정치적 경향을 만들어 낸다. 그것이 말하자면 인권운동, 페미니즘, 환경운동, 성소수자 운동 등의 활성화를 만들었다. 즉 거대담론의 시대는 가고 부문운동의 시대가 도래한 것이다.

한국에서는 좌절한 좌파들의 탈출구가 되어주었다. 여성운동이나 성소수자 운동에 미친 영향은 확실히 강력했다. 그리고 정치권에도 들어와서 탈이념화가 시대정신 비슷한 것이 되었고 안철수 현상으로 이어지기도 한다. 말하자면 제3정치운동의 사상적 기반 비슷한 것이었다. 포스트마르크시즘이 한국에서 주목받을 때 안철수 현상도 묘하게 겹쳤다. 사람들은 자기가 보고 싶은 것을 본다. 안철수는 당시 이런 포스트마르크시즘이 바라는 환상에 딱 떨어지는 인물이었다. 물론 이것은 안철수의 잘못은 아니다. 그러나 착시를 이용하여 한몫 챙기려는 세력들이 정치를 어지럽게 만들었다. 여기엔 나도 책임이 있다.

좌파가 진보적 역할을 한 적이 있다. 우파가 군사정권을 통해 독재를 강화하고 기득권 카르텔의 이익을 시장경제만능주의로 포장하고 있을 때였다. 1980년대는 그런 의미에서 좌파는 진보적 역할을 하고 있었다. 그러나 직선제개헌이라는 제도개선을 쟁취하자마자 모든 민주화의 동력이 그 제도적 열매에 함몰되었다. 그 이후부터는 초심이 변질되고 신적폐, 신기득권 카르텔을 좌파들이 형성하기 시작한 것이다. 노무현, 문재인 정권을 거치면서 좌파는 진보가 아니라 기득권 카르텔과 종북주의의 결합체로서 국가운영을 정파적 이익에 종속시켰다. 민주화가 확장되는 길이 아니라 종북주의가 확장되고 좌파기득권 카르텔 구조가 강화되는 길이었다. 그 결과 노동양극화는 격심해지고 부동산 집값은 몇배로 뛰어올라 지대추구 세력들만 살판이 났다. 이에 저항하는 반대 세력들은 구적폐로 몰아 버렸다. 문재인 정권은 그러한 역할을 잘 수행할 수 있는 칼로 윤석열을 스카웃했다. 아마도 얼마든지 컨트롤 할 수 있다고 생각했을 것이다.

지금 윤석열 정부는 우파인가? 좌파인가? 알다시피 윤석열 대통령은 검사였다. 그는 좌우를 가리지 않고 죄가 있다면 법대로 처리했다. 1999년 김대중 정부 경찰 실세인 박희원 경찰청 정보국장을 뇌물 수수 혐의로 구속했고, 2003년부터 권력 핵심을 상대로 한 대형 수사를 진행했다. 그의 이름을 국민들에게 알린 것은 박근혜 정부 첫 해인 2013년 국정원 댓글 사건의 수사팀장을 맡았을 때다. 그는 원세훈 국정원장을 수사하다 검찰 수뇌부를 비롯한 황교안 법무부 장관 등과 마찰을 빚었고 업무에서 배제됐다. 윤 당선인은 국정감사장에서 국정원 댓글 사건과 관련해 윗선의 외압이 있었다고 폭로했다. 그의 "나는 사람에게 충성하지 않는다."라는 말은 정치적으로 우파정권이든 좌파정권이든 정권에 충성하지 않는다는 말로 이해되어졌다.

그가 임명한 한동훈 법무부장관은 2003년 3월 최태원 SK회장을 구속시킨 후 SK와 LG, 한화 등의 한나라당 대선자금 제공 사건을 수사하고 서청원 한나라당 대표를 구속했다. 2006년 3월 현대차 비자금 사건 수사를 맡아 정몽구 현대차그룹 회장을 구속했다. 2007년엔 뇌물수수 혐의를 받은 전군표 국세청장을 구속했다. 7천만 원과 미화 1만 달러 등 뇌물 상납 혐의로 현직 국세청장에 대한 구속영장을 청구한 것은 초유의 일이었다. 그 외에도 장세주 동국제강 회장, 박성철 신원그룹 회장, 이재용 삼성전자 부회장을 구속시키는 등 소위 재벌의 저승사자였다.

사실 이 정도 경력이면 좌파가 정말 정의를 추구한다면 쌍수 들고 환영하면서 지지해 주는 것이 너무나 당연하다. 그런데 오히려 좌파 측에서 윤석열 정권 퇴진을 주장하는 것은 어찌된 일일까? 이것은 윤석열이 문제가 아니라 좌파에게 근본적 문제가 생겼다는 것을 의미한다. 수많은 사건들, 즉 조국 허위 학력위조사건, 이재명과 연관된 건설비리 및 쌍방울 대북송금 의혹, 김남국 코인 투자사건 등과 민주노총 간첩단 사건들은 이제 한국의 좌파들이 더 이상 역사의 진보적 역할을 할 수 없는 총체적 부정과 무능의 늪에 빠졌다는 것을 의미한다.

윤석열은 어제도 그랬고 오늘도 그랬고 내일도 그러할 것이다. 부정과 부패에 대해서는 싸울 것이고 자유시장경제 체제를 지키는 것이 자기 역할이라 생각할 것이다. 결국 바뀌었던 것은 윤석열이 아니라 좌파세력이었다. 그들이 총체적 무능과 비리집단이란 것을 깨닫지 못하고 있다가 이재명 대표 체제에서 극단적 형태로 드러나고 있는 것뿐이다.

물론 우파정치 역시 우려스럽긴 마찬가지이다. 자신들의 정치적 정체성을 발전시켜 오지 못한 결과 당원에 대한 재교육기능은 사실상 와해되었고 새로운 정치인도 키워내지 못했다. 공천 역시 개혁을 담보할 인물이 아니라 무난한 스펙 위주 공천으로 무기력한 우파정치세력으로 전락하면서 대통령 후보감을 내부에서 만들어 내지 못하고 있었다. 윤석열은 솔직히 우파에서 영입한 케이스이지 자체에서 성장해 온 리더는 아니지 않은가?

더탐사에서 공개한 내용은 윤석열 후보의 생각을 가감없이 보여준다. '국힘을 쥐약 먹은 놈들이라고만 생각할 게 아니라 정권교체 플랫폼으로 써먹어야', '나는 민주당보다 국힘 더 싫어한다', '국힘 접수한 후에 이놈 새끼들 개판치면 당 정말 뽀개버린다', '국힘 지도부, 뒤집어 엎고 당대표부터 전부 해임', '국힘 입당은 정권교체 하기 위한 거지 보수 당원이 되기 위해 가는 게 아니다', '김대중, 노무현 대통령 만든 사람들을 국힘에 입당시켜서 당을 바꿔버리자'

사실 사적으로 편하게 대화한 내용을 이렇게 공개한 것은 적절치 않다. 그러나 이런 것이 공개되었지만 오히려 윤대통령의 그런 인식에 공감하는 사람이 더 늘어났다. 만일 진정한 진보적 좌파라면 윤석열을 도와서 한국 정치를 개혁하는 것이 더 진보적이고 현실적인 노선이라 생각한다. 제3정치가 빠졌던 탈이념 실용주의의 한계를 윤석열은 행동으로 돌파해냈다. 내가 민생연대를 조직해서 윤석열지지 선언을 한 것은 그런 배경에서이다.

물론 지금 한국 정치에서 좌파든 우파든 세상의 변화를 따라잡지 못하고 있는 것은 사실이다. 그러나 좌파가 안고 있는 문제가 훨씬 심각하다. 우파에 비해 좌파는 신념이 더 강하기 때문이다. 거칠게 비교하자면 우파는 영양제 수액이 필요하다면 좌파는 뇌신경 수술이 필요한 상태이고 그래서 더 어려운 것이다.

진보냐 아니냐를 가르는 기준은 기득권 카르텔과 종북주의에 대한 태도이다. 좌파들은 도저히 이해하기 어렵겠지만 윤석열 정부는 그런 의미에서 진보이고 자유를 강조한다는 점에서 진보적 자유주의 정부이다. 물론 윤정부에게는 좌파와 우파의 구분을 뛰어넘는 가치를 현실에서 어떻게 보여줄 것인가 하는 과제가 남아 있다. 잘할 수 있는가의 문제는 또 다른 것이지만.

우상을 해체해야
새로운 시대정신이 보인다
■ ■ ■

이제 본격적으로 한국의 좌파에 대한 객관화 작업을 해보자. 이 작업이 중요한 것은 남한의 우파들이 덮어놓고 좌파를 도깨비처럼 만들고 있기 때문이다. 역사를 좌우의 끝없는 대립으로 만들면 일반 국민의 피해가 너무 커지고 좌파와 우파에 숨어 있는 진짜 나쁜 놈들이 면죄부를 받게 된다.

좌파운동은 대략 3단계로 나뉜다. 1단계, 즉 1980년대 이전에는 반공사상이 철저했기 때문에 엄선된 엘리트 전위들이 주로 북한과 연계된 지하활동을 했다. 통혁당이 대표적 조직이다. 비슷한 유형으로 남민전을 들 수 있다.

내가 활동하던 시기는 1단계의 마지막 단계 정도로 볼 수 있다. 1983년 내가 부산교도소에 있을 때였다. 남민전의 예비간부가 내 옆방에 있었다. 나는 이 예비간부로부터 지하활동에 필요한 모든 생활수칙과 혁명이론에 대해 배웠다. 언제 체포될지 모르니 증거를 남기지 않는 방법들. 말하자면 사투리를 쓰지 않는다. 책에 메모나 밑줄을 치지 않는다. 길을 갈 때는 항상 차의 진행방향과 같이 간다. 그래야 차량의 탑승자가 나의 얼굴을 확인할 가능성을 최소화할 수 있기 때문이다. 조직은 항상 점조직으로 횡적 연대는 차단한다 등 혁명의 기술뿐 아니라 혁명사상에 대해서도 배웠다.

같은 말이라도 이 조직원의 말을 통하면 전혀 다른 살아 있는 언어로 느껴졌다. 이 단계의 활동가들은 대부분 비합 비밀활동이어서 개인적으로 매우 뛰어난 활동가들이었다. 이들은 혁명을 위해서는 무엇이라도 할 각오가 되어 있었다. 심지어 무장강도도 혁명이 필요하다면 언제든지 할 수 있었다. 즉 한국은 미국의 식민지였고 지배세력은 타도되어야 할 적이었다. 정통성은 북한에 있었고 김일성 주석은 혁명의 수령이었다. 이런 사상으로 무장된 활동가들 중 일부가 북한의 공작원과 관계를 맺고 있었다.

2단계는 주로 서울대, 연대, 고대를 중심으로 하는 엘리트주사파들의 시대였다. 예컨대 김영환, 황인오 등이 대표적 인물인데 이들은 점조직을 기본으로 하되 정세의 요구에 따라 대중화를 추진했다. 내가 노동현장에 있을 때 주로 이들을 접촉했었는데 기본적으로 가명을 쓰고 있었고 주된 자료는 한민전 구국의 소리방송이었다. 황해도 해주에서 방송했다고 알려져 있는 한민전의 투쟁지침은 남한의 야당과 운동권에 절대적 영향을 미쳤다. 이 시기 대표적 지하 써클이 민혁당이었고 그 대표격이 김영환이었다. 김영환의 전향은 이들 주사파들에게 직접적 영향을 미쳤다.

당시 나는 이미 주체사상의 문제를 느끼고 있었기 때문에 김영환의 전향에 깊이 공감해서 내가 조직했던 써클들을 다 해체시켰다. 이미 말한 바 있지만 일부 회원들은 그 방침에 반대하면서 별도로 조직을 구성했다. 사실 당시 해체과정에서 그 정치적 의미에 대한 깊은 토론을 하지 못한 것은 사실이다. 주체사상 그리고 사회주의의 근본적 문제를 느끼고 조직을 해산하는 것인데 당시 수많은 운동써클들이 그런 문제를 정면으로 다룰 만한 이론적 철학적 수준은 아니었기 때문이다. 결국 그 과정에서 그런 방침을 납득하지 못한 조직원들이 따로 조직들을 결성했고 그것이 인천연합. 경기동부연합, 광주전남연합, 부울경연합 같은 조직들이다.

3단계는 시기적으로 90년대 후반으로 주체사상이 대중적 토대를 확보하면서 비엘리트층에서 정파적 진지를 확보하는 단계이다. 학번으로 치면 주로 83학번부터가 이런 경향을 띠면서 노동현장으로 투신했고 2단계에서 따로 조직을 만들어간 그룹들과 결합하게 된다. 이론적으로는 지극히 단순무식하나 실천적으로는 대중성을 강하게 띠고 있었다. 주로 민노총 등 공개된 대중조직에 많이 스며들어왔다. 2001년 이른바 '군자산의 약속'이라는 집회를 계기로 이들은 급속히 진지전을 강화하게 된다. 물론 북한은 소위 '김일성장학금'을 이용한 보다 장기적 우호층 양성작업도 병행했다고 알려져 있지만 이 대상과 규모는 아직 드러나 있지는 않다. 그리고 그 대상들이 여전히 잘 관리되고 있는지도 의문이기는 하다.

이렇게 3단계를 거치면서 이들 중 일부가 이탈하여 뉴라이트 운동을 통해 전향을 했다. 그리고 나머지는 다시 최근 민주동지회를 결성해서 과거 운동권의 오류에 대한 자기비판을 통해 새로운 진보의 재구성을 추진하고 있다. 나는 노동운동세력으로 제3정치를 추진하다가 민생연대를 구성하고 신자유민주연합을 추진하고 있는 중이다. 이들 중 일부는 여전히 주체사상은 거부하지만 좌파적 지향을 유지하는 그룹도 있고 아예 좌파의 근본적 문제를 인정하고 우파로 전향한 그룹도 있다. 물론 어떤 기존 담론에 규정당하는 것을 거부하는 사람도 있다.

그러나 청년시절 심장에 새겨진 의식화의 힘은 매우 크다. 폭압적인 군사독재시절 이승만과 박정희에 대한 분노를 몸속에 각인시킨 청년들은 나이가 들어서도 생각이 바뀌지 않는다. 그것은 변절이라 생각한다. 솔직히 이들을 설득할 자신이 없다. 나 자신도 그렇게 생각해 왔고 이승만과 박정희에 우호적인 사람들을 도저히 이해할 수 없고 용서할 수 없었기 때문이다. 나의 생각이 바뀐 것은 오직 경험만이 가능했다. 정치의 세계에서는 천사를 악마로, 악마를 천사로 만드는 것이 가능했다. 내가 그런 일을 겪고서야 깨달았으니 어떻게 그들을 말로 설득할 수 있겠는가!

그럼에도 이렇게 말하고 있는 이유는 '용서받고' 또 '용서하기' 위해서이다.

김여정의 '대한민국'

■ ■ ■ ■

내가 이렇게 좌파운동을 3단계로 분류한 이유는 남한의 간첩과 민주화운동세력 그리고 북한의 소위 김일성지도체제와의 연결성을 세밀하게 파악하기 위해서이다. 그래야 정확하게 최근의 정세변화를 인식할 수 있다. 예컨대 2023년 7월 11일 북한의 김여정은 '대한민국'이란 말을 사용하면서 무단침범 시 미국에게 공격할 수도 있다는 담화를 발표했다. 대한민국이라는 용어를 사용한 것은 처음이다. 그러나 이러한 변화는 도대체 어디서부터 시작했고 어떤 의미가 있을까?

우선 2021년 제8차 당대회에서 노동당은 규약개정을 한다. '전국적 범위에서 민족해방민주주의 혁명과업 수행'을 삭제하고 '공화국 북반부에서 부강하고 문명한 사회주의 사회건설', '전국적 범위에서 사회의 자주적이며 민주적인 발전의 실현'을 추가한 것이다. 이와 비슷한 시기에 대남 담당 비서 직책은 사라지고 대남업무 관계자들도 자취를 감추었다. 조평통(조국평화통일위원회)도 활동중단 상태에 들어갔고 남한과의 관계에서 외무성을 내세우고 있다.

이런 일련의 변화들이 의미하는 것은 무엇일까? 여러 가지로 해석할 수 있지만 나는 김여정이 대한민국 주사파에 대해 일종의 '짜증'을 내고 있다고 느껴진다. 북한공산당은 이미 그런 적이 있다. 6.25전쟁을 기획할 때 남로당의 박헌영은 북한이 남한을 공격하면 남로당의 지하조직들이 중심이 되어 남조선 전역에서 봉기할 것이라고 자신했다. 김일성은 이런 남로당 박헌영의 주장을 믿었으나 막상 전쟁이 시작되자 기대만큼 남조선의 남로당 역량이 따라주지 않는 것을 알게 되었다. 결국 김일성이 남로당 출신들을 거의 숙청해 버렸다는 것은 잘 알려진 객관적 사실이다. 이번 '대한민국'이라는 표현에는 그런 역사가 되풀이될 수 있다는 것을 경고하는 것은 아닐까?

물론 진짜 남조선해방을 포기한다? 북한이 그것을 포기한다는 것은 있을 수 없는 일이다. 북한은 자신들의 '남조선해방' 노선을 포기하지 않았다. 그 증거는 여전히 '전국적 범위에서 사회의 자주적이며 민주적인 발전의 실현'이라는 문구 속에 남겨져 있다. 전국적 범위란 남한을 포함한다는 것이다. 문제는 이런 표현의 변화 속에 담겨 있는 상황에 대한 이해이다.

나는 북한의 김정은이 합리적 이성과 사회운동에 대한 통찰력이 어느 정도 있다면 당연히 이런 결론에 도달할 수 있다고 생각한다. 왜냐하면 현재 대한민국에서 활동하는 주체사상파들은 자주적이지도 않고 창조성도 없으며 사회발전을 따라잡지도 못하고 있기 때문이며 앞으로도 그 가능성이 매우 희박하기 때문이다. 그리고 이들을 그렇게 만든 것은 바로 북한의 대남사업부의 무능과 무책임 때문이다. 물론 이들 대남사업부를 그렇게 지도한 것은 다름 아닌 김정은 최고사령부이다. 원래 지도자는 무한책임을 지는 것이니까. 그러나 원래 독재자는 절대 자신의 책임을 인정하지 않는다.

역사상 그런 예는 많다. 삼국지의 조조는 도망다니다가 여백사라는 친척집으로 간 적이 있는데 자신을 대접하기 위해 돼지를 잡으려고 칼을 가는 사람을 오해해 죽였다. 그리고 아무것도 모르는 여백사 일가까지 후환을 우려해 다 죽여버렸다. 그리고 한 변명이 '내가 천하를 배신할 수는 있어도 천하가 자신을 배신하게 두지 않겠다'고 했다. 그리고도 성공한 황제가 되었다.

이런 것을 배운 것일까? 얼마 전 북한 김정은 국무위원장은 김덕훈 내각총리를 '건달뱅이들이 무책임한 일본새로 국가경제사업을 다 말아먹고 있다'고 욕을 했다. 이런 예는 여러 번이다. 2009년 현금을 100대 1로 교환해 주는 화폐개혁을 단행했지만 그 후과로 장마당이 마비되고 기업과 국가기관들이 파산상태가 되자 노동당 재정계획부장 박남기를 희생양으로 삼아 공개처형해 버렸다. 명분은 '지주의 외손자 출신으로 자본주의를 이식하려 한 간첩'이었다.

김정은의 아버지 김정일은 1990년대 '고난의 행군' 시절 수십만 명의 아사자가 생기자 노동당 농업비서 서관희에게 모든 책임을 물어 공개처형했다. 이것으로도 부족한지 당간부 2000여 명을 간첩혐의로 숙청했고 이것 때문에 민심이 흉흉해지자 이번에는 간첩단 사건을 조사한 간부들을 당과 인민을 이간질시킨 혐의로 또 처형해 버렸다. 이런 계속 되는 공포 분위기만이 현재 북한체제를 유지하게 만드는 유일한 길이다. 북한은 이미 무한한 악순환의 궤도에 있다. 주체사상 자체와 수령 자체가 북한 문제의 근원이기 때문에 책임은 하부에 묻지 않을 수 없다. 만일 상부에 묻는다면 그것은 곧 백두혈통의 종말을 의미한다.

자, 이런 북한정치체제의 특성을 고려한다면 '대한민국'이란 용어는 사실상 북한 지도부의 처절한 책임회피용 반성문이자 전략변화를 의미한다. 그동안 남조선을 해방시키겠다고 했던 자신들이 한계에 도달했고 오히려 해방 당하게 될 처지에 놓였다는 것을 무의식적으로 드러낸 것에 가깝다. 동시에 그 책임은 내가 아니라 무능한 당간부들과 남한의 주사파들이 져야 한다는 면피성 자아비판으로 해석되어야 한다. 점점 곤궁한 처지로 빠져드는 이런 상황에 대한 분노와 짜증이 섞여 있고 책임을 외부에 떠넘기는 의미가 '대한민국'이란 용어에 함축되어 있는 것이다. 그리고 이제는 독자생존을 위해 자기 갈 길을 가겠다는 의지의 표현이다. 즉 방향을 어느 정도 잡은 것으로 보인다. 북한의 유일한 출로는 중국과 러시아 등 일종의 좌파동맹을 활용하는 길이다. 이것은 제2차 신냉전체제로 돌입하는 것을 의미한다.

북한의 일보전진 이보후퇴

■ ■ ■

　만일 진짜 이런 의미의 규약개정이라면 이는 오히려 대한민국이 바짝 긴장해야 할 사건이다. 그것은 상대가 정세를 돌파할 계기와 새로운 희생양을 찾고 있다는 것을 의미하기 때문이다.

　나는 이런 북한의 전략변화가 필연이라고 본다. 북한의 김정은 지도부가 바보가 아니라면 한국의 주사파들을 지도하는 북한의 대남책임자들이 무능하고 실제 남한의 혁명을 이루기 어렵다는 판단을 할 수밖에 없을 것이다. 동시에 남한 내 심어놓은 간첩망과 연계된 주사파 활동가들이 단기간에 북한의 기대에 부응할 가능성도 없다는 것도 눈치채고 있을 것이다. 솔직히 이들 대남사업부를 관리하는데 들어가는 비용이 만만찮고 동시에 이들과의 연계가 밝혀질 경우 윤정부에 대해 힘을 실어주는 결과를 초래할 뿐이라는 인식도 할 것이다.

　그래서 규약개정의 공식적 의미는 남조선해방노선의 수정이지만 이것에 대한 일차원적 해석은 '우리는 너희들 문제에 대하여 직접적으로 관여할 생각이 없다. 우리부터 먼저 잘 살아야겠다. 이제 남한을 남처럼 대하겠으니 우리 체제를 건드리지 마라'는 뜻으로 읽힌다. 그러나 숨겨진 메시지는 '이제 너희는 같은 민족이라고 볼 수 없으니 여차하면 적국으로 간주하고 핵무력을 사용해서 전국적 범위에서 식민지화 하겠다'는 것이다.

이미 전조가 있었다. '우리국가제일주의'는 2017년 11월 29일 대륙간탄도미사일(ICBM) '화성-15형'을 발사한 지 하루 만에 11월 30일자 노동신문 사설에 처음 등장한다. 이후 노동당 기관지나 북한의 언론매체와 교재들에 '우리국가제일주의'가 빈번히 등장했고 국가 정체성의 재확립과 미래 전략의 새로운 개념으로 자리 잡게 되었다. 북한이 말하는 '우리국가제일주의'는 "핵 전략자산 보유국으로서 국가의 존엄과 지위를 높이기 위한 결사적인 투쟁의 결과로 탄생한 자존과 번영의 새 시대"로 규정된다. 이는 남북의 명맥을 이어주는 '민족'의 개념이 사라지고 남북을 분리하는 핵에 기반한 국가주의를 강조한 것이다.

이것이 국내정치에 주는 함의는 대한민국 내 주사파들의 입지가 점점 좁아질 것이라는 것이다. 즉 북한이라는 혁명근거지가 주사파와 '손절'하기 시작함으로써 이제 스스로 자신의 실력에 의해 살아남아야 하는 조건에 처해졌다는 점이다. 달리 말해 남북한 긴장이 고조되면 중간지대는 설 땅이 없게 된다. 종북단체들은 더 활동이 위축될 수밖에 없다. 이는 진보당, 정의당, 노동당, 민주당, 민노총 등 각 단체들이 그런 상황 변화에 대응할 수 있는가의 문제와 연관된다. 그러나 변화에 성공할 가능성은 매우 낮다. 주체사상은 그들을 가장 비주체적으로 만들어 놓았기 때문이다.

주체사상은 인간을 비주체적으로 만든 책임을 지지 않는다

■ ■ ■

　주체사상은 마르크스주의의 교조적 한계를 극복하고자 만들어진 사상이다. 좌파들이 교조적으로 되는 것은 마르크스주의 자체에 그런 요소가 있기 때문이다. 말하자면 역사발전의 5단계 같은 것이 대표적이다. 인간의 의지와 무관하게 역사는 자본주의를 거쳐 사회주의 공산주의로 발전하는 것이 과학적 필연이라면 인간이 이렇게 힘들게 무리한 혁명운동을 할 필요가 있을까? 적당히 진지전을 펼치다가 때가 오면 봉기해서 권력을 잡으면 되지 않을까? 하는 생각들을 실제로 하고 있었다. 이런 생각들은 그래서 대기론에 빠지기 쉽고 실제 해방정국에서 좌파 활동가들은 현장에서 실천을 조직하기보다 소련의 당간부에 줄대는 것에 혈안이 되어 있었다.

　말하자면 현실과 이념의 불일치는 항상 일어나는 일이고 북한의 정권을 둘러싼 투쟁은 더 심각했을 것이다. 그런 권력투쟁의 과정에서 만들어진 주체사상은 소련, 중국을 추종하는 소련파 · 연안파를 사대주의 · 교조주의로 몰아서 숙청하는 과정에서 더 무서운 물질적 힘으로 전환했다. 황장엽이 김일성의 승인 하에 1958~73년 주체사상의 독자적인 철학체계를 개발했다고 하지만 그것은 일종의 학문체계를 세운 것이지 사상 자체를 창조한 것은 아니다. 그는 철학적 원리, 인간중심 사회역사관, 인간관·생명관 등으로 구성된 인간중심 철학을 정리했다. 철학적 원리는 "사람이 모든 것의 주인이고, 모든 것을 결정한다."는 것이다.

너무나 평범해 보이는 이 명제는 맥락을 이해하지 못하면 아무 의미가 없다. 역사나 어떤 초지배적 법칙이 인간의 운명을 결정하는 것이 아니라 사람이 모든 것의 주인이며 모든 것을 결정하기 때문에 소련이나 중국의 지시나 기다리는 그런 사람들은 혁명의 걸림돌이 될 뿐이다라는 것이 감추어진 맥락인 것이다.

상당히 박력있는 철학처럼 보이지만 결국 이 사상도 1974년 김정일이 후계자가 되면서 변질되기 시작했다. 특히 그가 "당 안에는 오직 하나의 사상, 수령의 사상만이 지배해야 하고 수령을 중심으로 전 당이 굳게 통일 단결되어야 하며, 수령의 유일적 령도가 보장되어야 한다."는 '유일사상체계(唯一思想體系)'를 확립하면서부터다. 1960년대까지는 주체사상이 마르크스-레닌주의에 바탕을 두고 북한의 현실에 맞게 발전해 왔다고 주장했지만, 1970년대부터는 마르크스-레닌주의를 버리고 주체사상만 따르라고 한 것이다.

북한이 강조한 주체사상의 특징 중 중요한 것은 첫째, 수령론이다. 수령론은 사람이 자주성과 창조성 그리고 의식성을 가진 모든 것의 주인이기는 하지만, 반드시 수령의 올바른 영도를 받아야 역사적 주체로서의 역할을 할 수 있다는 것이다.

둘째는 '사회정치적 생명체론'으로, 일종의 국가 유기체론이다. 수령이 머리이고 당이 몸통이며 인민대중이 팔다리라는 내용이다. 인간은 육체적 생명도 있지만 사회정치적 생명도 있다. 육체적 생명은 유한하지만 사회정치적 생명은 영원하다며 영생하는 생명을 얻어야 한다고 주장한다. 이것은 헤겔의 절대정신과 상통하지만 그것을 수령론으로 결합시킴으로써 완전히 정권보위용 철학으로 만들어 버렸다. 그런데 여기서 더 핵심은 한 국가에 머리가 두 개가 있을 수는 없다는 것이다. 김여정의 '대한민국'론과 결부시켜 말하자면 결국 이 사상을 견지한다면 한 국가에는 하나의 머리만 존재할 뿐이고 그렇다면 남조선 혁명도 불가피한 의무가 되지만 두 개의 국가로 상정한다면 남조선해방이라는 강박에서 일단 풀려나면서 다양한 옵션이 생기는 것이다.

이런 주체사상은 북한에서는 80년 초에 하나의 일관된 철학체계로 완성되었는데 남한에도 공작원들에 의해 은밀히 전파되기 시작했다. 특히 당시 군부독재시절의 민주화운동세력들은 반정부투쟁을 하면서 이론적 지침을 얻기를 원하고 있었는데 이 주체사상은 매우 강력한 교재가 되어주었다.

마르크스 레닌주의는 노동계급을 혁명의 주체로 세우는 운동이다. 그러나 당시 대한민국의 노동현실은 고도성장의 호황기를 맞아 혁명보다는 임금인상으로 만족하는 경향이 강했다. 계급투쟁으로 발전시킬 만한 갈등은 정권 차원의 정무적 판단에 따른 수동혁명을 통해 김을 빼고 있었다. 무리하게 계급투쟁을 선동해도 실제 노동계급을 혁명의 주인으로 만들기에 이미 한국사회는 자본주의의 고도성장 단계에 들어가 있었다. 아까 이야기했던 간첩의 1단계는 이런 정세에서 불가피하게 지하활동을 중심으로 할 수밖에 없었던 것이다.

따라서 이에 어려움을 느끼던 민주화운동 세력들과 노동운동가들은 마르크스 레닌주의보다 좀 더 진일보한 운동론을 요구하고 있었는데 주체사상이 그 대안이 되어주었던 것이다. 이것은 또한 소련의 몰락으로 인한 마르크스주의의 붕괴가 한몫했다. 대부분 마르크스주의자로 활동하던 운동권들이 소련이 망하자 자연스럽게 그 대안으로 주체사상을 받아들이기 시작한 것이다. 특히 군사독재정권에 원한을 가진 사람들은 '적의 적은 내편'이라는 식으로 자발적 주사파가 되기도 했다.

그러나 90년대 후반이 되면서 주체사상의 이론적 실천적 한계 역시 분명해져가고 있었다. 이 한계를 반영해서 남한의 민주화운동 세력은 크게 세 부류로 분화하고 있었다. 하나는 정치세력화의 길이고, 또 하나는 대중조직강화론, 세 번째는 참여연대와 같은 시민운동의 활성화를 추구하는 흐름으로 분화된다,

이 글을 쓰고 있는 2023년의 정세는 이 3단계가 아직 결정적 영향을 주고 있는 국면이기 때문에 좀 자세히 알 필요가 있다.

앞서도 말했지만 2001년 이른바 '군자산의 약속'에서 당시 오종렬 상임의장은 "자주적 민주정부를 수립하고 연방통일조국을 실현하는 힘은 우리 위대한 민중들에게 있지만 그들의 힘을 하나로 모으는 것은 굳건한 민족민주전선이다…(중략)식민지 지배질서가 온전하고 있는 우리 사회에서 전민중의 전면적 항쟁은 미국의 식민지배와 분단장벽을 허물고 자주와 민주, 통일의 새 세상을 안아올 수 있는 지름길"이라며 소위 식민 지배 상태에 있는 남한을 해방, 남북 연방제로 통일하자고 주장했다.

당시 대회에서 발표된 자료집은 소위 '낮은 단계의 연방제를 거친 후 자주적민주정부를 수립해 연방통일조국을 건설할 것'을 주장하고 있다.

자료집은 구체적으로 '낮은 단계 연방제'에 대해 ▲평화협정 체결을 통한 주한미군철수 ▲국보법 철폐로 남북 連帶(연대)·聯合(연합)

합법화 ▲남북 諸(제) 정당사회단체 연석회의를 통한 민족통일기구 구성 등이 기초가 될 것이라고 설명하고 있다.

이와 함께 '연방통일조국 건설'에 대해서는 ▲북한의 '사회주의혁명역량'과 미국의 '제국주의세력'의 대결에서 사회주의혁명역량이 승리하고, 남한 내 '민족민주전선역량'이 '親美예속세력'의 대결에서 민족민주전선역량이 승리한 뒤, ▲남한 내 '민족민주전선역량'의 反帝鬪爭(반제투쟁)이 북한의 '사회주의혁명역량'이 승리의 기선을 잡은 反帝戰線(반제전선)에 加勢(가세) · 結集(결집)하는 양상으로 전개될 것이라고 했다.

'전국연합'은 이를 위해 2005년 사업목표로 "6.15공동선언 5돌, 광복 60년, 미군점령 60년을 맞아 2005년을 자주통일의 원년, 주한미군철수 원년으로 맞이하자"고 결의했고, 2004년 사업목표로 "미제(美帝)식민지배체제의 결정적 해체, 6.15선언이행을 앞당겨 連北(연북) · 連共(연공)의식의 대고조 이룰 것, 事大賣國(사대매국)세력 한나라당 박살, 국보법 · 利敵(이적)규정 · 主敵(주적)규정철폐" 등을 결의했다.

'전국연합'은 국보법철폐에 대해 "하나의 惡法을 없애는 투쟁에 그치지 않는다."고 전제한 뒤, "친미수구세력을 척결하는 투쟁", "친미수구세력의 생명줄을 끊어 놓는 투쟁", "친미수구세력을 사회적으로 매장해 버리는 투쟁" 등으로 정의해 왔다.

바야흐로 2001년 '군자산의 약속'은 70년 동안 남한 땅에 뿌려놓았던 북한의 대남공작의 씨앗들이 드디어 대중적으로 지상에 올라와 화려한 꽃을 피우기 시작한 상징적 사건이다. 이런 노선이 정립된 후 20여 년의 세월이 지났다. 이들의 노선은 변하지 않았고 오히려 더 강화되고 있다.

문제는 북한의 주장을 대한민국의 학계, 문화계 등이 암묵적으로 수용해서 재생산 구조를 확보하고 있다는 점이다. 심지어 과거 점조직으로 움직이던 단계를 지나 대중단체까지 장악해서 직접 북한의 지침을 받아 대중구호로 반영할 수준으로 되었다. 민주노총만 하더라도 건설초기의 다양한 노선을 둘러싼 논쟁은 사라지고 지도부의 일방적 투쟁지침만 존재한다. 형식상 토론이란 것이 있기는 해도 아무런 의미가 없다. 결론은 정해져 있고 단지 지도부의 정무적 판단에 의해 완급 혹은 강도가 조절될 뿐이다.

한미군사동맹 파기라는 북한의 주장이 그대로 민주노총 투쟁 현수막에 걸리고 북한의 '퇴진이 추모다'라는 선동구호가 이틀이면 민주노총의 투쟁 구호로 등장한다. 가장 핵심인 조직국장이 최근 간첩사건으로 구속되었는데도 책임지는 사람 하나 없이 오히려 공안탄압으로 몰면서 윤정권퇴진 투쟁을 결정했다. 민주노총이라는 한때 대한민국 민주화의 거점이 되었던 대중단체가 이렇게 북한 주사파의 헤게모니에 장악된 것은 하루아침에 된 것이 아니다. 역설적으로 주체사상은 실제로 활동가들을 창조적 혁명의 주체로 만드는 것은 크게 실패를 한 것이다.

자! 그렇다면 여기서 어느 정도 상황이 이해가 되지 않은가? 대한민국은 지금 좌파들이 득세하고 주사파들이 진지전을 확대해 성공하고 있는데 어째서 북한은 남조선해방혁명노선을 폐기하고 전국적 범위의 자주적 민주적 사회발전 노선으로 전환한 것일까?

이것은 쉽게 말해 첫째, 남북한의 실질적 경제적 군사적 역량차이가 너무 커서 북한이 남한을 삼키기 어렵게 되었다는 것을 반영한 것이다. 둘째, 남한의 주사파 세력의 역량이 남한을 자체의 힘으로 장악할 만한 수준이 되지 않고 상당기간 그럴 가능성도 없다. 그리고 그런 상태에서 무리한 방침을 내리는 것은 오히려 자주적 역량강화에 도움이 되지 않는다. 셋째, 이런 상태에서 남한 주사파와의 무리한 관계강화는 재정적 부담과 함께 정치적 부담도 지게 되어 결국 우파정권을 이롭게 만들 뿐이다 라는 판단을 내부적으로 하고 있지 않을까? 물론 이런 판단은 북한정권 내부의 통일된 인식은 아닐 것이다.

북한의 침략은 실제상황이 될 가능성이 높다

■ ■ ■

최근 몇 년 만에 민방위훈련이 재개되었다. 그러나 도로에 차량은 그대로 달리고 대피소로 피신한 사람은 초등학생 1명뿐이었다고 한다. 말하자면 설마 북한이 먼저 쳐들어오겠어? 하고 방심하고 있는 것이다. 그러나 현실은 결코 안심하고 있을 상황이 아니다.

먼저 북한은 2021년 당대회에서 남조선해방이라는 표현을 삭제한 규약개정을 했지만, 다음해 2022년 6월 22일 평양에서 소집된 조선로동당 중앙군사위원회 제8기 제3차 확대회의에서는 전혀 다른 방침을 결정한다.

이 회의를 잘 살펴보는 것은 매우 중요한데 수정 보충된 '남조선해방전쟁' 작전계획에는 한미련합군이 북측 지역에 우발적인 총격 또는 포격을 감행하지 않아도, 조선이 불시에 선제타격으로 제2차 '남조선해방전쟁'을 재개한다는 방침이 들어 있다. 우선 표현상으로도 제2차 남조선해방전쟁이라는 것이 명확히 적시되어 있다.

이것은 북한의 주장에 따르면 2022년 상반기에 북한의 전술핵무력이 완성되었기 때문에 10년 전에 비준된 '남조선해방전쟁' 작전계획도 변화된 현실에 맞게 수정보충된 것이다.

간단히 말해, 2012년 8월에 비준된 '남조선해방전쟁' 작전계획에는 들어 있지 않았던 불시의 선제전술핵타격 방침이 2022년 6월에 비준된 '남조선해방전쟁' 작전계획에 들어간 것이다. 불시에 선제전술핵타격으로 제2차 '남조선해방전쟁'을 재개하는 것은 2022년 6월에 채택된 '남조선해방전쟁' 작전계획에 수정 보충된 새로운 전쟁전략방침으로 보아야 한다.

이 방침의 변화는 2022년 9월 8일 조선민주주의인민공화국 최고인민회의가 채택한 '조선민주주의인민공화국 핵무력정책에 대하여'라는 법에서 확인된다. 그 중 세 가지 방침을 보면

첫째, 한미련합군의 재래식 공격이 임박하였다고 판단하면, 조선은 불시에 선제전술핵타격으로 제2차 '남조선해방전쟁'을 재개한다. → 즉 이것은 한미연합군이 실제 북침을 하는 것이 아니라 연습만 하는 경우라도 불시에 선제 전술핵 타격을 하겠다는 것이다.

둘째, 조선의 국가지도부를 제거하려는 한미련합군의 재래식 공격이 임박하였다고 판단하면, 조선은 불시에 선제전술핵타격으로 제2차 '남조선해방전쟁'을 재개한다. → 조선의 국가지도부를 제거하려는 한미연합군의 재래식 공격은 이른바 참수작전을 말한다. 그러므로 한미연합군이 참수 작전을 실제로 감행하는 것이 아니라 참수작전을 연습하는 경우라도 조선이 한미연합군의 재래식 공격이 임박하였다고 판단하면, 불시에 선제전술핵타격으로 제2차 '남조선해방전쟁'을 재개하게 된다.

셋째, 조선의 전략거점들을 파괴하려는 한미련합군의 재래식 공격이 임박하였다고 판단하면, 조선은 불시에 선제전술핵타격으로 제2차 '남조선해방전쟁'을 재개한다. → 조선의 전략거점을 파괴하려는 한미연합군의 재래식 공격은 이른바 3축체계를 가동하는 북침 공격을 의미한다. 그러므로 한미연합군이 3축체계를 가동하는 북

침공격을 실제로 감행하는 것이 아니라 3축체계를 가동하는 북침공격을 연습하는 경우라도 조선이 한미연합군의 재래식 공격이 임박하였다고 판단하면, 조선은 불시에 선제전술핵타격으로 제2차 '남조선해방전쟁'을 재개하게 된다.

자! 북한의 입장에서 체제를 지키고 남조선해방전쟁을 성공시키기 위한 최상의 전략은 무엇일까?

북한이 불시에 선제전술핵타격으로 한미연합군 전쟁지휘소들을 파괴하여 그들의 전쟁수행력을 제거하면, 작전명령을 받지 못하는 한미연합군은 우왕좌왕하다가 북한군의 포위망 안에 몽땅 갇히게 된다. 북한군은 그런 절호의 기회를 놓치지 않고 그들에게 함화공작을 들이대면서 그들을 집단투항으로 유도할 것이다. 평소에 정신교육을 거의 받지 못해서, 정신상태가 해이하고 군기가 엉망인 한미연합군은 북한군의 함화공작에 넘어가 집단투항을 택할 수밖에 없을 것이다. 그렇게 되면, 북한인민군은 한국군 포로들을 무장 해제하여 귀가시키고, 아메리카핵제국과 포로송환협상을 벌여 미국군 포로들과 가족들을 귀국시킬 것이다. 이것이 이른바 그들의 72시간 제2차 남조선해방전쟁의 승리 시나리오이다. -[개벽예감 508] 제2차 '남조선해방전쟁' 연기 기간 끝났다 -한호석 통일학연구소 소장

이런 시나리오는 전술핵무기를 얼마나 효율적으로 사용할 수 있는 능력이 있는가에 달려 있다.

자주시보의 한호석 같은 이는 북한이 제2차 '남조선해방전쟁'에서 타격정밀도가 높은 전술핵탄미사일을 사용하면, 전술핵무기를 사용하지 못한 러시아와 달리 인명 손실과 전쟁피해를 100분의 1로

최소화할 수 있다고 주장한다.

계속해서 한호석의 주장을 인용하면 2022년 9월 8일 북한의 최고인민회의는 '조선민주주의인민공화국 핵무력정책에 대하여'라는 법을 채택했고, 2013년 4월 1일에 채택했던 '자위적 핵보유국의 지위를 공고히 할 데 대한 법'을 폐기했다. 최고인민회의가 '자위적 핵보유국의 지위를 공고히 할 데 대한 법'을 폐기한 까닭은 그 법이 제2차 '남조선해방전쟁' 연기가 사실상 종료된 오늘의 현실에 맞지 않기 때문이라고 설명하고 있다.

구체적으로 말하면, 그 법은 북한이 전술핵무력을 완성하고, 선제핵타격 능력을 고도화하기 이전의 현실을 반영한 낡은 법이다. 북한은 제2차 '남조선해방전쟁'을 앞둔 매우 중대한 시기에 새로운 법을 채택하여 제2차 '남조선해방전쟁'의 법적 근거를 마련한 셈이다.

북한이 이런 구상을 실현시킬 또 하나의 전제조건은 국제정세일 것이다. 지금은 세계적 차원에서 볼 때 새로운 냉전체제가 형성되고 있다. 우리 입장에서 볼 때 자본주의의 발전단계에서 새로운 4.0버전의 시대로 돌입했지만 공산국가의 입장에서 볼 때는 새로운 제국주의 단계, 패권국가의 시대로 이해하고 있다. 최근 중국이 반패권주의를 주장하면서 동맹국을 확대하려고 시도하고 있고 러시아 등과 연합하는 흐름들이 강화되고 있는 상황에서 북한은 이들과 전략적 연대를 강화할 것이다. 이러한 이념과 경제적 동인을 중심으로 다극화되는 세계 체제는 인류 역사에서 새로운 위기 국면이다.

북한은 이 위기를 체제수호의 관점에서 본다. 당연히 북한의 입장에서 본다면 미국이 전쟁을 동시에 여러 군데서 수행할 수 없다는 약점을 파고 들 수밖에 없다. 대만, 중국, 러시아, 이란, 아프리카 등의 분쟁지역에서 동시에 반(反)미 전쟁이 진행되고 한국에 대한 전술핵공격이 짧은 시간에 성공한다면 미국의 개입을 최소화할 수 있다는 판단을 하고 있을 것이다.

북한은 1차 남조선해방전쟁에서 맥아더 등이 그렇게 강하게 주장했지만 결국 핵을 사용하지 못했다는 것을 미국의 한계로 파악하고 있다. 미국도 어차피 자국이익이 우선일 것이라고 보는 것이다. 미국은 전술핵타격으로 조선에 보복하는 것이 제3차 세계대전으로 확전되어 핵제국 자체를 멸망시킬 치명적 위험을 두려워하기 때문에, 북한이 불시에 선제적 핵타격으로 제2차 '남조선해방전쟁'을 재개해도 감히 핵보복을 하지 못할 것이라고 믿고 싶어한다. 미국 내부의 취약한 정당구조 등은 감히 중국과 러시아의 개입을 불러올 수 있는 3차 핵전쟁으로 발전시켜나갈 배짱이 없다고 보는 것이다. 사실 미국의 내부 정치의 취약한 구조로 볼 때 자국의 정치적 한계로 인한 외교적 일관성이 무너질 가능성도 배제할 수는 없다.

만일 북한지도부가 이렇게 판단하고 있다면 도대체 21년도의 남조선해방노선의 폐기와 22년의 핵무력 전쟁준비의 기조 차이는 어떻게 보아야 하는가? 군부와 내부 현실파의 갈등인가? 그럴 수도 있다. 그러나 그것은 어쩌면 대립되는 것이 아니라 한편으로는 내부 역량 강화의 시간을 벌고 외부로는 핵 협박을 통해 혹시 있을 수 있는 체제 위협요소를 제거하려는 몸부림으로 볼 수 있다.

이런 판단이 맞다면 문제는 이런 기조에 따른 북한의 대남전략에 한국 내부의 좌파와 우파정치는 어떻게 대응해야 하는가이다. 남과 북의 체제경쟁은 지금도 현재 진행형이다. 그리고 최종적인 해결은 아직 되지 않았다. 대한민국의 좌파들은 북한의 이런 전략에 어떤 입장을 취할 것인가? 도울 것인가? 아니면 이용당할 것인가? 아니면 대한민국의 입장에 설 것인가? 아니면 북한을 도우면서 결과적으로 북한을 이롭게 하는 정치를 할 것인가?

지금까지는 대한민국 좌파들은 북한에 적당히 이용당해 주면서 자기 이익을 챙겨왔다. 햇볕정책은 결과적으로 순진하거나 기회주의적이었다. 그것은 북한에게도 제대로 된 교훈을 주지 못했다. 다시 말해 남조선해방혁명 노선의 완전 포기를 유도해내지 못한 것이다. 오히려 북한은 문재인 대통령을 겨냥해 삶은 소대가리 운운하며 실망을 표현한 바 있다. 이것을 해석하면 '남한의 좌파들은 우리 북한 지도부가 시키면 시키는 대로 잘해야 하는데 멍청하게 제대로 일을 하지 못한다'는 뜻으로 읽힌다. 그러나 북한은 그렇게 자신이 짜증내면서 남 탓할 게 아니라 깊이 반성해야 할 것이다. 바로 북한의 지도부가 한국의 주사파들을 그렇게 비주체적인 무능력자로 만든 것이다.

분명한 것은 북한이 스스로 이런 성찰을 통해 거듭날 가능성은 거의 없다는 점이다. 결국 내부 논리의 연장선 속에서 자체 모순을 해결할 방법은 남한에 대한 공격밖에 없다는 결론이 날 가능성이 매우 높다. 그것이 북한 체제의 종말을 의미하더라도 북한 정권 자체로는 수정할 수 있는 상황이 아닐 것이다. 하마스에 제공한 북한의 미사일 무기는 일종의 예행연습이라고 봐야 한다. 중동전쟁에서 미국을 끌어들이면 아시아에서 북한의 군사행동은 더 폭을 넓힐 수 있다. 결국 우리는 그런 상황에 대비해야 한다.

우파는 좌파와 싸우기 전에 자신과 싸워야

■ ■ ■

우파 플라잉몽키의 가장 큰 문제는 좌파의 근본적 문제를 모른다는 것이다. 더 큰 문제는 북한에 대한 몰이해이다. 결국 적에 대해 깊은 이해가 없다 보니 좌우를 팔랑거리게 된다. 그런데 결국 이것도 우파정치의 본류가 흔들리기 때문에 일어나는 일이다. 그런 점에서 지금 가장 시급한 것은 우파가 거듭나는 것이다. 좌파나르시시즘과 싸우지 말고 우파 자신과 싸워야 한다. 그것이 좌파를 바꿀 수 있는 더 빠른 길일지도 모른다. 좌파들을 저렇게 만든 많은 요인이 우파의 잘못이기 때문이다.

우파정치 진영의 문제는 첫째, 정체성에 대한 이해 부족이다. 우파와 보수는 다른 개념이다. 이 보수란 말은 좌파들이 우파들에게 덮어씌운 프레임이다. 우파의 원조인 이승만은 당대 가장 치열한 진보적 혁명가였다. 조선왕조를 때려엎고 공화정을 세우려다 종신형을 받고 감옥에 갇힌 사람이 보수인가? 그가 공산주의를 배격했다는 점에서는 우파이며 왕조타도와 공화주의를 주장한 점에서는 진보였다. 말하자면 진보적 자유주의자였던 셈이다.

1948년 대한민국의 출범을 앞두고 이승만은 자유민주주의를 따를 것이냐? 전체주의 공산당을 따를 것이냐?고 물었다. '어떤 개인이나 단체가 승리할까가 우리의 문제가 아니요. 오직 독립주의와 독립반대주의 또 기회만 엿보는 중간주의 이 세 가지 중에서 어떤 것이 성공해야 하는가를 생각하고 투표하라'고 절규했다. 진보냐 보수냐라는 프레임은 그 이후 좌파들이 덮어씌운 것이다. 우파는 용어 전쟁에서 항상 밀린다. 그런 것을 자잘한 사소한 것으로 치부하는 경향이 있다.

중요한 사례를 한 가지만 더 들어보자. 세계 10위권으로 올라선 한국의 기적을 박정희를 빼고 말할 수 있을까? 북한에 비해 경제 규모가 3배가 뒤진 상태에서 정권을 잡아 지금과 같은 경제대국을 만들어 낸 과정은 저절로 된 것이 아니다. 만일 당시 김대중의 대중경제론에 근거해 경제정책을 폈다면 지금과 같은 경제대국이 가능했을까? 농업에 기초해서 경공업부터 발전시키는 전략을 택했다면 지금도 필리핀과 비슷한 수준의 국력에 머물렀을 가능성이 매우 높다.

당시에 경부고속도로 건설을 반대한 좌파세력들과 적당히 타협했었다면 독재자란 말은 듣지 않았겠지만 한강의 기적은 없었을 것이다. 그러나 그의 경제정책은 보수인가? 국가가 경제개발계획을 세우고 기업을 동원해 경제를 일으켰다. 원래 우파의 경제정책은 자유시장경제 체제이다. 시장에 맡기는 것이 근본적 입장이다. 그러나 강력한 국가주도형 계획경제는 당시 경제교과서에는 없는 노선이었고 그래서 좌파들에게 많은 비판을 받았다. 말하자면 당대 가장 진보적 경제정책이었던 셈이고 그것이 대한민국의 운명을 결정지었다. 이런 박정희의 노선이 보수인가? 오히려 국가의 역할을 강조하는 진보적 좌파노선에 가깝다.

지금 우파세력들은 할아버지가 만든 재산에 기대 자란 손자처럼 나약한 모습이다. 이승만, 박정희가 가졌던 치열한 소명의식을 공유하는 집단은 위축되어 있다. 이후의 우파 정권들이 시대정신을 끌고 나갈 주체를 제대로 세우지 못한 결과 대한민국의 정체성은 혼란에 빠져 있다.

사실 이 문제는 우파의 정치이념인 자유민주주의 그 자체에 내장되어 있다. 자유주의는 각 개인의 자유를 전제로 한다. 자유롭게 내버려두되 민주주의라는 제도가 잘 작동한다면 사회는 발전한다는 사상 그 자체가 우파정치세력의 강점이자 약점이다. 문제는 이 자유민주주의라는 것이 작동되는 사회경제적 조건이다. 자유민주주의가 제대로 작동되기 위해서는 그것이 지향하는 바가 분명해야 하고 각 개인이 그것을 누릴 수 있는 능력을 갖추는 준비가 되어야 한다. 그런 조건 없는 자유민주주의는 중우정치로 전락하고 장기적으로 낙후된 사회로 전락할 가능성이 크다.

우리나라 해방 전후의 시대가 바로 그러했다. 4.19혁명의 주체들은 주로 학생들이 주동이었고 이들의 사상적 경향은 매우 강력한 민중민주주의였다. 말하자면 자유보다는 민족이나 계급적 지향이 강한 것이었다. 그런 혼란기를 극복한 것이 박정희의 국가주의적 자유주의였다. 군부독재가 무슨 자유주의? 하고 의아할 독자들이 있겠지만 북한과의 관계에서 보면 북한의 사회주의에 대항한 자유주의가 분명했다는 의미이다. 말하자면 국가자유주의 대 민중민주주의의 대립이 4.19의 또 다른 측면이었다. 4.19혁명에 이어 5.16 군사혁명이 성공할 수 있었던 이유는 바로 그런 이유에서이다.

북한은 수령론으로 완성되는 이념체계이다. 따라서 항상 조직구조상 강력한 중앙이 있을 수밖에 없고 이 중앙의 지도하에서 굴러가는 체제이다. 자유민주주의와 이 수령중심주의 체제가 맞붙어 싸운다면 단기적으로는 수령중심주의 체제가 유리하다. 싸우기 위해서는 일사분란한 지휘체계가 강점이 있기 때문이다. 북한의 존재 자체가 민중민주주의의 위험성을 극대화하고 있었기 때문에 남한에서 국가자유주의가 군부쿠데타를 성공시켰고 그것이 장기간 정착할 수 있었던 상대적 요인이라는 해석도 가능하다.

만일 국가가 자유민주주의 체제를 갖고 있다고 하더라도 그 체제의 지도부가 항상 바뀌고 전부 자기 이익만 생각하는 인물들이 사회지도층을 장악하고 있다면 공산주의 일당체제에 밀리게 된다. 따라서 박정희는 북한과의 경쟁에서 이기기 위해 강력한 국가주의적 자유주의를 실천할 수밖에 없었던 것이다.

그러나 북한이 대한민국 국민을 대상으로 가스라이팅 해온 결과 대한민국 내 좌파세력들의 인식은 놀라울 정도로 북한식 논리와 가까워져 있다. 이들 좌파세력들은 물론 간첩이 아니다. 그러나 그 구분이 무의미할 정도로 비슷한 역사의식 사회의식을 갖고 있다는 점에서 더 위기 상황이다. 이들이 이용할 자원과 기회는 아직 충분하다. 경제위기에 따른 국민불만, 불가피한 빈부격차. 우파정치세력의 무능과 실수. 그리고 지역감정을 이용한 분열정치 등은 이들 북한세력들이 자신의 목적을 관철시킬 유용한 도구들이다. 이것은 지금 주요 주류 언론들의 보도태도에서, 민노총의 간첩사건에서 사회 각 부분에 개혁에 저항하는 기득권 카르텔들에서, 그리고 민주당의 괴담정치에서 그 흔적을 어렵지 않게 볼 수있다.

그러나 이런 문제들이 어쩌면 바로 우리 나라의 기적 같은 발전을 만든 동력이기도 했다. 대한민국의 세계 10위권 나라로 성장하게 된 배경에는 물론 여러 요인들이 있지만 근본적으로 세계에서 유일한 이념대립과 냉전을 유지하고 있는 남한과 북한의 체제경쟁이라는 요소가 잠복해 있다. 간단히 말해서 경쟁이 우리나라 발전의 동인 중 하나이다. 경쟁이 치열하면 할수록 그 경쟁에서 살아남은 자는 강해진 것이다.

그런 점에서 지금 우리가 직면해 있는 문제들에 대해 회피하지 않고 정면승부를 한다면 그래서 그 경쟁에서 우리가 승리한다면 어느 순간 세계 1등 국가로 우뚝 서있는 대한민국을 목도하게 될 것이다. 선택은 우리가 하는 것이다.

두 번째 문제는 새로운 시대정신을 제시하지 못하고 있는 것이다. 국민의힘이 좀처럼 지지율을 끌어올리지 못하는 핵심적 이유가 뭘까? 여러 가지 원인이 있지만 가장 중요한 것은 새로운 비전과 철학을 제시하고 시대를 이끌어간다는 믿음을 주지 못하기 때문이다.

물론 윤대통령은 매우 중요한 시대적 과제를 제시했다. 2023년 신년사에서 내가 가장 주목한 메시지는 '기득권 카르텔과 지대추구 세력이 있는 한 대한민국의 미래는 없다'라는 것이다. 이것은 그동안 역대 대통령의 메시지와는 분명 달랐다. 솔직히 내가 쓴 제3정치경제론의 핵심이 바로 이것이기 때문에 눈에 번쩍 뜨였다. 그리고 그 이후 기득권 카르텔에 대한 공격은 주로 윤대통령이 던지고 당이나 정부가 따라가는 형국이다. 순서대로 보면 2023년 2월 국무회의에서 '건설현장에 만연한 채용강요, 공사방해, 금품요구 등의 기득권노조 폭력행위가 만연하고 이것을 방치한다면 국가라 할수 없다'고 발언한 것을 시작으로 정치권의 돈봉투사건, 킬러문항을 이용한 교육카르텔 등이 대표적이다.

사실 우리나라의 기득권 카르텔을 제대로 드러내고 해체하는 것은 일종의 암수술과 같은 것이다. 문제는 미래에 대한 전망이다. 우리가 어떤 비전을 가지고 현재를 바라보는가에 따라 수술의 순서가 달라진다.

그런 점에서 나는 우파정치의 시대정신이 상황의 변화를 반영하지 못하고 있다고 본다. 자유나 민주주의라는 가치는 시대마다 그 내용이 달라져 왔다. 자본주의가 막 태동하던 시기에 자유는 왕이나 신으로부터 방해받지 않을 권리를 의미했다. 그러나 자본주의가 발전하고 성숙하는 과정에서 자유는 무엇을 할 수 있는가의 문제로 되었다. 경제정책의 문제만 보더라도 아담스미스의 자유경제에서 케인즈의 계획경제시대, 그리고 하이에크식의 신자유주의로 발전해 왔다. 지금 자본주의 4.0 시대에 걸맞은 자유민주주의 내용은 무엇일까에 대한 고민이나 방향이 나와야 한다. 지금도 신자유주의적 접근으로 자유를 말하는 것은 담론적 힘을 갖기 어렵다.

세 번째 문제는 절박함, 절실함, 진정성을 가진 자기 희생이 보이지 않는다는 것이다. 말의 힘은 곧 삶에서 나온다. 편하게 부를 누리는 금수저들이 하는 말에 국민들이 감동받을 리 없다. 윤석열 대통령의 탄생은 그가 부패한 사회 기득권 세력들을 정권의 눈치를 보지 않고 감옥에 처넣는 과정에서 쌓여진 국민적 신뢰 때문이었다.

그의 헐렁한 바지나 걸음걸이 혹은 고개를 흔드는 버릇이 아니라 삶을 통해 보여준 기득권세력과의 투쟁의 진정성이 국민이 바라는 그 무엇을 건드린 것이다. 말하자면 거대 기득권 세력에 대한 투쟁이라는 시대정신이 그를 대통령으로 밀어올린 것이다.

그러나 당은 과연 그러한가? 국민의힘이라는 당은 그런 시대정신을 올바로 구현하고 있는 당인가? 적어도 현시점에서 국민들이 보는 국민의힘은 웰빙족의 당이다. 이승만, 박정희의 피땀어린 재산을 상속받은 금수저 연합당에 불과한 이미지인 것이다.

그렇다면 어떻게 해야 하겠는가? 금수저일지라도 노블레스 오블리주 정신을 실천하면 된다. 공익적 가치를 가지는 정치집단으로서 진지한 노력을 통해 국민들의 신뢰를 받는 정책과 책임있는 활동을 하면 된다. 문제는 그것이 잘 보이지 않는다는 것이다.

네 번째 문제는 시대정신을 실천할 개혁주체가 보이지 않는다는 것이다. 윤정부의 낮은 지지율은 윤정부 개혁을 뒷받침할 단단한 개혁주체 세력이 형성되지 않았기 때문이다. 국민의힘은 내분으로 깊은 실망감을 주었다. 간신히 수습했지만 여전히 국민적 지지도가 올라갈 여지는 없다. 지지율에 신경쓰고 뭔가 쇼를 하라는 이야기가 아니다. 해야 할 개혁을 제대로 하고 있는가? 하는 일마다 언론에 빌미를 주어 여론이 나빠지고 있는데 그렇게 되면 총선에서도 지고 나서 어떤 국정동력이 있겠는가?

우파정치가 빨리 거듭나지 못한다면 국민들에게 '대안없음'의 신호를 주어 정치의 불신을 심화시키는 결과를 초래한다. 다시 좌파정치에 헤게모니를 빼앗기는 결과가 초래될 수밖에 없다.

대한민국은 북한을 압도하는 경제적 성공에 도취해서 체제 경쟁은 끝났다고 자축하고 탈이념주의적 경향에 빠졌다. 이는 강도가 집에 들어와 있는데 악수를 하자는 것과 같은 얼빠진 짓이다. 자유는 그냥 지켜지는 것이 아니다. 자유 그 자체는 자유민주주의에 대한 심화된 고민을 통해 지켜지고 발전한다. 그동안 탈이념정치 혹은 싸구려 폴라잉몽키 정치에 빠져 있었던 대한민국의 우파정치가 위기를 맞이한 것은 당연하다.

우파와 좌파의 한계를 넘어설
새로운 시대정신

■ ■ ■ ■

얼마 전 우연히 KBS의 '역사저널 그날'이란 프로를 보게 되었다. 진행자가 이승만을 평하면서 "이승만 대통령은 통일정부 수립을 반대했다."고 말하고 있었다. 어쩌면 이런 역사인식이 상식처럼 되어버린 사회가 되었다. 그러나 이 말은 사상과 이념은 상관없이 무조건 통일이 더 중요하다는 생각을 전제로 할 수 있는 말이다. 당시 한국의 상황은 공산주의로 통일할 것인가? 자유민주주의로 할 것인가라는 선택지 말고는 없었다. 중간지대 즉 제3지대는 존재하지 않았다.

그때는 많은 사람들이 공산주의 체제가 초래할 결과에 대해 몰랐다. 많은 서구의 지식인들도 공산주의를 멋있게 보았다. 에드가 스노우 역시 중국 공산당을 찬양했다. 가난한 약자를 돕고 노동자가 주인되는 세상은 얼마나 멋진 이상인가? 문제는 항상 동기의 순수성과 결과의 책임성이다. 공산당의 순수한(?) 동기가 수천만 명을 살해하는 결과를 초래했다.

좌파는 역사발전 5단계를 믿는다. 즉 원시공산주의를 거쳐 고대 노예제, 중세 봉건주의사회, 자본주의를 지나면 반드시 공산주가 온다는 신념체계를 갖고 있다. 이것을 과학이라 믿는다. 적어도 자본주의 시장경제 체제의 열매는 만끽하면서도 자본주의 가치는 인정할 수 없다는 것이 좌파의 정신세계이다. 삼성이나 롯데를 재벌이라 비판하면서도 그들이 만든 가전제품을 선호하는 것에 대한 모순을 별로 느끼지 못하는 것이다.

그러는 사이 자본주의는 계속 버전을 달리하여 발전해 왔다. 자본주의 1.0은 물과 증기의 힘을 이용해 생산을 기계화시킨 단계를 말하고 이를 아담스미스가 이론화시켰다. 자본주의 2.0은 전기의 힘을 이용해 대량생산체제를 만들었으며 케인즈가 발전원리를 제시했다. 자본주의 3.0은 인터넷과 정보통신기술을 통해 생산을 자동화하는 질적 변화를 만들었고 이것은 하이에크가 신자유주의로 정립했다. 자본주의 4.0은 디지털기술을 토대로 물리적 세계와 가상세계, 기계와 인간 사이에 놓인 경계를 허무는 기술적 융합으로 자동화를 극대화한다고 설명하고 있다.

2008년 금융위기는 자본주의 4.0 체제의 불안정성을 보여주는 대표적 사건이다. '점령하라 월가' 운동이 두 달 만에 막을 내린 후 의미있는 이념을 기반으로 하는 자본주의적 동력 형성은 실패한 것으로 보인다. 이런 상황에서 팬데믹과 우크라이나 사태 미중 갈등이 심화되면서 자본주의 경제질서는 일종의 무정부 상태로 들어가고 있다.

미중 갈등의 압박 속에서 세계무역에 전적으로 의존하는 우리 한국경제는 일국적 차원의 대책으로는 한계가 있다. 따라서 세계경제질서의 재편이 어떤 동력에 의해 진행되고 있으며 그 동력을 우리의 것으로 소화해 낼 수 있는가에 국운이 달려 있다. 즉 자본주의 5.0 시대를 주도하는 시대정신을 제대로 인식하는 것이 한국 정치가 당면한 과제이다.

이 과제를 현재 한국의 정치세력이 감당해 낼 수 있을까? 좌파는 이것을 문제로 설정하고 답을 찾아내는 힘을 상실했다. 그것이 북한이 남한의 좌파세력에게 미친 악영향이라는 점은 누차 강조했다. 우파가 이 문제를 국가의 존립을 건 사활적 과제로 인식하고 있는가? 여기에 한국의 미래가 달려 있다.

구체적으로 말하면 자본주의 5.0 시대를 열어가는 5차산업 준비라는 과제가 대한민국이 직면한 당면 과제이다. 그렇다면 5차산업이란 무엇인가? 그것은 첫째, 한 차원 높은 자율주행기술, 둘째, 특이점을 넘는 인공지능, 셋째, 양자물리학에 근거한 컴퓨터, 넷째, 핵융합상용기술, 다섯째, 합성생물학의 발전 등을 대표적으로 들 수 있다. 특히 양자물리학의 발전을 사회과학의 분야에 적용시켜 다양한 문화콘텐츠를 만들어 내는 역량이 만들어지는 것이 선진국 진입의 관건적 요소가 될 것이다.

이미 양자역학을 응용한 문화콘텐츠가 세계 문화를 선도하고 있다. 영화 '에브리씽 에브리웨어 올 앳 원스'는 양자 역학을 응용한 다중우주론을 모티브로 하고 있다. 개봉하자마자 센세이션을 일으키며 2022년 하반기부터 많은 상을 휩쓸다시피 하더니 2023년 제95회 아카데미 시상식에서 무려 7개 부문에서 수상했다. 그것도 '그랜드슬램' 5개 부문 중 남우주연상을 뺀 4개를 수상하는 쾌거를 이루었다. 기생충 이후 한국 영화가 계속 죽을 쑤고 있는 것은 이제 한국문화의 콘텐츠에 한계가 왔다는 뜻이다. 좌파적 세계관에 PC(정치적 올바름)주의를 끼워 넣은 진부한 콘텐츠는 더 이상 경쟁력이 없어지고 있다는 의미이기도 하다.

자빌의 부사장 댄 가모타는 포브스에 기고한 글에서 코로나19가

4차산업혁명에서 5차 산업혁명으로의 진화를 촉진하고 있다고 하면서 '5차는 디지털 경험 자체로부터 그 경험의 주체인 인간으로 초점이 진화하는 것이다. 그 결과 자동화 기술과 속도가 인간의 비판적, 창의적 사고와 융합될 것'이라고 설명하고 있다. 그러나 방향 없는 5차산업은 잉여노동과 빈부격차, 자연생태계의 파괴 등 디스토피아의 가능성이 존재한다.

나는 자본주의의 무정부적 사태를 극복할 몇 가지 원칙을 세울 수 있다고 본다. 첫째, 인간과 자연과의 모순을 주요 과제로 설정하는 것, 둘째, 정부, 기업, 노동자라는 경제주체의 한계를 넘는 클러스트를 조직하는 것, 셋째, 사회와 기업성과가 만나는 공유가치(CSV) 개념을 설정하는 것, 여기서 CSV(Creating Shared Value)는 마이클 포터와 마크 크레이머가 제안한 것으로 '사회와 기업성과가 만나는 교차로를 새롭게 상정함으로써 자본주의를 새롭게 만들자'는 것이다. 즉 기업을 '단순히 기업이익을 위해서가 아니라 공유가치를 창출할 수 있도록 새롭게 정의되어야 한다'고 정의하고 있다. 넷째, 노동가치설를 존재가치설로 바꾸어 노동의 개념을 확장하는 것이다.

나는 이 네 가지 새로운 패러다임을 기둥으로 자본주의를 다시 구성하는 것이 자본주의 5.0 버전의 주요 특징이라고 생각한다. 이 자본주의 5.0 버전은 그렇다면 어떤 사회일까? 자본주의 1.0과 3.0까지는 자본과 노동의 극렬한 대립을 기본 모순으로 하는 사회였다. 그러나 자본주의 4.0부터는 새로운 양상으로 기본모순의 본질이 변화하기 시작한다. 자본주의 5.0은 인간의 지혜가 인공지능과 결합한 양자컴퓨터에 의해 초지성을 지닌 인류와 이것과 결합한 자본주의, 즉 초지성자본주의 사회를 말한다. 자유민주주의의 역동성은 북한이 주장하는 신제국주의 단계 혹은 일부 비관론자들이 말하는 감시자본주의가 아니라 초지성자본주의 단계로 발전시킬 것이다.

문제는 이런 변화를 한국이 주도할 것인가? 아니면 끌려갈 것인가? 하는 것이다. 우리가 선도국가로 될 조건과 가능성은 있다. 이유는 내외적 압력이 전세계에서 가장 높기 때문이다. 급격한 저출생 고령화로 인한 대책 마련에 대한 압박, 진영논리를 한 차원 높은 차원에서 해결해야 하는 불가피성을 정치가 감당하기 위해서는 시장만능주의 패러다임으로는 해결할 수 없기 때문이다. 더구나 북한과의 갈등, 즉 진정으로 전쟁을 하지 않고 분단상황을 극복하고자 한다면 진보적 자유주의 패러다임으로 전환하는 노력은 불가피하다.

거듭 강조하지만 이 한국적 특수성은 결국 인류가 직면한 보편성과도 맞닿아 있다. 다시 말해 세계에서 가장 긴장도가 높은 한반도에서 전쟁 없이 평화적으로 새로운 체제를 만들어 낸다면 곧 그것은 세계가 직면한 문제에 대한 가장 모범적 답을 제시하는 셈이다.

부르킹스 연구소의 부르스 존스와 토마스 라이트는 미국 외교전문지 Foreign Policy에 2040년 4대 강국으로 'GUTS'가 등장할 것으로 예견했다. GUTS는 독일(Germany), 미국(United States), 터키(Turkey), 한국(South Korea)의 앞 글자를 딴 것이다. 2012년 발표 당시에는 설마 하는 반응이었다. 이들은 한국을 포함시킨 다섯 가지 이유로 첫째 근면과 열정의 국민성, 둘째는 높은 교육열, 셋째는 IT·반도체·철강·조선·자동차·원자력 등의 '기술', 넷째는 전세계 700만 해외 동포 네트워크, 다섯째는 개신교를 꼽았다. 나는 여기에 전기자동차와 2차전지사업의 경쟁력을 추가한다면 상당히 일리가 있는 말이다.

단 이것이 실제 동력으로 전환되기 위해서는 우리가 안고 있는 한국병, 즉 부패한 기득권담합체제, 종북주사파의 덫, 지역분열주의라는 3대 질병을 먼저 수술해야 한다. 그 수술은 자본주의 5.0을 이끌 4대 패러다임이라는 전망 속에서 진행한다면 갈등을 최소화하면서 성공할 수 있다고 생각한다. 내가 이 4가지 패러다임을 제시하는 이유는 수술만 하고 치료약이 없다면 죽는 것은 마찬가지이기 때문이다.

얼마 전 김종인 박사가 이념보다는 민생을 구체적으로 어떻게 살릴 것인지 대안을 제시해야 한다고 말하는 방송을 보았다. 이런 논리가 전형적인 플라잉몽키의 언어이다. 민생을 강조하는 것과 시대정신, 즉 이념을 강조하는 것이 마치 대립되는 것처럼 말하는 사람들은 무언가 오해하고 있다. 물론 사람들은 먹고사는 문제가 일차적으로 제일 중요하다. 그런 문제에 대한 대안 없이 좌파나 우파의 이념을 이야기한다면 확실히 잘못된 것이다. 그러나 민생만 강조한다고 민생이 살아나는 것이 아니다. 민생을 파탄시켜온 문제에 대해 원인진단을 하고 대안을 제시해야 민생이 사는 것이다. 지금 대한민국의 문제는 시대정신의 빈약함 때문에 국가 자체가 존립의 위기에 빠져들고 있다. 즉 민생을 살릴 토대가 무너지고 있는 것이다. 수많은 성실한 좌파들이 이념보다는 현장으로 내려가 생활정치와 민생정치에 스스로 투신했다. 그러나 그 결과는 주사파의 호구가 되었을 뿐이다. 민생만 강조하고 실용만 강조하는 탈이념주의의 미래는 텅 비어 있으며 그 공간에 엉뚱한 조직이 지배하고 있음을 보게 될 것이다.

우파와 좌파의 전선은 허구일 뿐이다. 민생과 이념을 대립시키는 것도 순진한 소리에 지나지 않는다. 지금 대한민국에 실제로 존재하는 것은 신자유민주주의 세력을 한편으로 하고 종북주사파와 연합한 기득권비리세력 간에 형성된 전선이다. 한국 정치가 이 전선을 제대로 만들어 내지 못하고 있을 뿐이다. 신자유민주 대연합세력이 만들어지면 그때 실종된 정치는 되돌아 올 것이다.

보론 —————————————————————————

내년 총선의
시대정신

기득권비리 청산과 진보적 자유주의 수립

■ ■ ■

　대한민국은 민주공화국이다. 대한민국의 주권은 국민에게 있고, 모든 권력은 국민으로부터 나온다. 헌법1조에 나오는 말이다. 그러나 과연 실제 현실이 그러한가?

　차라리 대한민국은 카르텔공화국이다. 대한민국의 주권은 카르텔에 있고 모든 권력은 기득권 카르텔로부터 나온다는 것이 더 현실을 반영하고 있지 않은가?

　이제 더 이상 진실에서 눈을 돌려서는 안된다. 대한민국은 교차로에 서있다. 국민의 절반 정도는 인정하기 싫어하겠지만 문재인 민주당정권은 대한민국의 정체성을 훼손하고 성장동력을 심각하게 소진시켰다. 기득권담합세력, 종북주사파세력, 지역분열주의가 대한민국에 암세포처럼 퍼지게 만들거나 방조하였다. 참으로 아슬아슬하게 국민들이 그러한 후퇴를 막아섰다. 운명처럼 혹은 기적처럼 정치를 해본 적이 없는 검사를 대통령이 되게 만들었다. 이것은 역설적으로 한국 정치가 한 일이 없고 할 일도 없다는 것을 극적으로 증명하는 사건이기도 하다.

　윤정부가 집권한 지 벌써 1년이 지났다. 지지부진한 개혁에 국민들은 실망하고 있다. 실망의 핵심원인은 '무능'이다. 기대만큼 변화되는 것이 없다고 보는 것이다. 거대야당의 의회 권력은 국정운영을 불가능하게 만들고 있다. 정부조직은 구정권의 알박기한 인사들이 그대로 남아 있어 제대로 작동되지 않는다. 공기업의 4천 개 가까운 임원자리들 대부분 알박기 한 인사들이 버티고 있어 협력을 기대하기 어렵다. 좌파가 장악한 언론들은 교묘한 방식으로 정부의 사소한 문제들을 극대화시키고 가짜뉴스들을 확대재생산해서 국민들을 호도한다.

집권여당은 더 답답해 보인다. 문제들을 급진적으로 해결하는 것은 시원하겠지만 그것도 법적 절차를 따르지 않으면 오히려 더디게 만들 수 있다. 이런 모든 악조건들 속에서도 큰 방향을 잘 잡아 지금까지 헤쳐온 것만 해도 스스로 대견해할 수도 있다. 그러나 지금 국민들은 더 과감하고 신속하게 변화할 것을 요구하고 있다. 이 요구를 따라잡지 못한다면 이제 인내심이 바닥난 국민들은 심판하자고 할 것이다.

집권 2년차 총선은 대개 정권심판론에 의해 치러진다. 87년 이후 9번 중간평가 선거가 있었고 2020년을 제외하고 집권당이 과반 이상을 얻은 적은 없다. 이 시기는 아직 촛불혁명이라는 에너지가 살아 있던 시기에 진행된 선거라서 집권정당에 유리하다는 특수성이 고려되어야 한다.

내년 총선은 정권 견제론 대 거대야당 견제론으로 충돌할 가능성이 높다. 그런데 우리는 이 전선을 그대로 방치할 것인가? 우리 국민들이 다시 내전상태로 가게 만드는 것이 정치가 할 일인가?

우리는 여기서 다시 한번 정치의 책임을 분명히 해야 한다. 지금 한국은 세계에서 가장 급격히 저출생 고령화가 진행되고 있다. 지방은 소멸하고 있으며 노동시장의 갈등과 왜곡은 세계 최고수준이다. 북한의 위협은 점점 가시화되고 있는 반면 대한민국의 내부는 공통의 목표를 상실한 채 극심한 좌우분열로 내전상태이다. 이대로 가면 대한민국의 존립이 불가능하다. 결코 과장이 아니라 실제 상황이다. 강서구의 선거 결과를 제대로 이해하는 것이 필요하다 이것은 윤정부와 집권여당에 대한 강력한 경고이다. 고치고 바꾸라는 것이다. 문제는 무엇을? 어떻게? 그리고 어떤 수순으로? 이다.

나는 내년 총선의 기본전략으로 정치교체를 위한 대통합 신당창당이 필요하다고 생각한다. 지금 좌우의 정치전선은 허구라는 것을 여러 번 말했다. 정치 교체는 자유와 민주주의를 지키는 국민 對(대) 기득권비리세력과 종북주사파 세력과의 전선을 구체적 실체로 만드는 것이다. 따라서 우파는 신자유민주대연합 구성을 위해 뭉쳐야 하고 좌파에 대해서도 종북세력을 제외한 합리적 좌파와는 연합해야 한다. 국민의힘이 주도하되 활짝 문호를 개방해서 열린 신자유민주 정당으로 거듭나야 한다.

당연히 남은 기간 동안 '국정을 마비시키는 거대야당심판'을 적극 제기해야 한다. 우리가 아무리 과거에 대한 평가투쟁에서 미래에 대한 전망투쟁으로 바꾸려고 해도 거대야당이 버티고 있는 한 불가능함을 솔직히 국민들에게 알려야 한다. 문제는 집권여당이 불철저하고 어정쩡한 자세여서 국민적 에너지를 모아내지 못하고 있다는 점이다. 싸울 의지가 안 보이는 당에 지지를 보낼 국민은 없다. 그것이 이번 강서구 선거에서 확인된 것이다. 선대위는 전국구로 구성했지만 선거구호는 동네반장 선거용이었다. 이렇게 된 근본요인이 있다. 당이 그랜드비전을 확보하지 못하고 있기 때문이다. 이것은 이념만 있다고 되는 것이 아니라 정책과 연결되어야 한다.

확실한 미래가 있다. 집권여당으로서의 민생과 경제에 대한 비전을 분명히 제시하지 못하면 최종적인 승리는 불가능하다는 미래 말이다. 따라서 당장 시급히 준비되어야 할 일이다.

지금까지 말한 것은 단순히 선거 전략이 아니다. 우리나라는 좌파와 우파의 진영갈등을 방치한다면 몰락할 수밖에 없다. 국가전반의 개혁의 청사진을 제시하고 국민적 통합의 힘을 만들어 내야 한다. 공천은 이 시대정신을 깨우친 사람들이 전사로 나서서 국가의 주체로 다시 서게 만드는 과정이다. 플라잉몽키들과의 값싼 통합은 불필요하며 실질적 효과도 없다. 단호하게 시대정신을 제시하고 국민을 설득하는 것이 지금 정치가 해야 할 일이다.

좌파든 우파든 자기 회개운동을 통해 거듭나야 한다. 국민의 지지를 얻는 가장 유일한 길은 자기 자랑이 아니라 자신의 잘못을 인정하고 거듭나는 모습을 보여주는 것이 요체이다. 좌파들이 승리하려면 먼저 강력한 회개를 해야 한다. 그러나 그것을 기대하기는 어렵다. 우파들이 먼저 회개하고 체제를 정비하는 것이 빠를 것이다. 결국 누가 빨리 철저하게 반성하고 혁신하는가에 승부가 달려 있다.

항상 그러했지만 특별히 이번 총선은 나라의 운명을 가를 것이다. 어떤 시대정신을 가지고 국민들에게 다가갈 것인가를 분명히 해야 한다. 좌, 우도 없고 중간도 없고 시간도 없다. 오직 기득권비리청산과 새로운 자유민주주의 체제 완성이라는 시대정신을 담보한 주체가 국민 앞에 호소하는 일이 있을 뿐이다.

2021년 8월의 어느 날 새벽의 일이 없었다면 나는 이 글을 쓰지 않았을 것이다. 더구나 시대정신이라는 이런 거창한 주제도 감당하기 어려웠을 것이다.

그날 나는 새벽에 잠이 깨어 두 손을 모아 간절히 기도를 하고 있었다. 국가가 나에게 가한 물리적 폭력, 즉 고문으로 내 삶의 가치는 바뀌었다. 그 이후 '폭력에 저항하는 삶'이란 가치를 한번도 의심해 본 적이 없다. 정말 치열하게 오로지 시대정신이라 믿는 것을 위해 열심히 살았다. 그러나 정치를 시작한 몇 년 동안 그야말로 좌절의 연속이었다. 대안으로 추진했던 제3정치운동이 파탄나고 당 대표로서 정치활동이 봉쇄되었다. 나는 고통 때문이 아니라 고통의 의미를 알 수 없다는 것에 더 절망스러웠다.

어느 순간, 갑자기 십자가에 못박힌 예수의 환영이 나타났다. 그는 피를 흘리고 고개를 숙이고 있었다. 눈은 초점을 잃었고 뭔가 중얼거리는 듯 입술이 움직였다. 내가 지옥에 빠져 고통스러워 하고 있는 그 순간, 나보다 한술 더 떠 아예 죽어가고 있는 예수의 환상이 나타난 것이다. 힘 있는 전능한 자가 아니라 가장 처참하게 나락으로 떨어진 모습으로… 내 가슴 깊숙한 곳에서 뜨거운 뭔가가 올라왔다. 뭐라고 설명하면 좋을지 모르겠다. 나는 신앙과는 거리가 먼 사람이었다. 아니 그런 것을 무시하는 사람이었다.

채 한 시간도 안되는 짧은 시간이 마치 무한처럼 느껴졌다. 그 사이에 거대한 새로운 세계관의 변화가 내 안에서 일어났다. 나는 평생을 정의의 사도로 생각하며 살아왔고 그래서 누군가를 단죄하고 용서할 권리가 있다고 생각했다. 그러나 한순간 시대정신의 추한 민낯이 내 눈앞에 나타났다. 갑자기 내가 시대정신에 사기당한 어리석고 용서받아야 할 대상일 수도 있다는 사실이 깨달아졌다. 도대체 어떻게 이런 일이 일어났을까? 그리고 그 당혹감을 어떻게 설명할 수 있을까?

그 날 이후 어느 정도 정신을 차렸을 때 나는 내가 경험한 일들에 대해 기록을 남겨야 한다는 것을 느꼈다. 천사의 얼굴을 한 악마가 한 일에 대해, 그리고 악마의 모습을 한 천사가 어떻게 십자가에 매달렸는지를 이야기해야 했다. 역사 속에 많은 사람들이 가해자인 동시에 피해자였다. 그것을 깨닫는 순간 내 정신은 좀 더 자유로워진 것 같았다.

나에겐 어릴 때부터 하나의 질문이 있었다. 이 우주의 끝은 어떻게 생겼을까? 그런데 이 질문은 성립되지 않는다. 끝이 있을 수가 없는 것이다. 그렇다면 나는 왜 이런 질문을 하게 된 것일까?

생각해 보면 나의 삶은 그 답을 찾는 과정이었다. 나이 60이 넘어서야 이제 비로소 그 답을 어렴풋이 찾게 된 셈이다. 우주의 끝을 보는 순간 나는 우주와 하나가 된다. 시간도 공간도 없는 차원으로 들어가게 된다. 그 통로가 바로 시대정신이다.

유한한 인간이 무한을 욕구하면서 발견한 것은 시대정신이고 절대정신이었다. 인간은 시대정신 속에서 자유로운 존재의 가능성을 느낀다. 그것이 '진리가 너희를 자유케 하리라'의 의미이다. 그것은 우주가 인간의 존재를 허락한 이유이다. 그리고 이 책을 쓴 이유이기도 하다. 이 책에 말하는 내용은 어떤 면에서는 '임금님은 벌거벗었다'는 동화 속 이야기와 같다. 이런 말을 했을 때 잃어야 할 것이 많다. 나 역시 그런 두려움이 있다. 그러나 더 이상 침묵은 비겁하고 무책임하게 느껴졌다.

무엇보다 이 땅에 사는 동시대인들에게 해주고 싶은 이야기가 있다. 오랫동안 꺼내지 못했던 것들… 내가 30여 년 전 인천에서 조직했던 써클들을 해체하면서 했어야만 했던 이야기이다.

시대정신이 당신을 배신하고 있다. 사람이 모든 것의 주인이며 모든 것을 결정한다는 생각과 수령에 절대적 충성을 요구하는 수령론은 모순에 빠질 수밖에 없다. 결국 북한 조선노동당은 그 모순을 자유에 대한 폭력을 통해 가두어 둘 수밖에 없다. 잘못된 시대정신의 최종 도착지는 폭력과 파멸이다.

나는 이념이 싫다고 말하지 말라. 탈이념은 또 다른 이념에 불과하다. 이미 생각보다 훨씬 사회 곳곳에서 폭력의 징후가 넘쳐나고 있다. 그 이유는 본문에서 충분히 설명했다.

우리는 모두 잠시 '멈춤'이 필요하다. 지금 정신을 차리고 사상의 감옥을 깨뜨려야 한다. 물론 아무리 진실을 이야기해도 사람들은 자신의 생각을 쉽게 바꾸지 않을 것임을 안다. 그러나 상황이 워낙 급박하기 때문에 말하는 것이다. 지금이 마지막 순간이라 생각하시길… 내 사랑하는 사람들이 진영의 감옥 문을 박차고 나오기를 간절히 바란다.

2023년 10월 10일 이 수 봉